Peur / confusion
Volonté de
besoin des
surpassement
    pouvoir   -> cultiver
                  -> avarisme
                  -> temps

marque sexe

FOLIO PLUS

Michel Tournier

Vendredi ou les limbes du Pacifique

Postface
de Gilles Deleuze

Gallimard

Avec la rigueur d'un fil à plomb, le fanal sus-pendu au plafond de la cabine mesurait par ses oscillations l'ampleur de la gîte[1]* *que prenait la Virginie sous une houle de plus en plus creuse. Le capitaine Pieter Van Deyssel se pencha par-dessus son ventre pour poser le jeu de tarot*[2] *devant Robinson.*

— Coupez et retournez la première carte, lui dit-il.

Puis il se laissa retomber dans son fauteuil et tira une bouffée de sa pipe de porcelaine.

— C'est le démiurge[3] *commenta-t-il. L'un des trois arcanes majeurs*[4] *fondamentaux. Il figure un bateleur debout devant un établi couvert d'objets hétéroclites. Cela signifie qu'il y a en vous un orga-nisateur. Il lutte contre un univers en désordre qu'il s'efforce de maîtriser avec des moyens de fortune. Il semble y parvenir, mais n'oublions pas que ce démiurge est aussi bateleur : son œuvre est illusion,*

* Les notes, établies par Arlette Bouloumié, sont regrou-pées en fin de volume, p. 327.

son ordre est illusoire. Malheureusement il l'ignore.
Le scepticisme n'est pas son fort.

Un choc sourd secoua le navire, tandis que le
fanal accusait un angle de quarante-cinq degrés
avec le plafond. Une soudaine auloffée[5] avait
amené la Virginie presque en travers du vent, et
une lame venait de crouler sur le pont avec un bruit
de canonnade. Robinson retourna une deuxième
carte. On y voyait, souillé de taches de graisse, un
personnage portant couronne et sceptre debout sur
un char tiré par deux coursiers.

— Mars, prononça le capitaine. Le petit dé-
miurge a remporté une victoire apparente sur la
nature. Il a triomphé par la force et impose autour
de lui un ordre qui est à son image.

Tassé sur son siège, comme un bouddha, Van
Deyssel enveloppa Robinson d'un regard pétillant
de malice.

— Un ordre à votre image, répéta-t-il d'un air
pensif. Rien de tel pour percer l'âme d'un homme
que de l'imaginer revêtu d'un pouvoir absolu grâce
auquel il peut imposer sa volonté sans obstacle.
Robinson-Roi... Vous avez vingt-deux ans. Vous
avez abandonné... euh... laissé à York une jeune
épouse et deux enfants pour tenter fortune dans le
Nouveau Monde à l'exemple de beaucoup de vos
compatriotes. Plus tard les vôtres vous rejoindront.
Enfin, si Dieu le veut... Vos cheveux ras, votre
barbe rousse et carrée, votre regard clair, très droit,
mais avec je ne sais quoi de fixe et de limité, votre
mise dont l'austérité avoisine l'affectation, tout cela
vous classe dans l'heureuse catégorie de ceux qui
n'ont jamais douté de rien. Vous êtes pieux, avare et

pur. *Le royaume dont vous seriez le souverain res-
semblerait à nos grandes armoires domestiques où
les femmes de chez nous rangent des piles de draps
et de nappes immaculées et parfumées par des
sachets de lavande. Ne vous fâchez pas. Ne rougissez pas. Ce que je vous dis ne serait mortifiant que
si vous aviez vingt ans de plus. En vérité vous avez
tout à apprendre. Ne rougissez plus et choisissez
une carte... Tiens, que vous disais-je? Vous me
donnez l'Hermite. Le Guerrier a pris conscience de
sa solitude. Il s'est retiré au fond d'une grotte pour y
retrouver sa source originelle. Mais en s'enfonçant
ainsi au sein de la terre, en accomplissant ce voyage
au fond de lui-même, il est devenu un autre
homme. S'il sort jamais de cette retraite, il s'aperce-
vra que son âme monolithique a subi d'intimes fissures. Retournez, s'il vous plaît, une autre carte.*

Robinson hésita. Ce gros silène néerlandais, tapi
dans son matérialisme jouisseur, avait décidément
des mots d'une inquiétante résonance. Depuis qu'il
avait embarqué à Lima sur la Virginie, Robinson
avait réussi à éviter tout tête-à-tête avec ce diable
d'homme, ayant été bientôt choqué par son intelligence dissolvante et l'épicurisme cynique qu'il étalait. Il avait fallu cette tempête pour qu'il se trouve
en quelque sorte prisonnier dans sa cabine — le
seul endroit du navire offrant un reste de confort en
pareille occurrence. Le Hollandais paraissait bien
décidé à profiter pleinement de cette occasion de se
gausser de son naïf passager. Robinson ayant
refusé de boire, le tarot avait surgi du tiroir de la
table, et Van Deyssel donnait libre cours à sa verve
divinatrice — cependant que le vacarme de la tem-

pête retentissait aux oreilles de Robinson comme celui d'un sabbat de sorcières accompagnant le jeu maléfique auquel il était mêlé malgré lui.

— Voilà qui va faire sortir l'Hermite de son trou! Vénus en personne émerge des eaux et fait ses premiers pas dans vos plates-bandes. Une autre carte, s'il vous plaît; merci. Arcane sixième: le Sagittaire. Vénus transformée en ange ailé envoie des flèches vers le soleil. Une carte encore. La voici. Malheur! Vous venez de retourner l'arcane vingt et unième, celui du Chaos! La bête de la Terre est en lutte avec un monstre de flammes. L'homme que vous voyez, pris entre des forces opposées, est un fou reconnaissable à sa marotte. On le deviendrait à moins. Passez-moi encore une carte. Très bien. Il fallait s'y attendre, c'est Saturne, de l'arcane douzième, figurant un pendu. Mais, voyez-vous, ce qu'il y a de plus significatif dans ce personnage, c'est qu'il est pendu par les pieds. Vous voilà donc la tête en bas, mon pauvre Crusoé! Dépêchez-vous de me donner la carte suivante. La voici. Arcane quinzième: les Gémeaux. Je me demandais quel allait être le nouvel avatar de notre Vénus métamorphosée en tireur à l'arc. Elle est devenue votre frère jumeau. Les Gémeaux sont figurés attachés par le cou aux pieds de l'Ange bisexué. Retenez bien cela!

Robinson était distrait. Pourtant les gémissements de la coque sous l'assaut des lames ne l'inquiétaient pas outre mesure. Pas plus que les évolutions d'une poignée d'étoiles qui dansaient dans le champ du hublot situé au-dessus de la tête du capitaine. La Virginie — si médiocre voilière par beau temps — était un bâtiment à toute épreuve

descript°
Virginie

lorsque survenait un coup dur. Avec sa mâture basse et sans hardiesse, sa panse courte et rebondie qui jaugeait ses deux cent cinquante tonneaux, elle tenait davantage de la marmite ou du baquet que du coursier des mers, et sa lenteur était un sujet de gaieté dans tous les ports du monde où elle avait relâché. Mais ses hommes pouvaient dormir sur leurs deux oreilles au plus noir d'un ouragan pour peu que la côte la plus proche ne constitue pas une menace. À cela s'ajoutait le naturel de son commandant qui n'était pas homme à lutter contre vents et marées et à prendre des risques pour ne pas dévier de sa route.

À la fin de l'après-midi de ce 29 septembre 1759, alors que la Virginie devait se trouver au niveau du 32e parallèle de latitude sud, le baromètre avait accusé une chute verticale tandis que des feux Saint-Elme[6] s'allumaient en aigrettes lumineuses à l'extrémité des mâts et des vergues, annonçant un orage d'une rare violence. L'horizon méridional vers lequel la galiote roulait paresseusement était si noir que lorsque les premières gouttes s'écrasèrent sur le pont, Robinson fut étonné qu'elles fussent incolores. Une nuit de soufre se refermait sur le navire, quand se leva en tempête une brise de nord-ouest au demeurant inégale et variable qui devait osciller entre cinq ou six rhumbs de compas. La paisible Virginie luttait bravement de tous ses faibles moyens contre une houle longue et creuse qui lui mettait le nez dans la plume à chaque battement, mais elle traçait sa route avec une obstination fidèle qui fît venir une larme d'attendrissement à l'œil goguenard de Van Deyssel. Pourtant, lorsque deux

heures plus tard une détonation déchirante le préci-
pita sur le pont pour voir sa misaine, éclatée
comme un ballon, ne plus offrir au vent qu'une
frange de toile déchiquetée, il jugea que l'honneur
était bien assez sauf comme cela et qu'il ne serait
pas sage de s'obstiner. Il fit mettre à la cape[7] et
ordonna au timonier de laisser arriver. Dès lors, on
eût dit que la tempête savait gré de son obéissance à
la Virginie. Elle filait sans heurts sur une mer
bouillonnante dont la fureur paraissait s'être sou-
dain désintéressée d'elle. Ayant fait fermer soigneu-
sement les écoutilles, Van Deyssel consigna l'équi-
page dans l'entrepont — à l'exception d'un homme
et de Tenn, le chien du bord, qui resteraient de
quart. Puis il se calfeutra lui-même dans sa cabine,
entouré de toutes les consolations de la philosophie
hollandaise, fiasque de genièvre[8], fromage au
cumin, galettes de pumpernickel[9] théière lourde
comme un pavé, tabac et pipe. Dix jours aupara-
vant, une ligne verte à l'horizon bâbord avait averti
l'équipage qu'ayant franchi le tropique du Capri-
corne il doublait les îles Desventurados. Faisant
route vers le sud, le navire aurait dû dès le lende-
main entrer dans les eaux des îles Fernández, mais
la tempête le chassait vers l'est, en direction de la
côte chilienne dont il était encore séparé par cent
soixante-dix milles de mer, sans une île ni un récif,
à en juger par la carte. Il n'y avait donc aucune
inquiétude à avoir.

Un moment couverte par le tumulte, la voix du
capitaine s'éleva à nouveau :

— Nous retrouvons le couple des Gémeaux[10] sur
le dix-neuvième arcane majeur, l'arcane du Lion.

Deux enfants se tiennent par la main devant un mur qui symbolise la Cité solaire. Le dieu-soleil occupe tout le haut de cette lame qui lui est dédiée. Dans la Cité solaire — suspendue entre le temps et l'éternité, entre la vie et la mort — les habitants sont revêtus d'innocence enfantine, ayant accédé à la sexualité solaire qui, plus encore qu'androgynique, est circulaire. Un serpent se mordant la queue est la figure de cette érotique close sur elle-même, sans perte ni bavure. C'est le zénith de la perfection humaine, infiniment difficile à conquérir, plus difficile encore à garder. Il semble que vous soyez appelé à vous élever jusque-là. Du moins le tarot égyptien le dit-il. Mes respects, jeune homme ! — Et le capitaine se soulevant sur ses coussins s'inclina devant Robinson en un geste où l'ironie se mêlait au sérieux. — Mais donnez-moi encore une carte, je vous prie. Merci. Ah ! le Capricorne ! C'est la porte de sortie des âmes, autant dire la mort. Ce squelette qui fauche une prairie jonchée de mains, de pieds et de têtes dit assez le sens funeste qui s'attache à cette lame. Précipité du haut de la Cité solaire, vous êtes en grand danger de mort. J'ai hâte et j'ai peur de connaître la carte qui va vous échoir maintenant. Si c'est un signe faible, votre histoire est finie...

Robinson tendit l'oreille. N'avait-il pas entendu une voix humaine et les aboiements d'un chien se mêler au grand orchestre de la mer et du vent déchaînés ? C'était bien difficile de l'affirmer, et peut-être était-il excessivement préoccupé par la pensée de ce matelot attaché là-haut sous l'abri précaire d'un cagnard[11] au milieu de cet enfer inhumain. L'homme était si bien capelé au cabestan[12] qu'il ne pouvait se libérer lui-même pour donner l'alerte. Mais entendrait-on ses appels ? Et n'avait-il pas justement crié tout à l'heure ?

— Jupiter ! s'exclama le capitaine. Robinson, vous êtes sauvé, mais, que diable, vous revenez de loin ! Vous couliez à pic, et le dieu du ciel vous vient en aide avec une admirable opportunité. Il s'incarne dans un enfant d'or, issu des entrailles de la terre — comme une pépite arrachée à la mine —, qui vous rend les clés de la Cité solaire.

Jupiter ? N'était-ce pas ce mot précisément qui perçait à travers les hurlements de la tempête ? Jupiter ? Mais non ! Terre !

L'homme de quart avait crié : Terre ! Et, en effet, que pouvait-il avoir de plus urgent à signaler à bord de ce vaisseau sans maître, sinon l'approche d'une côte inconnue avec ses sables ou ses récifs ?

— Tout cela peut bien vous paraître un inintelligible galimatias, commentait Van Deyssel. Mais telle est justement la sagesse du Tarot qu'il ne nous éclaire jamais sur notre avenir en termes clairs. Imaginez-vous les désordres qu'engendrerait une prévision lucide de l'avenir ? Non, tout au plus nous permet-il de pressentir notre avenir. Le petit discours que je vous ai tenu est en quelque sorte chiffré, et la grille se trouve être votre avenir lui-même. Chaque événement futur de votre vie vous révélera en se produisant la vérité de telle ou telle de mes prédictions. Cette sorte de prophétie n'est point aussi illusoire qu'il peut paraître tout d'abord.

Le capitaine têta en silence le bec recourbé de sa longue pipe alsacienne. Elle était éteinte. Il sortit de sa poche un canif dont il fit basculer le poinçon et

entreprit à l'aide de cet instrument de vider le fourneau de porcelaine dans un coquillage posé sur la
table. Robinson n'entendait plus rien d'insolite au
milieu de la clameur sauvage des éléments. Le capitaine avait ouvert son barillet à tabac en tirant sur
la languette de cuir du disque de bois qui le bou-
chait. Avec de tendres précautions, il fit glisser sa
grande pipe si fragile à l'intérieur d'une cheminée
aménagée dans le matelas de tabac qui remplissait
le barillet.

— Ainsi, expliqua-t-il, elle est à l'abri des chocs et
elle s'imprègne de l'odeur mielleuse de mon Amsterdamer.

Puis, soudain immobile, il regarda Robinson
d'un air sévère.

— Crusoé, lui dit-il, écoutez-moi bien : gardez-
vous de la pureté. C'est le vitriol de l'âme.

C'est alors que le fanal, décrivant un brutal quart
de cercle au bout de sa chaîne, alla s'écraser au plafond de la cabine, tandis que le capitaine plongeait
tête la première par-dessus la table. Dans l'obscurité
pleine de craquements qui l'entourait, Robinson
tâtonnait vers la poignée de la porte. Il ne trouva
rien, et un courant d'air violent lui apprit qu'il n'y
avait plus de porte et qu'il était déjà dans la cour-
sive. Tout son corps souffrait d'angoisse de sentir
sous ses pieds la terrifiante immobilité qui avait
succédé aux mouvements profonds du navire. Sur
le pont vaguement éclairé par la lumière tragique de
la pleine lune, il distingua un groupe de matelots
qui affalaient une embarcation sur ses bossoirs[13]. Il
se dirigeait vers eux quand le plancher se déroba
sous lui. On eût dit que mille béliers venaient de

15

heurter à toute volée le flanc bâbord de la galiote.
Aussitôt après, une muraille d'eau noire croulait
sur le pont et le balayait de bout en bout, emportant
tout avec elle, corps et biens.

CHAPITRE PREMIER

Une vague déferla, courut sur la grève humide et lécha les pieds de Robinson qui gisait face contre sable. À demi inconscient encore, il se ramassa sur lui-même et rampa de quelques mètres vers la plage. Puis il se laissa rouler sur le dos. Des mouettes noires et blanches tournoyaient en gémissant dans le ciel céruléen où une trame blanchâtre qui s'effilochait vers le levant était tout ce qui restait de la tempête de la veille. Robinson fit un effort pour s'asseoir et éprouva aussitôt une douleur fulgurante à l'épaule gauche. La grève était jonchée de poissons éventrés, de crustacés fracturés et de touffes de varech brunâtre, tel qu'il n'en existe qu'à une certaine profondeur. Au nord et à l'est, l'horizon s'ouvrait librement vers le large, mais à l'ouest il était barré par une falaise rocheuse qui s'avançait dans la mer et semblait s'y prolonger par une chaîne de récifs. C'était là, à deux encablures environ, que se dressait au milieu des brisants la silhouette tragique et ridicule de la *Virginie* dont les mâts mutilés et les haubans flottant dans le vent clamaient silencieusement la détresse.

Lorsque la tempête s'était levée, la galiote du capitaine Van Deyssel devait se trouver — non pas au nord, comme il l'avait cru — mais au nord-est de l'archipel Juan Fernández. Dès lors, le navire, fuyant sous le vent, avait dû être chassé sur les atterrages[14] de l'île Mas a Tierra, au lieu de dériver librement dans le vide marin de cent soixante-dix milles qui s'étend entre cette île et la côte chilienne. Telle était du moins l'hypothèse la moins défavorable à Robinson, puisque Mas a Tierra, décrite par William Dampier, nourrissait une population d'origine espagnole, assez clairsemée, il est vrai, sur ses quatre-vingt-quinze kilomètres carrés de forêts tropicales et de prairies. Mais il était également possible que le capitaine n'eût commis aucune erreur d'estime et que la *Virginie* se soit brisée sur un îlot inconnu, situé quelque part entre Juan Fernández et le continent américain. Quoi qu'il en soit, il convenait de se mettre à la recherche des éventuels rescapés du naufrage et des habitants de cette terre, si du moins elle était habitée.

Robinson se leva et fit quelques pas. Il n'avait rien de brisé, mais une énorme ecchymose lui broyait l'épaule gauche. Comme il redoutait les rayons du soleil déjà haut dans le ciel, il se coiffa d'une fougère roulée en cornet, plante qui foisonnait à la limite de la plage et de la forêt. Puis il ramassa une branche pour s'en servir de canne, et il s'enfonça dans le taillis d'épineux qui couvrait le pied des promontoires volcaniques du sommet desquels il espérait pouvoir s'orienter.

Peu à peu la forêt s'épaissit. Aux épineux succédèrent des lauriers odoriférants, des cèdres rouges, des pins. Les troncs des arbres morts et pourrissants formaient un tel amoncellement que Robinson tantôt rampait dans des tunnels végétaux, tantôt marchait à plusieurs mètres du sol, comme sur des passerelles naturelles. L'enchevêtrement des lianes et des rameaux l'entourait comme d'un filet gigantesque. Dans le silence écrasant de la forêt, le bruit qu'il faisait en progressant éclatait avec des échos effrayants. Non seulement il n'y avait pas la moindre trace humaine, mais les animaux eux-mêmes semblaient absents de ces cathédrales de verdure qui se succédaient devant ses pas. Aussi songea-t-il à une souche à peine plus bizarre que d'autres lorsqu'il distingua, à une centaine de pas, une silhouette immobile qui ressemblait à celle d'un mouton ou d'un gros chevreuil. Mais peu à peu l'objet se transforma dans la pénombre verte en une sorte de boue sauvage, au poil très long. La tête haute, les oreilles dardées en avant, il le regardait approcher, figé dans une immobilité minérale. Robinson eut un frisson de peur superstitieuse en songeant qu'il allait falloir côtoyer cette bête insolite, à moins de faire demi-tour. Lâchant sa canne trop légère, il ramassa une souche noire et noueuse, assez lourde pour briser l'élan du bouc s'il venait à charger.

Il s'arrêta à deux pas de l'animal. Dans la masse du poil, un grand œil vert fixait sur lui une pupille ovale et sombre. Robinson se rappela que la plupart des quadrupèdes, par la position de leurs yeux, ne peuvent fixer un objet que de façon en quelque sorte borgne, et qu'un taureau qui charge ne voit rien de l'adversaire sur lequel il fonce. De la grosse statue de poil qui obstruait le sentier sortit un ricanement de ventriloque. Sa peur s'ajoutant à son extrême fatigue, une colère soudaine envahit Robinson. Il leva son gourdin et l'abattit de toutes ses forces entre les cornes du bouc. Il y eut un craquement sourd, la bête tomba sur les genoux, puis bascula sur le flanc. C'était le premier être vivant que Robinson avait rencontré sur l'île. Il l'avait tué.

Après plusieurs heures d'escalade, il parvint au pied d'un massif rocheux à la base duquel s'ouvrait la gueule noire d'une grotte. Il s'y engagea et constata qu'elle était de vastes dimensions, et si profonde qu'il ne pouvait songer à l'explorer sur-le-champ. Il ressortit et entreprit de se hisser au sommet du chaos qui semblait être le point culminant de cette terre. De là en effet, il put embrasser tout l'horizon circulaire du regard : la mer était partout. Il se trouvait donc sur un îlot beaucoup plus petit que Mas a Tierra et dépourvu de toute trace d'habitation. Il comprenait maintenant l'étrange comportement du bouc qu'il venait d'assommer : cet animal n'avait jamais vu d'être humain, c'était la curiosité qui l'avait cloué sur place. Robinson était trop épuisé pour mesurer toute l'étendue de son malheur... « Puisque ce n'est pas Mas a Tierra, dit-il simplement, c'est l'île de la Désolation », résumant sa situation par ce baptême impromptu. Mais le jour déclinait. La faim creusait en lui un vide nauséeux. Le désespoir suppose un minimum de répit. En errant sur le sommet de la montagne, il découvrit une espèce d'ananas sauvage, plus petit et moins sucré que ceux de Californie, qu'il découpa en cubes avec son couteau de poche et dont il dîna. Puis il se glissa sous un bloc rocheux et il sombra dans un sommeil sans rêves.

*

Un cèdre gigantesque qui prenait racine aux abords de la grotte s'élevait, bien au-dessus du chaos rocheux, comme le génie tutélaire de l'île. Lorsque Robinson s'éveilla, une faible brise nord-ouest animait ses branches de gestes apaisants. Cette présence végétale le réconforta et lui aurait fait pressentir ce que l'île pouvait pour lui, si toute son attention n'avait été requise et aspirée par la mer. Puisque cette terre n'était pas l'île de Mas a Tierra, il devait s'agir d'un îlot que les cartes ne mentionnaient pas, situé quelque part entre la grande île et la côte chilienne. À l'ouest l'archipel Juan Fernández, à l'est le continent sud-améri-cain se trouvaient à des distances impossibles à déterminer, mais excédant à coup sûr les possibi-lités d'un homme seul sur un radeau ou une pirogue de fortune. En outre, l'îlot devait se trou-ver hors de la route régulière des navires, puisqu'il était totalement inconnu.

Cependant que Robinson se faisait ce triste rai-sonnement, il examinait la configuration de l'île. Toute sa partie occidentale paraissait couverte par l'épaisse toison de la forêt tropicale et se ter-miner par une falaise rocheuse abrupte sur la mer. Vers le levant, au contraire, on voyait ondoyer une prairie très irriguée qui dégénérait en marécages aux abords d'une côte basse et laguneuse. Seul le nord de l'îlot paraissait abordable. Il était formé d'une vaste baie sablonneuse, encadrée au nord-est par des dunes blondes, au nord-ouest par les récifs où l'on distinguait la coque de la *Virginie*, empalée sur son gros ventre.

Lorsque Robinson commença à redescendre vers le rivage d'où il était parti la veille, il avait subi un premier changement. Il était plus grave — c'est-à-dire plus lourd, plus triste — d'avoir pleinement reconnu et mesuré cette solitude qui allait être son destin pour longtemps peut-être.

Il avait oublié le bouc assommé quand il le découvrit au milieu de la piste qu'il avait suivie la veille. Il fut heureux de retrouver sous sa main, presque par hasard, la souche qu'il avait laissée tomber quelques pas plus loin, car une demi-douzaine de vautours, la tête dans les épaules, le regardaient approcher de leurs petits yeux roses. Le bouc gisait éventré sur les pierres, et le gésier écarlate et dénudé qui saillait en avant du plumage des charognards disait assez que le festin avait commencé.

Robinson s'avança en faisant tournoyer sa lourde trique. Les oiseaux se dispersèrent en courant pesamment sur leurs pattes torses et parvinrent à décoller laborieusement un par un. L'un d'eux tourna dans l'air et, revenant en arrière, largua au passage une fiente verte qui s'écrasa sur un tronc près de Robinson. Pourtant les oiseaux avaient fort proprement travaillé. Seules les entrailles, les viscères et les génitoires du bouc avaient disparu, et il était probable que le reste n'aurait été comestible pour eux qu'après de longs jours de cuisson au soleil. Robinson chargea la dépouille sur ses épaules et continua son chemin.

*

Revenu sur la grève, il découpa un quartier et le fit rôtir suspendu à trois bâtons noués en faisceau au-dessus d'un feu d'eucalyptus. La flamme pétillante le réconforta davantage que la viande musquée et coriace qu'il mâchait en fixant l'horizon. Il décida d'entretenir ce foyer en permanence, autant pour se réchauffer le cœur que pour ménager le briquet à silex qu'il avait retrouvé dans sa poche et pour se signaler à d'éventuels sauveteurs. Au demeurant, rien ne pouvait attirer davantage l'équipage d'un navire passant au large de l'île que l'épave de la *Virginie*, toujours en équilibre sur son roc, évidente et navrante, avec ses filins qui pendaient de ses mâts brisés, mais propre à exciter la convoitise de n'importe quel bourlingueur du monde. Robinson pensait aux armes et aux provisions de toute sorte que contenaient ses flancs et qu'il devrait bien sauver avant qu'une nouvelle tempête ne balayât définitivement l'épave. Si son séjour dans l'île devait se prolonger, sa survie dépendrait de cet héritage à lui légué par ses compagnons dont il ne pouvait plus douter à présent qu'ils fussent tous morts. La sagesse aurait été de procéder sans plus tarder aux opérations de débarquement qui présenteraient d'immenses difficultés pour un homme seul. Pourtant il n'en fit rien, se donnant comme raison que vider la *Virginie*, c'était la rendre plus vulnérable à un coup de vent et compromettre sa meilleure chance de sauvetage. En vérité il éprouvait une insurmontable répugnance pour tout ce qui pouvait ressembler à des travaux d'installation dans l'île. Non seulement il persistait à croire que son séjour ici ne pourrait être de longue durée, mais, par une crainte superstitieuse, il lui semblait qu'en faisant quoi que ce fût pour organiser sa vie sur ces rivages, il renonçait aux chances qu'il avait d'être rapidement recueilli. Tournant le dos obstinément à la terre, il n'avait d'yeux que pour la surface bombée et métallique de la mer d'où viendrait bientôt le salut.

Les jours qui suivirent, il les employa à signaler sa présence par tous les moyens que lui présenta son imagination. À côté du foyer perpétuellement entretenu sur la grève, il entassa des fagots de branchages et une quantité de varech propres à constituer rapidement un foyer fuligineux si une voile venait à pointer à l'horizon. Puis il eut l'idée d'un mât au sommet duquel était posée une perche dont l'extrémité la plus longue touchait le sol. En cas d'alerte, il y fixerait un fagot enflammé puis, tirant sur l'autre extrémité à l'aide d'une liane, il ferait basculer la perche et monter haut dans le ciel le fanal improvisé. Mais il se désintéressa de ce stratagème quand il eut découvert sur la falaise surplombant la baie à l'ouest un eucalyptus mort qui pouvait avoir deux cents pieds de haut et dont le tronc creux formait une longue cheminée ouverte vers le ciel. En y entassant des brindilles et des bûchettes, il pensa pouvoir en peu de temps transformer l'arbre en une gigantesque torche, repérable à plusieurs lieues à la ronde. Il négligea de dresser des signaux qui fussent visibles en son absence, car il ne songeait pas à s'éloigner de ce rivage où dans quelques heures peut-être, demain ou après-demain au plus tard, un navire jetterait l'ancre pour lui.

Il ne faisait aucun effort pour se nourrir, mangeant à tout moment ce qui lui tombait sous la main — coquillages, feuilles de pourpier, racines de fougères, noix de coco, choux palmistes[15], baies ou œufs d'oiseaux et de tortues. Le troisième jour, il jeta loin de lui et abandonna aux charognards la carcasse du bouc dont l'odeur devenait intolérable. Il regretta bientôt ce geste qui eut pour effet de fixer sur lui l'attention vigilante des sinistres oiseaux. Désormais, où qu'il allât, quoi qu'il fît, un aréopage[16] de têtes chenues et de cous pelés se rassemblait inexorablement à quelque distance. Les oiseaux n'évitaient que paresseusement les pierres ou les bûches dont il les bombardait parfois dans son exaspération, comme si, serviteurs de la mort, ils étaient eux-mêmes immortels.

Il négligeait de tenir le compte des jours qui passaient. Il apprendrait bien de la bouche de ses sauveteurs combien de temps s'était écoulé depuis le naufrage de la *Virginie*. Ainsi ne sut-il jamais précisément au bout de combien de jours, de semaines ou de mois, son inactivité et sa surveillance passive de l'horizon commencèrent à lui peser. La vaste plaine océane légèrement bombée, miroitante et glauque, le fascinait, et il se prit à craindre d'être l'objet d'hallucinations. Il oublia d'abord qu'il n'avait à ses pieds qu'une masse liquide en perpétuel mouvement. Il vit en elle une surface dure et élastique où il n'aurait tenu qu'à lui de s'élancer et de rebondir. Puis, allant plus loin, il se figura qu'il s'agissait du dos de quelque animal fabuleux dont la tête devait se trouver de l'autre côté de l'horizon. Enfin il lui parut tout à coup que l'île, ses rochers, ses forêts n'étaient que la paupière et le sourcil d'un œil immense, bleu et humide, scrutant les profondeurs du ciel. Cette dernière image l'obséda au point qu'il dut renoncer à son attente contemplative. Il se secoua et décida d'entreprendre quelque chose. Pour la première fois, la peur de perdre l'esprit l'avait effleuré de son aile. Elle ne devait plus le quitter.

*

Entreprendre quelque chose ne pouvait avoir qu'un seul sens : construire un bateau de tonnage suffisant pour rallier la côte chilienne occidentale.

Ce jour-là, Robinson décida de surmonter sa répugnance et de faire une incursion dans l'épave de la *Virginie* pour tenter d'en rapporter des instruments et des matériaux utiles à son dessein. Il réunit à l'aide de lianes une douzaine de rondins en un grossier radeau, fort utilisable cependant par calme plat. Une forte perche pouvait lui servir de moyen de propulsion, car l'eau demeurait peu profonde par marée basse jusqu'aux premiers rochers sur lesquels il pouvait ensuite prendre appui. Parvenu à l'ombre monumentale de l'épave, il amarra son radeau sur le fond et entreprit de faire à la nage le tour du bâtiment pour tenter de trouver un moyen d'accès. La coque, qui ne présentait aucune blessure apparente, s'était plantée sur un récif pointu et sans doute constamment immergé qui la portait comme un socle. En somme, si l'équipage, faisant confiance à cette brave *Virginie*, était demeuré dans l'entrepont au lieu de s'exposer sur le pont balayé par les lames, tout le monde aurait eu peut-être la vie sauve. En se hissant à l'aide d'un filin qui pendait d'un écubier[17], Robinson se prenait même à penser qu'il pouvait trouver à bord le capitaine Van Deyssel qu'il avait quitté blessé sans doute, mais vivant et en sécurité dans sa cabine. Dès qu'il eut sauté sur le gaillard d'arrière, encombré par un tel amoncellement de mâts, de vergues, de câbles et de haubans brisés et enchevêtrés qu'il était difficile de s'y frayer un passage, il aperçut le cadavre du matelot de quart, toujours solidement capelé au cabestan, comme un supplicié à son poteau. Le malheureux, disloqué par les chocs terribles qu'il avait reçus sans pouvoir se mettre à l'abri, était mort à son poste après avoir donné vainement l'alerte.

Le même désordre régnait dans les soutes. Du moins l'eau n'y avait-elle pas pénétré, et il trouva, serrées dans des coffres, des provisions de biscuits et de viande séchée dont il consomma tout ce qu'il put en l'absence d'eau douce. Certes, il restait également des dames-jeannes[18] de vin et de genièvre, mais une habitude d'abstinence avait laissé intacte en lui la répulsion qu'éprouve naturellement l'organisme pour les boissons fermentées. La cabine était vide, mais il aperçut le capitaine qui gisait dans l'abri de navigation. Robinson eut un tressaillement de joie lorsqu'il vit le gros homme faire un effort, comme pour se redresser en s'entendant appeler. Ainsi donc la catastrophe avait laissé deux survivants ! À vrai dire la tête de Van Deyssel, qui n'était qu'une masse sanglante et chevelue, pendait en arrière, secouée par les soubresauts étranges qui agitaient le torse. Lorsque la silhouette de Robinson s'encadra dans ce qui demeurait de la porte de la passerelle, le pourpoint maculé du capitaine s'entrouvrit, et un rat énorme s'en échappa, suivi de deux autres bêtes de moindre dimension. Robinson s'éloigna en trébuchant et vomit au milieu des décombres qui jonchaient le plancher.

Il ne s'était pas montré très curieux de la nature du fret que transportait la *Virginie*. Il avait certes posé la question à Van Deyssel peu après son embarquement, mais il n'avait pas insisté lorsque le commandant lui avait répondu par une répugnante plaisanterie. Il s'était fait une spécialité, avait expliqué le gros homme, du fromage de Hollande et du guano[19], ce dernier produit s'apparentant au premier par sa consistance onctueuse, sa couleur jaunâtre et son odeur caséeuse[20]. Aussi Robinson ne fut-il pas autrement surpris en découvrant quarante tonneaux de poudre noire, fortement arrimés au centre de la cale.

Il lui fallut plusieurs jours pour transporter sur

son radeau et mener à terre tout cet explosif, car il était interrompu la moitié du temps par la marée haute. Il en profitait alors pour le mettre à l'abri de la pluie sous une couverture de palmes immobilisées par des pierres. Il rapporta également de l'épave deux caisses de biscuits, une longue-vue, deux mousquets à silex, un pistolet à double canon, deux haches, une herminette[21], un marteau, une plane, un ballot d'étoupe et une vaste pièce d'étamine rouge — étoffe de peu de prix destinée à des opérations de troc avec d'éventuels indigènes. Il retrouva dans la cabine du capitaine le fameux barillet d'Amsterdamer, hermétiquement clos, et, à l'intérieur, la grande pipe de porcelaine, intacte malgré sa fragilité dans sa cheminée de tabac. Il chargea aussi sur son radeau une grande quantité de planches arrachées au pont et aux cloisons du navire. Enfin il trouva dans la cabine du second une bible en bon état qu'il emporta enveloppée dans un lambeau de voile pour la protéger.

Dès le lendemain, il entreprit la construction d'une embarcation qu'il baptisa par anticipation l'*Évasion*.

CHAPITRE II

Au nord-ouest de l'île, les falaises s'effondraient sur une crique de sable fin, aisément accessible par une coulée d'éboulis rocheux clairsemés de maigres bruyères. Cette échancrure de la côte était dominée par une clairière d'un acre et demi environ, parfaitement plane, où Robinson mit au jour sous les herbes un tronc de myrte de plus de cent quarante pieds de long, sec, sain et de belle venue dont il pensa faire la pièce maîtresse de l'*Évasion*. Il y transporta les matériaux qu'il avait arrachés à la *Virginie* et décida d'établir son chantier sur ce petit plateau qui présentait l'avantage majeur de dominer l'horizon marin d'où pouvait venir le salut. Enfin l'eucalyptus creux se trouvait à proximité et pourrait être embrasé sans retard en cas d'alerte.

Avant de se mettre au travail, Robinson lut à haute voix quelques pages de la Bible. Élevé dans l'esprit de la secte des Quakers[22] — à laquelle appartenait sa mère —, il n'avait jamais été un grand lecteur des textes sacrés. Mais sa situation extraordinaire et le hasard — qui ressemblait si fort à un décret de la Providence — grâce auquel le Livre des livres lui avait été donné comme seul viatique spirituel le poussaient à chercher dans ces pages vénérables le secours moral dont il avait tant besoin. Ce jour-là, il crut trouver dans le chapitre IV de la Genèse — celui qui relate le Déluge et la construction de l'arche par Noé — une allusion évidente au navire de salut qui allait sortir de ses mains.

Après avoir débarrassé de ses hautes herbes et de ses buissons une aire de travail suffisante, il y roula le tronc du myrte et entreprit de l'ébrancher. Puis il l'attaqua à la hache pour lui donner le profil d'une poutre rectangulaire.

Il travaillait lentement et comme à tâtons. Il avait pour seul guide le souvenir des expéditions qu'il faisait encore enfant dans un chantier de construction de barques de pêche établi sur le bord de l'Ouse[23] à York, ainsi que celui de cette yole de promenade que ses frères et lui avaient tenté de confectionner et à laquelle il avait fallu renoncer. Mais il disposait d'un temps indéfini, et il était poussé dans sa tâche par une inéluctable nécessité. Lorsque le découragement menaçait de le gagner, il se comparait à quelque prisonnier limant avec un instrument de fortune les barreaux de sa fenêtre ou creusant de ses ongles un trou dans l'un des murs de sa cellule, et il se jugeait alors favorisé dans son malheur. Il convient d'ajouter qu'ayant négligé de tenir un calendrier depuis le naufrage, il n'avait qu'une idée vague du temps qui s'écoulait. Les jours se superposaient, tous pareils, dans sa mémoire, et il avait le sentiment de recommencer chaque matin la journée de la veille.

Il se souvenait certes des formes à vapeur dans lesquelles les charpentiers de l'Ouse ployaient les membres du futur bateau. Mais il ne pouvait être question pour lui de se procurer ni de construire une étuve avec sa chaudière d'alimentation, et il ne lui restait que la délicate et laborieuse solution d'un assemblage d'éléments chantournés à la hache. Le profilage de l'étrave et de l'étambot s'avéra si difficile qu'il dut même abandonner sa hache et émincer le bois par fins copeaux au couteau de poche. Il était obsédé par la crainte de gâter le myrte qui lui avait providentiellement fourni la pièce maîtresse de l'*Évasion*.

Lorsqu'il voyait tourner les charognards au-dessus de l'épave de la *Virginie*, sa conscience le taraudait d'avoir abandonné sans sépulture la dépouille du capitaine et celle du matelot. Il avait toujours repoussé à plus tard l'épouvantable tâche qu'auraient représentée pour un homme seul l'enlèvement et le transport à terre de ces cadavres corpulents et décomposés. Les jeter par-dessus bord aurait risqué d'attirer dans la baie des requins qui n'eussent pas manqué de s'y fixer à demeure dans l'attente d'autres aubaines. C'était bien assez des vautours qu'il avait affriandés par une première imprudence et qui depuis le surveillaient sans relâche. Il se dit enfin que lorsque les oiseaux et les rats auraient fini de nettoyer les cadavres, il serait toujours temps de recueillir les squelettes propres et secs, et de leur donner une tombe décente. S'adressant aux âmes des deux défunts, il leur promit même de leur élever une petite chapelle où il viendrait prier chaque jour. Ses seuls compagnons étaient des morts, il était juste qu'il leur fasse une place de choix dans sa vie.

Malgré toutes ses recherches dans la *Virginie*, il n'avait pu trouver ni une vis ni un clou. Comme il ne disposait pas non plus de vilebrequin, l'assemblage des pièces par chevillage lui était également interdit. Il se résigna à ajointer les pièces par mortaises et tenons, en taillant ces derniers en queues-d'aronde pour plus de solidité. Il eut même l'idée de les durcir à la flamme avant de les engager dans les mortaises, puis de les arroser d'eau de mer pour les faire gonfler et les souder ainsi dans leur logement. Cent fois le bois se fendit sous l'action, soit de la flamme, soit de l'eau, mais il recommençait inlassablement, ne vivant plus que dans une sorte de torpeur de somnambule, au-delà de la fatigue et de l'impatience.

*

De brusques averses et des traînées blanches à l'horizon annoncèrent un changement de temps. Un matin, le ciel, qui paraissait tout aussi pur qu'à l'accoutumée, avait pris cependant une teinte métallique qui l'inquiéta. Le bleu transparent des jours précédents avait tourné au bleu mat et plombé. Bientôt un couvercle de nuages parfaitement homogènes s'appesantit d'un horizon à l'autre, et les premières gouttes mitraillèrent la coque de l'*Évasion*. Robinson voulut d'abord

33

ignorer ce contretemps imprévu, mais il dut bientôt retirer ses vêtements dont la pesanteur trempée gênait ses mouvements. Il les rangea à l'abri dans la partie achevée de la coque. Il s'attarda un moment à regarder l'eau tiède ruisseler sur son corps couvert de croûtes de terre et de crasse qui fondaient en petites rigoles boueuses. Ses toisons rousses, collées en plaques luisantes, s'orientaient selon des lignes de forces qui accentuaient leur animalité. « Un phoque d'or », pensa-t-il avec un vague sourire. Puis il urina, trouvant plaisant d'ajouter sa modeste part au déluge qui noyait tout autour de lui. Il se sentait soudain en vacances, et un accès de gaieté lui fit esquisser un pas de danse lorsqu'il courut, aveuglé par les gouttes et cinglé par les rafales, se réfugier sous le couvert des arbres.

La pluie n'avait pas encore percé les mille toitures superposées des frondaisons sur lesquelles elle tambourinait avec un bruit assourdissant. Une vapeur d'étuve montait du sol et se perdait dans les voûtes feuillues. Robinson s'attendait à tout instant à ce que l'eau perce enfin et l'inonde. Or le sol devenait de plus en plus fangeux sous ses pieds sans qu'une seule goutte d'eau lui soit encore tombée sur la tête ou sur les épaules. Il comprit enfin en s'apercevant qu'un petit torrent dévalait le long de chaque tronc d'arbre dans des gouttières creusées dans l'écorce comme à cette seule fin. Quelques heures plus tard, le soleil couchant, apparu entre l'horizon et la ligne inférieure du plafond de nuages, baigna l'île dans une lumière d'incendie sans que la pluie diminue de violence.

L'élan de gaieté puérile qui avait emporté Robinson était tombé en même temps que se dissipait l'espèce d'ébriété où l'entretenait son travail forcé. Il se sentait sombrer dans un abîme de déréliction, nu et seul, dans ce paysage d'Apocalypse, avec pour toute société deux cadavres pourrissant sur le pont d'une épave. Il ne devait comprendre que plus tard la portée de cette expérience de la nudité qu'il faisait pour la première fois. Certes, ni la température ni un sentiment de quelconque pudeur ne l'obligeaient à porter des vêtements de civilisé. Mais si c'était par routine qu'il les avait conservés jusqu'alors, il éprouvait par son désespoir la valeur de cette armure de laine et de lin dont la société humaine l'enveloppait encore un moment auparavant. La nudité est un luxe que seul l'homme chaudement entouré par la multitude de ses semblables peut s'offrir sans danger. Pour Robinson, aussi longtemps qu'il n'aurait pas changé d'âme, c'était une épreuve d'une meurtrière témérité. Dépouillée de ces pauvres hardes — usées, lacérées, maculées, mais issues de plusieurs millénaires de civilisation et imprégnées d'humanité —, sa chair était offerte vulnérable et blanche au rayonnement des éléments bruts. Le vent, les cactus, les pierres et jusqu'à cette lumière impitoyable cernaient, attaquaient et meurtrissaient cette proie sans défense. Robinson se sentit périr. Une créature humaine avait-elle été jamais soumise à une épreuve aussi cruelle ? Pour la première fois depuis le naufrage, des paroles de révolte contre les décrets de la Providence s'échappèrent de ses lèvres. « Seigneur, murmura-t-il, si tu ne t'es pas complètement détourné de ta créature, si tu ne veux pas qu'elle succombe dans les minutes qui viennent sous le poids de la désolation que tu lui imposes, alors, manifeste-toi. Accorde-moi un signe qui atteste ta présence auprès de moi ! » Puis il attendit, les lèvres serrées, semblable au premier homme sous l'Arbre de la Connaissance, quand toute la terre était molle et humide encore après le retrait des eaux. Alors, tandis que le grondement de la pluie redoublait sur les feuillages et que tout semblait vouloir se dissoudre dans la nuée vaporeuse qui montait du sol, il vit se former à l'horizon un arc-en-ciel plus vaste et plus coruscant[24] que la nature seule n'en peut créer. Plus qu'un arc-en-ciel, c'était comme une auréole presque parfaite, dont seul le segment inférieur disparaissait dans les flots, et qui étalait les sept couleurs du spectre avec une admirable vivacité.

L'averse cessa aussi soudainement qu'elle avait commencé. Robinson retrouva avec ses vêtements le sens et l'instance de son travail. Il eut bientôt surmonté cette brève mais instructive défaillance.

*

Il était occupé à tordre un couple à son équerrage exact en pesant sur lui de tout son poids, quand il éprouva le sentiment confus qu'il était observé. Il releva la tête, et son regard croisa celui de Tenn, le chien de la *Virginie*, ce setter-laverack de race médiocre, mais affectueux comme un enfant, qui se trouvait sur le pont avec l'homme de quart au moment du naufrage. L'animal était tombé en arrêt à une dizaine de pas, les oreilles pointées, la patte de devant gauche repliée. Une émotion réchauffa le cœur de Robinson. Il avait la certitude cette fois qu'il n'avait pas seul échappé au naufrage. Il fit quelques pas vers l'animal en prononçant plusieurs fois son nom. Tenn apparte-nait à une de ces races de chiens qui manifestent un besoin vital, impérieux de la présence humaine, de la voix et de la main humaines. Il était étrange qu'il ne se précipitât pas vers Robin-son en gémissant, l'échine tordue et le fouet éperdu. Robinson n'était plus qu'à quelques pieds de lui quand il se mit à battre en retraite, les babines retroussées, avec un grondement de haine. Puis il fit un brusque demi-tour et s'enfuit ventre à terre dans les taillis où il disparut. Malgré sa déception, Robinson conserva de cette ren-contre comme une joie rémanente qui l'aida à vivre plusieurs jours. En outre, le comportement incompréhensible de Tenn détourna sa pensée de l'*Évasion* en lui donnant un aliment neuf. Fal-lait-il croire que les terreurs et les souffrances du naufrage avaient rendu folle la pauvre bête? Ou bien son chagrin de la mort du commandant était-il si farouche qu'elle ne supportait plus la présence d'un autre homme? Mais une autre hypothèse se présenta à son esprit et le remplit d'angoisse: peut-être était-il depuis si longtemps déjà dans l'île qu'il était en somme naturel que le chien fût retourné à l'état sauvage. Combien de jours, de semaines, de mois, d'années s'étaient-ils écoulés depuis le naufrage de la *Virginie*? Robinson était pris de vertige quand il se posait cette question. Il lui semblait alors jeter une pierre dans un puits et attendre vainement que retentisse le bruit de sa chute sur le fond. Il se jura de marquer désormais sur un arbre de l'île une encoche chaque jour, et une croix tous les trente jours. Puis il oublia son propos en se replongeant dans la construction de l'*Évasion*.

Elle prenait figure lentement, celle d'un cotre large, à l'étrave fort peu relevée, un peu lourd, qui devait jauger quatre à cinq tonneaux. Il n'en fallait pas moins pour tenter avec quelques chances de réussite la traversée vers la côte chilienne. Robinson avait opté pour un seul mât qui porterait une voile triangulaire latine permettant d'établir une grande surface vélique, facilement manœuvrable toutefois pour un unique homme d'équipage, et particulièrement adaptée au vent de travers (N.-S.) dont il fallait prévoir la dominance en naviguant cap à l'est. Le mât devait traverser le rouf et aller s'implanter sur la quille de façon à être totalement solidaire de la coque. Avant de procéder à la pose du pont, Robinson passa une dernière fois la main sur la surface interne — lisse et étroitement ajointée — des flancs du bateau, et il imagina avec bonheur les gouttes qui apparaîtraient normalement à tous les joints quand il mettrait à l'eau pour la première fois. Il faudrait attendre plusieurs jours d'immersion pour que, le bois gonflant, la coque devînt étanche. Le pontage supporté par les baux[25] qui reliaient en même temps les deux côtés de la coque demanda à lui seul plusieurs semaines d'un travail acharné, mais il ne pouvait être question d'y renoncer, car le bateau ne devait pas embarquer en cas de mauvais temps, et il fallait que fussent à l'abri les provisions indispensables à la subsistance du passager pendant la traversée.

Dans tous ses travaux, Robinson souffrait cruellement de ne pas posséder de scie. Cet outil — impossible à confectionner avec des moyens de fortune — lui aurait épargné des mois de travail à la hache et au couteau. Un matin il se crut victime de son obsession en entendant à son réveil un bruit qui ne pouvait être interprété que comme celui d'un scieur en action. Parfois le bruit cessait, comme si le scieur avait changé de position, puis il reprenait avec une régularité monotone. Robinson se dégagea doucement du trou de rocher où il avait accoutumé de dormir, et il s'avança à pas de loup vers l'origine du bruit, en s'efforçant de se préparer à l'émotion qu'il éprouverait s'il se trouvait face à face avec un être humain. Il finit par découvrir au pied d'un palmier un crabe gigantesque qui sciait avec ses pinces une noix de coco serrée dans ses pattes. Dans les branches de l'arbre, à vingt pieds de haut, un autre crabe s'attaquait à la base des noix pour les faire choir. Les deux crustacés ne parurent nullement incommodés par la survenue du naufragé et poursuivirent tranquillement leur bruyante besogne.

Ce spectacle inspira à Robinson un profond dégoût. Il regagna la clairière de l'*Évasion*, confirmé dans le sentiment que cette terre lui demeurait étrangère, qu'elle était pleine de maléfices, et que son bateau — dont il voyait à travers

les genêts la silhouette massive et sympathique —
était tout ce qui le rattachait à la vie.

Faute de vernis ou même de goudron pour
enduire les flancs de la coque, il entreprit de fabri-
quer de la glu selon un procédé qu'il avait observé
dans les chantiers de l'Ouse. Il dut pour cela raser
presque entièrement un petit bois de houx qu'il
avait repéré dès le début de son travail près du
mât du levant. Pendant quarante-cinq jours, il
débarrassa les arbustes de leur première écorce et
recueillit l'écorce intérieure en la découpant en
lanières. Puis il fit longuement bouillir dans un
chaudron cette masse fibreuse et blanchâtre qui
se décomposa peu à peu en un liquide épais et visqueux. Il le remit ensuite au feu et le répandit brûlant sur la coque du bateau.

L'*Évasion* était terminée, mais la longue histoire de sa construction demeurait écrite à jamais
dans la chair de Robinson. Coupures, brûlures,
estafilades, callosités, tavelures[26] indélébiles et
bourrelets cicatriciels racontaient la lutte opi-
niâtre qu'il avait menée si longtemps pour en arriver à ce petit bâtiment trapu et ailé. À défaut de
journal de bord, il regarderait son corps quand il
voudrait se souvenir.

Il commença à rassembler les provisions qu'il
embarquerait avec lui. Mais il abandonna bientôt
cette besogne en songeant qu'il convenait d'abord
de mettre à l'eau sa nouvelle embarcation pour
éprouver sa tenue en mer et assurer son étan-
chéité. En vérité, une sourde angoisse le retenait,
la peur d'un échec, d'un coup inattendu qui rédui-
rait à néant les chances de réussite de l'entreprise

sur laquelle il jouait sa vie. Il imaginait l'*Évasion* révélant aux premiers essais quelque vice rédhibitoire, un excès de tirant d'eau, par exemple — elle serait peu maniable et les moindres vagues la couvriraient —, ou pas assez, au contraire — elle chavirerait au premier déséquilibre. Dans ses pires cauchemars, à peine avait-elle touché la surface de l'eau qu'elle coulait à pic, comme un lingot de plomb, et lui, le visage plongé dans l'eau, la voyait s'enfoncer en se dandinant dans des profondeurs glauques de plus en plus sombres.

Enfin il se décida à procéder à ce lancement que d'obscurs pressentiments lui faisaient différer depuis si longtemps. Il ne fut pas autrement surpris de l'impossibilité de traîner sur le sable jusqu'à la mer cette coque qui devait peser plus de mille livres. Mais ce premier échec lui révéla la gravité d'un problème auquel il n'avait jamais songé sérieusement. Ce fut l'occasion pour lui de découvrir un aspect important de la métamorphose que son esprit subissait sous l'influence de sa vie solitaire. Le champ de son attention paraissait en même temps s'approfondir et s'étrécir. Il lui devenait de plus en plus difficile de songer à plusieurs choses à la fois, et même de passer d'un sujet de préoccupation à un autre. Il s'avisa ainsi qu'autrui est pour nous un puissant *facteur de distraction*, non seulement parce qu'il nous dérange sans cesse et nous arrache à notre pensée actuelle, mais aussi parce que la seule possibilité de sa survenue jette une vague lueur sur un univers d'objets situés en marge de notre attention, mais capable à tout instant d'en devenir le centre. Cette présence marginale et comme fantomatique des choses dont il ne se préoccupait pas dans l'immédiat s'était peu à peu effacée de l'esprit de Robinson. Il était désormais entouré d'objets soumis à la loi sommaire du tout ou rien, et c'était ainsi qu'absorbé par la construction de l'*Évasion*, il avait perdu de vue le problème de sa mise à flot. Il convient d'ajouter qu'il avait été fortement obnubilé[27] aussi par l'exemple de l'arche de Noé qui était devenue pour lui comme l'archétype de l'*Évasion*. Construite en pleine terre, loin de tout rivage, l'arche avait attendu que l'eau vînt à elle, tombant du ciel ou accourant du haut des montagnes.

Une panique d'abord maîtrisée, puis vertigineuse, le gagna lorsqu'il échoua également à glisser des rondins sous la quille pour la faire rouler, comme il avait vu faire pour des fûts de colonnes lors de la restauration de la cathédrale d'York. La coque était inébranlable, et Robinson parvint tout juste à défoncer l'un des couples en pesant sur elle avec un pieu qui basculait en levier sur une bûche. Au bout de trois jours d'efforts, la fatigue et la colère lui brouillaient la vue. Il songea alors à un ultime procédé pour parvenir à cette mise à flot. Puisqu'il ne pouvait faire glisser l'*Évasion* jusqu'à la mer, il pourrait peut-être faire monter la mer jusqu'à elle. Il suffisait de creuser à cette fin une sorte de canal qui, partant du rivage, irait en s'approfondissant régulièrement jusqu'à l'aire de construction du bateau. Celui-ci basculerait finalement dans le canal où la marée montante s'engouffrerait chaque jour en bouillonnant. Il se

jeta aussitôt au travail. Puis, l'esprit calmé, il éva-
lua la distance du bateau au rivage, et surtout la
hauteur à laquelle il se trouvait au-dessus du
niveau de la mer. Le canal devrait avoir cent vingt
yards de long et s'enfoncer dans la falaise jusqu'à
une profondeur de plus de cent pieds. Entreprise
gigantesque à laquelle toutes les années qui pouvaient lui rester à vivre dans le meilleur cas ne
suffiraient sans doute pas. Il renonça.

*

La vase liquide sur laquelle dansaient des
nuages de moustiques était parcourue de remous
visqueux lorsqu'un marcassin dont seul émergeait
le groin moucheté venait se coller au flanc maternel. Plusieurs hardes de pécaris avaient établi leur
souille[28] dans les marécages de la côte orientale
de l'île et y demeuraient enfouies pendant les
heures les plus chaudes de la journée. Mais tandis
que la laie assoupie se confondait tout à fait avec
la boue dans son immobilité végétale, sa portée
s'agitait et se disputait sans cesse avec des grogne-
ments aigus. Comme les rayons du soleil
commençaient à devenir obliques, la laie secoua
soudain sa torpeur et, d'un effort puissant, elle
hissa sa masse ruisselante sur une langue de terre
sèche, tandis que les petits tricotaient furieusement des pattes avec des cris stridents pour
échapper à la succion de la bourbe. Puis toute la
harde s'en fut en file indienne dans un grand bruit
de broussailles foulées et de bois cassé.

C'est alors qu'une statue de limon s'anima à son

tour et glissa au milieu des joncs. Robinson ne savait plus depuis combien de temps il avait abandonné son dernier haillon aux épines d'un buisson. D'ailleurs il ne craignait plus l'ardeur du soleil, car une croûte d'excréments séchés couvrait son dos, ses flancs et ses cuisses. Sa barbe et ses cheveux se mêlaient, et son visage disparaissait dans cette masse hirsute. Ses mains devenues des moignons crochus ne lui servaient plus qu'à marcher, car il était pris de vertige dès qu'il tentait de se mettre debout. Sa faiblesse, la douceur des sables et des vases de l'île, mais surtout la rupture de quelque petit ressort de son âme faisaient qu'il ne se déplaçait plus qu'en se traînant sur le ventre. Il savait maintenant que l'homme est semblable à ces blessés au cours d'un tumulte ou d'une émeute qui demeurent debout aussi longtemps que la foule les soutient en les pressant, mais qui glissent à terre dès qu'elle se disperse. La foule de ses frères, qui l'avait entretenu dans l'humain sans qu'il s'en rendît compte, s'était brusquement écartée de lui, et il éprouvait qu'il n'avait pas la force de tenir seul sur ses jambes. Il mangeait, le nez au sol, des choses innommables. Il faisait sous lui et manquait rarement de se rouler dans la molle tiédeur de ses propres déjections. Il se déplaçait de moins en moins, et ses brèves évolutions le ramenaient toujours à la souille. Là il perdait son corps et se délivrait de sa pesanteur dans l'enveloppement humide et chaud de la vase, tandis que les émanations délétères[29] des eaux croupissantes lui obscurcissaient l'esprit. Seuls ses yeux, son nez et sa bouche affleuraient dans le tapis flottant des lentilles d'eau et des œufs de crapaud. Libéré de toutes ses attaches terrestres, il suivait dans une rêverie hébétée des bribes de souvenirs qui, remontant de son passé, dansaient au ciel dans l'entrelacs des feuilles immobiles. Il retrouvait les heures feutrées qu'il avait passées, enfant, tapi au fond du sombre magasin de laines et cotonnades en gros de son père. Les rouleaux de tissu entassés formaient autour de lui comme une forteresse molle qui buvait indistinctement les bruits, les lumières, les chocs et les courants d'air. Dans cette atmosphère confinée flottait une odeur immuable de suint, de poussière et de vernis à laquelle s'ajoutait celle du benjoin dont usait en toute saison le père Crusoé pour combattre un rhume inextinguible. À ce petit homme timide et frileux, toujours perché sur son très haut pupitre ou inclinant ses lorgnons sur un livre de comptes, Robinson pensait ne devoir que ses cheveux rouges, et tenir pour le reste de sa mère, qui était une maîtresse femme. La souille, en lui révélant ses propres facultés de repliement sur lui-même et de démission en face du monde extérieur, lui apprit qu'il était, davantage qu'il n'avait cru, le fils du petit drapier d'York.

Dans ses longues heures de méditations brumeuses, il développait une philosophie qui aurait pu être celle de cet homme effacé. Seul le passé avait une existence et une valeur notables. Le présent ne valait que comme source de souvenirs, fabrique de passé. Il n'importait de vivre que pour augmenter ce précieux capital de passé. Venait enfin la mort : elle n'était elle-même que le moment attendu de jouir de cette mine d'or accumulée. L'éternité nous était donnée afin de reprendre notre vie en profondeur, plus attentivement, plus intelligemment, plus sensuellement qu'il n'était possible de le faire dans la bousculade du présent.

*

Il était en train de brouter une touffe de cresson dans un marigot[30], lorsqu'il entendit de la musique. Irréelle, mais distincte, c'était une symphonie céleste, un chœur de voix cristallines qu'accompagnaient des accords de harpe et de viole de gambe[31]. Robinson pensa qu'il s'agissait de la musique du ciel, et qu'il n'en avait plus pour longtemps à vivre, à moins qu'il ne fût déjà mort. Mais, en levant la tête, il vit pointer une voile blanche à l'est de l'horizon. Il ne fit qu'un saut jusqu'au chantier de l'*Évasion* où traînaient ses outils et où il eut la chance de retrouver presque aussitôt son briquet. Puis il se précipita vers l'eucalyptus creux. Il enflamma un fagot de branches sèches et le poussa dans la gueule béante qu'ouvrait le tronc au ras du sol. Un torrent de fumée âcre en sortit aussitôt, mais le vaste embrasement qu'il escomptait parut se faire attendre.

D'ailleurs à quoi bon? Le navire avait mis le cap sur l'île et cinglait droit vers la Baie du Salut. Nul doute qu'il ne mouille à proximité de la plage et qu'une chaloupe ne s'en détache aussitôt. Avec des ricanements de dément, Robinson courait en tous sens à la recherche d'un pantalon et d'une chemise qu'il finit par retrouver sous la coque de l'*Évasion*. Puis il se précipita vers la plage, tout en se griffant le visage pour tenter de le dégager de la crinière compacte qui le couvrait. Sous une bonne brise nord-est, le navire gîtait gracieusement, inclinant toute sa voilure vers les vagues crêtées d'écume. C'était un de ces galions espagnols de jadis, destinés à rapporter à la mère patrie les gemmes et les métaux précieux du Mexique. Et il semblait à Robinson que les œuvres vives[32] que l'on voyait maintenant chaque fois que le flot se creusait au-dessous de la ligne de flottaison étaient en effet de couleur dorée. Il portait grand pavois et, à la pointe du grand mât, claquait une flamme bifide, jaune et noire. À mesure qu'il approchait, Robinson distinguait une foule brillante sur le pont, le château de proue et jusqu'aux tillacs. Il semblait qu'une fête somptueuse y déroulât ses fastes. La musique provenait d'un petit orchestre à cordes et d'un chœur d'enfants en robes blanches groupés sur le gaillard d'arrière. Des couples dansaient noblement autour d'une table chargée de vaisselle d'or et de cristal. Personne ne paraissait voir le naufragé, ni même le rivage qui se trouvait maintenant à moins d'une encablure, et que le navire longeait après avoir viré de bord. Robinson le suivait en courant sur la plage. Il hurlait, agitait les bras, s'arrêtait pour ramasser des galets qu'il lançait dans sa direction. Il tomba, se releva, tomba encore. Le galion[33] arrivait maintenant au niveau des premières dunes. Robinson allait se trouver arrêté par les lagunes qui succédaient à la plage. Il se jeta à l'eau et nagea de toutes ses forces vers le navire dont il ne voyait plus que la masse fessue du château arrière drapée de brocart. À l'un des sabords[34] pratiqués dans l'encorbellement, une jeune fille était accoudée. Robinson voyait son visage avec une netteté hallucinante. Très jeune, très tendre, vulnérable, creusé déjà semblait-il, il était cependant éclairé d'un sourire pâle, sceptique et abandonné. Robinson connaissait cette enfant. Il en était sûr. Mais qui, qui était-ce? Il ouvrit la bouche pour l'appeler. L'eau salée envahit sa gorge. Un crépuscule glauque l'entoura où il eut encore le temps de voir la face grimaçante d'une petite raie fuyant à reculons.

*

Une colonne de flammes le tira de sa torpeur. Comme il avait froid! Se pouvait-il que la mer l'eût rejeté pour la seconde fois sur le même rivage? Là-haut, sur la Falaise de l'Occident, l'eucalyptus flambait comme une torche dans la nuit. Robinson se dirigea en titubant vers cette source de lumière et de chaleur.

Ainsi ce signal qui devait balayer l'océan et alerter le reste de l'humanité n'avait réussi à attirer que lui-même, lui seul, suprême dérision!

Il passa la nuit recroquevillé dans les herbes, le visage tourné vers la caverne incandescente, traversée de lueurs fulgurantes, qui s'ouvrait à la base de l'arbre, et il se rapprochait du foyer à mesure que sa chaleur diminuait. Ce fut aux premières heures de l'aube qu'il parvint à mettre un nom — un prénom en vérité — sur la jeune fille du galion. C'était Lucy, sa jeune sœur, morte adolescente il y avait deux lustres[35]. Ainsi il ne pouvait douter que ce navire d'un autre siècle fût le produit d'une imagination insane.

Il se leva et regarda la mer. Cette plaine métallique, clouée déjà par les premières flèches du soleil, avait été sa tentation, son piège, son opium. Peu s'en était fallu qu'après l'avoir avili elle ne le livrât aux ténèbres de sa démence. Il fallait sous peine de mort trouver la force de s'en arracher. L'île était derrière lui, immense et vierge, pleine de promesses limitées et de leçons austères. Il reprendrait en main son destin. Il travaillerait. Il consommerait sans plus rêver ses noces avec son épouse implacable, la solitude.

Tournant le dos au grand large, il s'enfonça dans les éboulis semés de chardons d'argent qui menaient vers le centre de l'île.

CHAPITRE III

Robinson consacra les semaines qui suivirent à l'exploration méthodique de l'île et au recensement de ses ressources. Il dénombra les végétaux comestibles, les animaux qui pouvaient lui être de quelque secours, les points d'eau, les abris naturels. Par chance, l'épave de la *Virginie* n'avait pas encore complètement succombé aux violentes intempéries des mois précédents bien que des morceaux entiers de la coque et du pont eussent disparu. Le corps du capitaine et celui du matelot avaient eux aussi été emportés, ce dont Robinson se félicita, non sans éprouver en même temps de vifs remords de conscience. Il leur avait promis une tombe, il en serait quitte pour leur dresser un cénotaphe[36]. Il établit son dépôt général dans la grotte qui s'ouvrait dans le massif rocheux du centre de l'île. Il y transporta tout ce qu'il put arracher à l'épave, et il ne rejetait rien qui fût transportable, car les objets les moins utilisables gardaient à ses yeux la valeur de reliques de la communauté humaine dont il était exilé. Après avoir entreposé les quarante tonneaux de poudre noire au plus profond de la grotte, il y rangea trois coffres de vêtements, cinq sacs de céréales, deux corbeilles de vaisselle et d'argenterie, plusieurs couffins d'objets hétéroclites — chandeliers, éperons, bijoux, loupes, lunettes, canifs, cartes marines, miroirs, dés à jouer, cannes, etc. —, divers récipients à liquide, un coffre d'apparaux — câbles, poulies, fanaux, épissoirs[37], lignes, flotteurs, etc. —, enfin un coffret de pièces d'or et de monnaie d'argent et de cuivre. Les livres qu'il trouva épars dans les cabines avaient été tellement gâtés par l'eau de mer et de pluie que le texte imprimé s'en était effacé, mais il s'avisa qu'en faisant sécher au soleil ces pages blanches, il pourrait les utiliser pour tenir son journal, à condition de trouver un liquide pouvant tenir lieu d'encre. Ce liquide lui fut fourni inopinément par un poisson qui pullulait alors aux abords de la falaise du Levant. Le diodon, redouté pour sa mâchoire puissante et dentelée et pour les dards urticants qui hérissent son corps en cas d'alerte, a la curieuse faculté de se gonfler à volonté d'air et d'eau jusqu'à devenir rond comme une boule. L'air absorbé s'accumulant dans son ventre, il nage alors sur le dos sans paraître autrement incommodé par cette surprenante posture. En remuant avec un bâton l'un de ces poissons échoués sur le sable, Robinson avait remarqué que tout ce qui entrait en contact avec son ventre flasque ou distendu prenait une couleur rouge carminée extraordinairement tenace. Ayant pêché une grande quantité de ces poissons dont il goûtait la chair, délicate et ferme comme celle du poulet, il exprima dans un linge la matière fibreuse sécrétée par les pores de leur ventre et recueillit ainsi une teinture d'odeur fétide, mais d'un rouge admirable. Il se hâta alors de tailler convenablement une plume de vautour, et il pensa pleurer de joie en traçant ses premiers mots sur une feuille de papier. Il lui semblait soudain s'être à demi arraché à l'abîme de bestialité où il avait sombré et faire sa rentrée dans le monde de l'esprit en accomplissant cet acte sacré : écrire. Dès lors il ouvrit presque chaque jour son *log-book*[38] pour y consigner, non les événements petits et grands de sa vie matérielle — il n'en avait cure —, mais ses méditations, l'évolution de sa vie intérieure, ou encore les souvenirs qui lui revenaient de son passé et les réflexions qu'ils lui inspiraient.

Une ère nouvelle débutait pour lui — ou plus précisément, c'était sa vraie vie dans l'île qui commençait après des défaillances dont il avait honte et qu'il s'efforçait d'oublier. C'est pourquoi se décidant enfin à inaugurer un calendrier, il lui importait peu de se trouver dans l'impossibilité d'évaluer le temps qui s'était écoulé depuis le naufrage de la *Virginie*. Celui-ci avait eu lieu le 30 septembre 1759 vers deux heures de la nuit. Entre cette date et le premier jour qu'il marqua d'une encoche sur un fût de pin mort s'insérait une durée indéterminée, indéfinissable, pleine de ténèbres et de sanglots, de telle sorte que Robinson se trouvait coupé du calendrier des hommes, comme il était séparé d'eux par les eaux, et réduit à vivre sur un îlot de temps, comme sur une île dans l'espace.

Il consacra plusieurs jours à dresser une carte de l'île qu'il compléta et enrichit dans la suite au fur et à mesure de ses explorations. Il se résolut enfin à rebaptiser cette terre qu'il avait chargée le premier jour de ce nom lourd comme l'opprobre, « île de la Désolation ». Ayant été frappé en lisant la Bible de l'admirable paradoxe par lequel la religion fait du désespoir le péché sans merci et de l'espérance l'une des trois vertus théologales, il décida que l'île s'appellerait désormais *Speranza*, nom mélodieux et ensoleillé qui évoquait en outre le très profane souvenir d'une ardente Italienne qu'il avait connue jadis quand il était étudiant à l'université d'York. La simplicité et la profondeur de sa dévotion s'accommodaient de ces rapprochements qu'un esprit plus superficiel aurait jugés blasphématoires. Il lui semblait d'ailleurs, en regardant d'une certaine façon la carte de l'île qu'il avait dessinée approximativement, qu'elle pouvait figurer le profil d'un corps féminin sans tête, une femme, oui, assise, les jambes repliées sous elle, dans une attitude où l'on n'aurait pu démêler ce qu'il y avait de soumission, de peur ou de simple abandon. Cette idée l'effleura, puis le quitta. Il y reviendrait.

L'examen des sacs de riz, de blé, d'orge et de maïs qu'il avait sauvés de la *Virginie* lui réserva une lourde déception. Les souris et les charançons en avaient dévoré une partie dont il ne restait plus que de la balle mêlée de fientes. Une autre partie était gâtée par l'eau de pluie et de mer, et rongée de moisissures. Un triage épuisant, effectué grain par grain, lui permit finalement de sauver, outre le riz — intact mais impossible à cultiver —, dix gallons de blé, six gallons d'orge et quatre gallons de maïs. Il s'interdit de consommer la moindre parcelle du blé. Il voulait le semer, car il attachait un prix infini au pain, symbole de vie, unique nourriture citée dans le *Pater*, comme à tout ce qui pouvait encore le relier à la communauté humaine. Il lui semblait aussi que ce pain que lui donnerait la terre de Speranza serait la preuve tangible qu'elle l'avait adopté, comme il avait lui-même adopté cette île sans nom où le hasard l'avait jeté.

Il brûla quelques acres de prairie sur la côte orientale de l'île un jour que le vent soufflait de l'ouest, et il entreprit de labourer la terre et de semer ses trois céréales à l'aide d'une houe qu'il avait fabriquée avec une plaque de fer provenant de la *Virginie* dans laquelle il avait pu percer un trou assez large pour y introduire un manche. Il se promit de donner à cette première moisson le sens d'un jugement porté par la nature — c'est-à-dire par Dieu — sur le travail de ses mains.

Parmi les animaux de l'île, les plus utiles seraient à coup sûr les chèvres et les chevreaux qui s'y trouvaient en grand nombre, pourvu qu'il parvienne à les domestiquer. Or si les chevrettes se laissaient assez facilement approcher, elles se défendaient farouchement dès qu'il prétendait porter la main sur elles pour tenter de les traire. Il construisit donc un enclos en liant horizontalement des perches sur des piquets qu'il habilla ensuite de lianes entrelacées. Il y enferma des chevreaux très jeunes qui y attirèrent leurs mères par leurs cris. Robinson libéra ensuite les petits et attendit plusieurs jours que les pis des chèvres les fassent trop souffrir pour qu'elles ne se prêtassent pas à la traite avec empressement. Il avait créé ainsi un début de cheptel dans l'île après avoir ensemencé sa terre. Comme l'humanité de jadis, il était passé du stade de la cueillette et de la chasse à celui de l'agriculture et de l'élevage.

Il s'en fallait pourtant que l'île lui parût désormais comme une terre sauvage qu'il aurait su maîtriser, puis apprivoiser pour en faire un milieu tout humain. Il ne se passait pas de jour que quelque incident surprenant ou sinistre ne ravive l'angoisse qui était née en lui à l'instant où, ayant compris qu'il était le seul survivant du naufrage, il s'était senti orphelin de l'humanité. Le sentiment de sa déréliction assagi par la vue de ses champs labourés, de son enclos à chèvres, de la belle ordonnance de son entrepôt, de la fière allure de son arsenal, lui sauta à la gorge le jour où il surprit un vampire[39] accroupi sur le garrot d'un chevreau qu'il était en train de vider de son sang. Les deux ailes griffues et déchiquetées du monstre couvraient comme d'un manteau de mort la bestiole qui vacillait de faiblesse. Une autre fois, alors qu'il cueillait des coquillages sur des rochers à demi immergés, il reçut un jet d'eau en pleine figure. Un peu étourdi par le choc, il fit quelques pas, mais fut aussitôt arrêté par un second jet qui l'atteignit derechef au visage avec une diabolique précision. Aussitôt la vieille angoisse bien connue et si redoutée lui mordit le foie. Elle ne relâcha son étreinte qu'à moitié, lorsqu'il eut découvert dans une anfractuosité de rocher un petit poulpe gris qui avait l'étonnante faculté d'envoyer de l'eau grâce à une manière de siphon dont il pouvait faire varier l'angle de tir.

Il avait fini par se résigner à la surveillance implacable qu'il subissait de la part de son « conseil d'administration », comme il continuait à appeler le groupe de vautours qui paraissaient s'être attachés à sa personne. Où qu'il aille, quoi qu'il fasse, ils étaient là, bossus, goitreux et pelés, guettant — non certes sa propre mort comme il s'en persuadait dans ses moments de dépression, mais tous les débris comestibles qu'il semait dans sa journée. Pourtant, s'il s'était tant bien que mal résigné à leur présence, il souffrait plus difficilement le spectacle de leurs mœurs cruelles et repoussantes. Leurs amours de vieillards lubriques insultaient à sa chasteté forcée. Une tristesse indignée emplissait son cœur lorsqu'il voyait le mâle après quelques sautillements grotesques piétiner lourdement la femelle, puis refermer son bec crochu sur la nuque chauve et sanguine de sa partenaire, tandis que les croupions s'abouchaient en un obscène baiser. Un jour il observa qu'un vautour plus petit et sans doute plus jeune était poursuivi et malmené par plusieurs autres. Ils le harcelaient de coups de bec, de gifles d'ailes, de bourrades, et finalement l'acculèrent contre un rocher. Puis ces brimades cessèrent soudain, comme si la victime venait de crier grâce ou avait fait connaître qu'elle se rendait aux exigences de ses persécuteurs. Alors le petit vautour tendit le cou raidement vers le sol, fit trois pas mécaniques, puis il s'arrêta, secoué de spasmes, et vomit sur les cailloux un déballage de chairs décomposées et à demi digérées, festin solitaire sans doute que ses congénères avaient surpris pour son malheur. Ils se jetèrent sur ces immondices et les dévorèrent en se bousculant.

Ce matin-là, Robinson avait brisé sa houe et laissé échapper sa meilleure chèvre laitière. Cette scène acheva de l'abattre. Pour la première fois depuis des mois, il eut une défaillance et céda à la tentation de la souille. Reprenant le sentier des pécaris qui conduisait aux marécages de la côte orientale, il retrouva la mare boueuse où sa raison avait tant de fois déjà chaviré. Il ôta ses vêtements et se laissa glisser dans la fange liquide.

Dans les vapeurs méphitiques[40] où tournoyaient des nuages de moustiques se desserra peu à peu le cercle des poulpes, des vampires et des vautours qui l'obsédaient. Le temps et l'espace se dissolvaient, et un visage se dessina dans le ciel brouillé, bordé de frondaisons, qui était tout ce qu'il voyait. Il était couché dans une bercelonnette[41] oscillante que surmontait un baldaquin de mousseline. Ses petites mains émergeaient seules des langes d'une blancheur liliale[42] qui l'enveloppaient de la tête aux pieds. Autour de lui une rumeur de paroles et de bruits domestiques composait l'ambiance familière de la maison où il était né. La voix ferme et bien timbrée de sa mère alternait avec le fausset toujours plaintif de son père et les rires de ses frères et sœurs. Il ne comprenait pas ce qui se disait et ne cherchait pas à comprendre. C'est alors que les bouillons brodés s'étaient écartés pour encadrer le fin visage de Lucy, aminci encore par deux lourdes nattes noires dont l'une roula sur son couvre-pied. Une faiblesse d'une déchirante douceur envahit Robinson. Un sourire se dessina sur sa bouche qui affleurait au milieu des herbes pourrissantes et des feuilles de nénuphars. À la commissure de ses lèvres s'était soudé le corps brun d'une petite sangsue.

*

Log-book. — Chaque homme a sa pente funeste. La mienne descend vers la souille. C'est là que me chasse Speranza quand elle devient mauvaise et me montre son visage de brute. La souille est ma défaite, mon vice. Ma victoire, c'est l'ordre moral que je dois imposer à Speranza contre son ordre naturel qui n'est que l'autre nom du désordre absolu. Je sais maintenant qu'il ne peut être seulement question ici de survivre. Survivre, c'est mourir. Il faut patiemment et sans relâche construire, organiser, ordonner. Chaque arrêt est un pas en arrière, un pas vers la souille.

Les circonstances extraordinaires où je me trouve justifient, je pense, bien des changements de point de vue, notamment sur les choses morales et religieuses. Je lis chaque jour la Bible. Chaque jour aussi je prête pieusement l'oreille à la source de sagesse qui parle en moi, comme en chaque homme. Je suis parfois effrayé de la nouveauté de ce que je découvre et que j'accepte cependant, car aucune tradition ne doit prévaloir sur la voix de l'Esprit Saint qui est en nous.

Ainsi le vice et la vertu. Mon éducation m'avait montré dans le vice un excès, une opulence, une débauche, un débordement ostentatoire auxquels la vertu opposait l'humilité, l'effacement, l'abnégation. Je vois bien que cette sorte de morale est pour moi un luxe qui me tuerait si je prétendais m'y conformer. Ma situation me dicte de mettre du *plus* dans la vertu et du *moins* dans le vice, et d'appeler vertu le courage, la force, l'affirmation de moi-même, la domination sur les choses. Et vice le renoncement, l'abandon, la résignation, bref la souille. C'est sans doute revenir par-delà le christianisme à une vision antique de la sagesse humaine, et substituer la *virtus*[43] à la *vertu*. Mais le fond d'un certain christianisme est le refus radical de la nature et des choses, ce refus que je n'ai que trop pratiqué à l'égard de Speranza, et qui a failli causer ma perte. Je ne triompherai de la déchéance que dans la mesure au contraire où je saurai accepter mon île et me faire accepter par elle.

*

À mesure que la rancœur que lui avait laissée l'échec de l'*Évasion* s'estompait en lui, Robinson songeait de plus en plus aux avantages qu'il tirerait d'une embarcation modeste grâce à laquelle il pourrait notamment explorer les rivages de l'île inaccessibles de l'intérieur. Il entreprit donc de creuser une pirogue monoxyle[44] dans un tronc de pin. Travail à la hache, lent et monotone, qu'il effectua méthodiquement, à certaines heures de la journée, sans la fièvre qui avait entouré la construction de l'*Évasion*. Il avait tout d'abord songé à faire un feu sous la partie du tronc qu'il voulait attaquer, mais il craignit de le calciner dans sa totalité, et il se contenta de répandre des braises dans la cavité commencée. Enfin il abandonna tout recours à la flamme. Convenablement évidée, sculptée, profilée, poncée au sable fin, l'embarcation était assez légère pour qu'il puisse l'élever à bout de bras au-dessus de sa tête et la transporter en s'en couvrant les épaules comme d'un vaste capuchon de bois. Ce fut une fête pour lui de la voir pour la première fois danser sur les vagues, comme un poulain dans une prairie. Il avait taillé une paire de pagaies simples, ayant tout à fait renoncé à la voile par un parti pris de restriction qui lui venait du souvenir de la trop ambitieuse *Évasion*. Il effectua dès lors sur le pourtour de l'île une série d'expéditions qui achevèrent de lui faire connaître son domaine, mais qui lui firent sentir, mieux que toutes ses expériences précédentes, la solitude absolue qui le cernait.

*

Log-book. — La solitude n'est pas une situation immuable où je me trouverais plongé depuis le naufrage de la *Virginie*. C'est un milieu corrosif qui agit sur moi lentement, mais sans relâche et dans un sens purement destructif. Le premier jour, je transitais entre deux sociétés humaines également imaginaires : l'équipage disparu et les habitants de l'île, car je la croyais peuplée. J'étais encore tout chaud de mes contacts avec mes compagnons de bord. Je poursuivais imaginairement le dialogue interrompu par la catastrophe. Et puis l'île s'est révélée déserte. J'avançai dans un paysage sans âme qui vive. Derrière moi, le groupe de mes malheureux compagnons s'enfonçait dans la nuit. Leurs voix s'étaient tues depuis longtemps, quand la mienne commençait seulement à se fatiguer de son soliloque. Dès lors je suis avec une horrible fascination le processus de *déshumanisation* dont je sens en moi l'inexorable travail.

Je sais maintenant que chaque homme porte en lui — et comme au-dessus de lui — un fragile et complexe échafaudage d'habitudes, réponses, réflexes, mécanismes, préoccupations, rêves et implications qui s'est formé et continue à se transformer par les attouchements per-

61

pétuels de ses semblables. Privée de sève, cette délicate efflorescence s'étiole et se désagrège. Autrui, pièce maîtresse de mon univers... Je mesure chaque jour ce que je lui devais en enregistrant de nouvelles fissures dans mon édifice personnel. Je sais ce que je risquerais en perdant l'usage de la parole, et je combats de toute l'ardeur de mon angoisse cette suprême déchéance. Mais mes relations avec les choses se trouvent elles-mêmes dénaturées par ma solitude. Lorsqu'un peintre ou un graveur introduit des personnages dans un paysage ou à proximité d'un monument, ce n'est pas par goût de l'accessoire. Les personnages *donnent l'échelle* et, ce qui importe davantage encore, ils constituent des *points de vue possibles* qui ajoutent au point de vue réel de l'observateur d'indispensables virtualités.

À Speranza, il n'y a qu'un point de vue, le mien, dépouillé de toute virtualité. Et ce dépouillement ne s'est pas fait en un jour. Au début, par un automatisme inconscient, je projetais des observateurs possibles — des paramètres — au sommet des collines, derrière tel rocher ou dans les branches de tel arbre. L'île se trouvait ainsi quadrillée par un réseau d'interpolations et d'extrapolations qui la différenciait et la douait d'intelligibilité. Ainsi fait tout homme normal dans une situation normale. Je n'ai pris conscience de cette fonction — comme de bien d'autres — qu'à mesure qu'elle se dégradait en moi. Aujourd'hui, c'est chose faite. Ma vision de l'île est réduite à elle-même. Ce que je n'en vois pas est un *inconnu absolu*. Partout où je ne suis pas actuellement règne une nuit insondable. Je constate d'ailleurs en écrivant ces lignes que l'expérience qu'elles tentent de restituer non seulement est sans précédent, mais contrarie dans leur essence même les mots que j'emploie. Le langage relève en effet d'une façon fondamentale de cet univers *peuplé* où les autres sont comme autant de phares créant autour d'eux un îlot lumineux à l'intérieur duquel tout est — sinon connu — du moins connaissable. Les phares ont disparu de mon champ. Nourrie par ma fantaisie, leur lumière est encore longtemps parvenue jusqu'à moi. Maintenant, c'en est fait, les ténèbres m'environnent.

Et ma solitude n'attaque pas que l'intelligibilité des choses. Elle mine jusqu'au fondement même de leur existence. De plus en plus, je suis assailli de doutes sur la véracité du témoignage de mes sens. Je sais maintenant que la terre sur laquelle mes deux pieds appuient aurait besoin pour ne pas vaciller que d'autres que moi la foulent. Contre l'illusion d'optique, le mirage, l'hallucination, le rêve éveillé, le fantasme, le délire, le trouble de l'audition... le rempart le plus sûr, c'est notre frère, notre voisin, notre ami ou notre ennemi, mais quelqu'un, grands dieux, quelqu'un !

P.-S. — Hier, en traversant le petit bois qui précède les prairies de la côte sud-est, j'ai été frappé en plein visage par une odeur qui m'a ramené brutalement — presque douloureusement — à la maison, dans le vestibule où mon père accueillait ses clients, mais le lundi matin, jour précisément où il ne recevait pas et où ma mère aidée de notre voisine en profitait pour astiquer le plancher. L'évocation était si puissante et si incongrue que j'ai douté une fois de plus de ma raison. J'ai lutté un moment contre l'invasion d'un souvenir d'une impérieuse douceur, puis je me suis laissé couler dans mon passé, ce musée désert, ce mort vernissé comme un sarcophage qui m'appelle avec tant de séduisante tendresse. Enfin l'illusion a desserré son étreinte. En divaguant dans le bois, j'ai découvert quelques pieds de térébinthes, arbustes conifères dont l'écorce éclatée par la chaleur transsudait une résine ambrée dont l'odeur puissante contenait tous les lundis matin de mon enfance.

*

Parce que c'était mardi — ainsi le voulait son emploi du temps —, Robinson ce matin-là glanait, sur la grève fraîchement découverte par le jusant, des espèces de clams à la chair un peu ferme mais savoureuse qu'il pouvait conserver toute la semaine dans une jarre remplie d'eau de mer. La tête protégée par le chapeau rond des marins britanniques, les pieds dans des sabots de bois également réglementaires, il était vêtu d'une culotte, qui lui laissait les mollets à l'air, et d'une ample chemise de lin. Le soleil dont sa peau blanche de rouquin ne supportait pas la morsure était obnubilé par un tapis de nuages frisés comme de l'astrakan, et il avait pu laisser à la grotte le parasol de palmes dont il se séparait rarement. Comme la mer était basse, il avait traversé des jonchées régulières de coquillages concassés, des bancs de vase et des mares peu profondes, et il avait suffisamment de recul pour embrasser d'un regard la masse verte, blonde et noire de Speranza. En l'absence de tout autre interlocuteur, il poursuivait avec elle un long, lent et profond dialogue où ses gestes, ses actes et ses entreprises constituaient autant de questions auxquelles l'île répondait par le bonheur ou l'échec qui les sanctionnaient. Il ne doutait plus que tout se jouait désormais sur ses relations avec elle et sur la réussite de son organisation. Il avait toujours l'oreille tendue vers les messages qui ne cessaient d'émaner d'elle sous mille formes, tantôt chiffrés, tantôt symboliques.

Il s'approcha d'un rocher couvert d'algues qu'entourait un miroir d'eau limpide. Il s'amusait d'un petit crabe follement téméraire qui dressait vers lui ses deux pinces inégales, comme un spadassin son glaive et son épée, lorsqu'il fut frappé comme par la foudre en apercevant l'empreinte d'un pied nu. Il n'aurait pas été autrement surpris de retrouver sa propre trace dans le sable ou la vase, encore qu'il ait renoncé depuis fort longtemps à marcher sans sabots. Mais l'empreinte qu'il avait sous les yeux était enfoncée *dans la roche même*. S'agissait-il de celle d'un autre homme? Ou bien était-il depuis si longtemps dans l'île qu'une empreinte de son pied dans la vase avait eu le temps de se pétrifier par l'effet des concrétions calcaires? Il retira son sabot droit et plaça son pied nu dans la cavité à demi remplie d'eau de mer. C'était cela, exactement. Son pied entrait dans ce moule de pierre, comme dans un brodequin usé et familier. Il ne pouvait y avoir de confusion, ce cachet séculaire — celui du pied d'Adam prenant possession du Jardin, celui de Vénus sortant des eaux — c'était aussi la signature personnelle, inimitable de Robinson, imprimée dans la roche même, et donc indélébile, éternelle. Speranza — comme une de ces vaches à demi sauvages de la prairie argentine, marquées pourtant au fer rouge — portait désormais le sceau de son Seigneur et Maître.

*

Le maïs dépérit complètement, et les pièces de terre où Robinson l'avait semé reprirent leur ancien aspect de prairies incultes. Mais l'orge et le blé prospéraient, et Robinson éprouvait la première joie que lui eût donnée Speranza — mais combien douce et profonde! — en caressant de la main les tiges adolescentes d'un vert tendre et bleuté. Il lui fallut une grande force de caractère pour se retenir d'extirper les herbes parasitaires qui salissaient çà et là son beau tapis de céréales, mais il ne pouvait enfreindre la parole évangélique qui commande de ne pas séparer le bon grain de l'ivraie avant la moisson. Il se consolait en rêvant aux miches dorées qu'il ferait bientôt glisser du four en tunnel creusé dans la roche friable de la paroi occidentale de la grotte. Une petite saison de pluies le fit trembler quelques jours pour ses épis qui croulèrent par pans entiers, alourdis, gorgés d'eau. Mais le soleil brilla de nouveau et ils se redressèrent, balançant leurs aigrettes dans le vent, comme une armée de petits chevaux cabrés leurs plumets de tête.

Lorsque fut venu le temps de la moisson, Robinson s'avisa que des quelques outils qu'il possédait, le moins impropre à tenir lieu de faux ou de faucille serait ce vieux sabre d'abordage qui décorait la cabine du commandant et qu'il avait rapporté avec les autres épaves. Il voulut d'abord procéder méthodiquement à la fauchaison en rassemblant et soutenant avec une baguette recourbée l'andain[45] qu'il abattait d'un coup de sabre. Mais à manier cette arme héroïque, une étrange ardeur le gagna et, abandonnant toute règle, il avançait en la faisant tournoyer avec des rugissements furieux. Peu d'épis furent gâtés par ce traitement, mais il fallut renoncer à tirer un quelconque parti de la paille.

*

Log-book. — Cette journée de fauchaison qui
aurait dû célébrer les premiers fruits de
mon travail et de la fécondité de Speranza a ressemblé davantage au combat
d'un forcené contre le vide. Ah! comme
je suis loin encore de cette vie parfaite où
chaque geste serait commandé par une
loi d'économie et d'harmonie! Je me suis
laissé emporter comme un enfant par
une fougue désordonnée et je n'ai rien retrouvé dans ce travail de l'allègre satisfaction que me donnait la fenaison à
laquelle je participais jadis dans la belle
campagne de *West-Riding*. La qualité du
rythme, le balancement des deux bras de
droite à gauche — et le corps fait contre-
poids par un mouvement inverse de
gauche à droite — la lame qui s'enfonce
dans la masse de fleurs, d'ombelles et de
tigelles, tranche net toute cette matière
graminée et la dépose proprement à ma
gauche, la fraîcheur puissante qui émane
des sucs, sèves et laits éjaculés — tout
cela composait un bonheur simple dont
je m'enivrais sans remords. La lame
fouettée par le fusil de pierre rose était
assez malléable pour que le fil se plie
visiblement dans un sens, puis dans
l'autre. La prairie était une masse qu'il
fallait attaquer, entamer, réduire métho-

diquement en tournant autour pas à pas. Mais cette masse était finement composée, amas d'univers vivants et minuscules, cosmos végétal[46] où la matière est totalement exténuée par la forme. Cette composition fine de la prairie européenne est tout l'opposé de la nature amorphe et sans différence que je remue ici. La nature tropicale est puissante, mais fruste, simple et pauvre, comme son ciel bleu. Quand retrouverai-je hélas les charmes brouillés de nos ciels pâles, les exquises nuances de gris de la brume rampant sur les vases de l'Ouse?

*

Ayant égrené ses épis en les battant au fléau dans une voile pliée en deux, il vanna son grain en le faisant couler d'une calebasse dans une autre, en plein air, un jour de vent vif. La balle et les menus déchets voltigeaient au loin. Il aimait ce travail de purification, simple mais non pas fastidieux, pour les symboles spirituels qu'il évoquait. Son âme s'élevait vers Dieu et le suppliait de faire voltiger au loin les pensées frivoles dont il était plein pour ne laisser en lui que les lourdes semences de la parole de sagesse. À la fin il constata avec fierté que sa récolte se montait à trente gallons de blé et vingt gallons d'orge. Il avait préparé pour faire sa farine un mortier et un pilon — un tronc évidé et une forte branche étranglée à mi-hauteur — et le four était garni pour la première cuisson. C'est alors que sur une inspiration subite il prit la décision de ne rien consommer de cette première récolte.

*

Log-book. — Je me faisais une fête de ce premier pain qui sortirait de la terre de Speranza, de mon four, de mes mains. Ce sera pour plus tard. Plus tard... Que de promesses dans ces deux simples mots ! Ce qui m'est apparu tout à coup avec une évidence impérieuse, c'est la nécessité de lutter contre le temps, c'est-à-dire d'emprisonner le temps. Dans la mesure où je vis au jour le jour, je me laisse aller, le temps me glisse entre les doigts, je perds mon temps, je me perds. Au fond tout le problème dans cette île pourrait se traduire en termes de temps, et ce n'est pas un hasard si — partant du plus bas — j'ai commencé par vivre ici comme hors du temps. En restaurant mon calendrier, j'ai repris possession de moi-même. Il faut faire davantage désormais. Rien de cette première récolte de blé et d'orge ne doit s'engloutir dans le présent. Elle doit être tout entière comme un ressort tourné vers l'avenir. J'en ferai donc deux parts : la première sera semée dès demain, la seconde constituera une réserve de sécurité — car il faut envisager que la promesse du grain enterré ne soit pas tenue.

J'obéirai désormais à la règle suivante : toute production est création, et donc bonne. Toute consommation est destruction, et donc mauvaise. En vérité ma situation ici est assez semblable à celle de mes compatriotes qui débarquent chaque jour par navires entiers sur les côtes du Nouveau Monde. Eux aussi doivent se plier à une morale de l'accumulation. Pour eux aussi perdre son temps est un crime, thésauriser du temps est la vertu cardinale. Thésauriser ! Voici qu'à nouveau la misère de ma solitude m'est rappelée ! Pour moi semer est bien, récolter est bien. Mais le mal commence lorsque je mouds le grain et cuis la pâte, car alors je travaille pour moi seul. Le colon américain peut sans remords poursuivre jusqu'à son terme le processus de la panification, car il *vendra* son pain, et l'argent qu'il entassera dans son coffre sera du temps et du travail thésaurisés. Quant à moi, hélas, ma misérable solitude me prive des bienfaits de l'argent dont je ne manque pourtant pas !

Je mesure aujourd'hui la folie et la méchanceté de ceux qui calomnient cette institution divine : l'argent ! L'argent spiritualise tout ce qu'il touche en lui apportant une dimension à la fois rationnelle — mesurable — et universelle — puisqu'un bien monnayé devient virtuellement accessible à tous les hommes.

La vénalité est une vertu cardinale. L'homme vénal sait faire taire ses instincts meurtriers et associaux — sentiment de l'honneur, amour-propre, patriotisme, ambition politique, fanatisme religieux, racisme — pour ne laisser parler que sa propension à la coopération, son goût des échanges fructueux, son sens de la solidarité humaine. Il faut prendre à la lettre l'expression l'*âge d'or*, et je vois bien que l'humanité y parviendrait vite si elle n'était menée que par des hommes vénaux. Malheureusement ce sont presque toujours des hommes désintéressés qui font l'histoire, et alors le feu détruit tout, le sang coule à flots. Les gras marchands de Venise nous donnent l'exemple du bonheur fastueux que connaît un État mené par la seule loi du lucre, tandis que les loups efflanqués de l'Inquisition espagnole nous montrent de quelles infamies sont capables des hommes qui ont perdu le goût des biens matériels. Les Huns se seraient vite arrêtés dans leur déferlement s'ils avaient su profiter des richesses qu'ils avaient conquises. Alourdis par leurs acquisitions, ils se seraient établis pour mieux en jouir, et les choses auraient repris leur cours naturel. Mais c'étaient des brutes désintéressées. Ils méprisaient l'or. Et ils se ruaient en avant, brûlant tout sur leur passage.

Dès lors Robinson s'appliqua à vivre de rien tout en travaillant à une exploitation intense des ressources de l'île. Il défricha et ensemença des hectares entiers de prairies et de forêts, repiqua tout un champ de navets, de raves et d'oseille, espèces qui végétaient sporadiquement dans le Sud, protégea contre les oiseaux et les insectes des plantations de palmiers à choux, installa vingt ruches que les premières abeilles commencèrent à coloniser, creusa au bord du littoral des viviers d'eau douce et d'eau de mer dans lesquels il élevait des brèmes, des anges de mer, des cavaliers et même des écrevisses de mer. Il constitua d'énormes provisions de fruits secs, de viande fumée, de poissons salés et de petits fromages durs et friables comme de la craie, mais d'une conservation indéfinie. Il découvrit enfin un procédé pour produire une sorte de sucre grâce auquel il put faire des confitures et des conserves de fruits confits. Il s'agissait d'un palmier dont le tronc, plus gros au centre qu'à la base et au sommet, pleurait une sève extraordinairement sucrée. Il abattit un de ces arbres, coupa les feuilles qui le couronnaient, et aussitôt la sève se mit à sourdre à l'extrémité supérieure. Elle coula ainsi des mois entiers, mais il fallait que Robinson enlevât chaque matin une nouvelle tranche du tronc dont les pores avaient tendance à se boucher. Ce seul arbre lui donna quatre-vingt-dix gallons de mélasse qui se solidifia peu à peu en un énorme gâteau.

C'est en ce temps-là que Tenn, le setter-laverack de la *Virginie*, jaillit d'un buisson et se précipita vers lui, éperdu d'amitié et de tendresse.

*

Log-book. — Tenn, mon fidèle compagnon de traversée, m'est revenu. Impossible d'exprimer la joie que contient cette simple phrase. Je ne saurai jamais où, ni comment il a vécu depuis le naufrage, du moins je crois comprendre ce qui le tenait éloigné de moi. Alors que je construisais comme un fou l'*Évasion*, il avait surgi devant moi, pour fuir aussitôt avec des grondements furieux. Je m'étais demandé dans mon aveuglement si les terreurs du naufrage suivies d'une longue période de solitude dans une nature hostile ne l'avaient pas ramené à l'état sauvage. Incroyable suffisance! Le sauvage de nous deux, c'était moi, et je ne doute pas que ce fut mon air farouche et mon visage égaré qui rebutèrent la pauvre bête, demeurée plus profondément civilisée que moi-même. Il ne manque pas d'exemples de chiens obligés, presque malgré eux, d'abandonner un maître qui sombre dans le vice, la déchéance ou la folie, et on n'en connaît pas qui accepteraient que leur maître mangeât dans la même écuelle qu'eux. Le retour de Tenn me comble parce qu'il atteste et récompense ma victoire sur les forces dissolvantes qui m'entraînaient vers l'abîme. Le chien est le compagnon naturel de l'homme, non de la créature nauséabonde et dégénérée que le malheur, l'arrachant à l'humain, peut faire de lui. Je lirai désormais dans ses bons yeux noisette si j'ai su me tenir à hauteur d'homme, malgré l'horrible destin qui me ploie vers le sol.

*

Mais Robinson ne devait recouvrer pleinement son humanité qu'en se donnant un abri qui soit autre chose que le fond d'une grotte ou un auvent de feuilles. Ayant désormais pour compagnon le plus *domestique* des animaux, il se devait de se construire une maison, si profonde est parfois la sagesse que recouvre une simple parenté verbale.

Il la situa à l'entrée de la grotte qui contenait toutes ses richesses et qui se trouvait au point le plus élevé de l'île. Il creusa d'abord un fossé rectangulaire de trois pieds de profondeur qu'il meubla d'un lit de galets recouverts eux-mêmes d'une couche de sable blanc. Sur ce soubassement parfaitement stérile et perméable, il éleva des cloisons en superposant des troncs de palmiers assujettis par des entailles angulaires. Les squames[47] et le crin végétal comblaient les interstices entre les troncs. Sur une légère charpente de perches à double versant, il jeta une vannerie de roseaux sur laquelle il disposa ensuite des feuilles de figuierscaoutchouc en écailles, comme des ardoises. Il revêtit la surface extérieure des murs d'un mortier d'argile mouillée et de paille hachée. Un dallage de pierres plates et irrégulières, assemblées comme les pièces d'un puzzle, recouvrit le sol sablonneux. Des peaux de biques et des nattes de jonc, quelques meubles en osier, la vaisselle et les fanaux sauvés de la *Virginie*, la longue-vue, le sabre et l'un des fusils suspendus au mur créèrent une atmosphère confortable et même intime dont Robinson ne se lassait pas de s'imprégner. De l'extérieur cette première demeure avait un air surprenant d'isba tropicale, à la fois fruste et soignée, fragile par sa toiture et massive par ses murs, où Robinson se plut à retrouver les contradictions de sa propre situation. Il était sensible en outre à l'inutilité pratique de cette villa, à la fonction capitale, mais surtout morale, qu'il lui attribuait. Il décida bientôt de n'y accomplir aucune tâche utilitaire — pas même sa cuisine — de la décorer avec une patience minutieuse et de n'y dormir que le samedi soir, continuant les autres jours à user d'une sorte de grabat de plumes et de poils dont il avait bourré un enfoncement de la paroi rocheuse de la grotte. Peu à peu cette maison devint pour lui comme une sorte de *musée de l'humain* où il n'entrait pas sans éprouver le sentiment d'accomplir un acte solennel. Il prit même l'habitude, ayant déballé les vêtements contenus dans les coffres de la *Virginie* (et certains étaient fort beaux), de ne pénétrer dans ces lieux qu'en habit, haut-de-chausses, bas et souliers, comme s'il rendait visite à ce qu'il y avait de meilleur en lui-même.

Il s'avisa plus tard que le soleil n'était visible de l'intérieur de la villa qu'à certaines heures du jour et qu'il serait judicieux d'y installer une horloge ou une machine propre à mesurer le temps à tout moment. Après quelques tâtonnements, il choisit de confectionner une manière de clepsydre assez primitive. C'était simplement une bonbonne de verre transparent dont il avait percé le cul d'un petit trou par où l'eau fuyait goutte à goutte dans un bac de cuivre posé sur le sol. La bonbonne mettait exactement vingt-quatre heures à se vider dans le bac, et Robinson avait strié ses flancs de vingt-quatre cercles parallèles marqués chacun d'un chiffre romain. Ainsi le niveau du liquide donnait l'heure à tout moment. Cette clepsydre fut pour Robinson la source d'un immense réconfort. Lorsqu'il entendait — le jour ou la nuit — le bruit régulier des gouttes tombant dans le bassin, il avait le sentiment orgueilleux que le temps ne glissait plus malgré lui dans un abîme obscur, mais qu'il se trouvait désormais régularisé, maîtrisé, bref domestiqué lui aussi, comme toute l'île allait le devenir, peu à peu, par la force d'âme d'un seul homme.

*

Log-book. — Désormais, que je veille ou que je dorme, que j'écrive ou que je fasse la cuisine, mon temps est sous-tendu par un tic-tac machinal, objectif, irréfutable, exact, contrôlable. Comme j'ai faim de ces épithètes qui définissent autant de victoires sur les forces du mal! Je veux, j'exige que tout autour de moi soit doré- navant mesuré, prouvé, certifié, mathé- matique, rationnel. Il faudra procéder à l'arpentage de l'île, établir l'image réduite de la projection horizontale de toutes ses terres, consigner ces données dans un cadastre. Je voudrais que chaque plante fût étiquetée, chaque oiseau bagué, chaque mammifère marqué au feu. Je n'aurai de cesse que cette île opaque, impénétrable, pleine de sourdes fermen- tations et de remous maléfiques, ne soit métamorphosée en une construction abs- traite, transparente, intelligible jusqu'à l'os!

Mais aurai-je la force de mener à bien cette tâche formidable? Cette dose mas- sive de rationalité que je veux administ- trer à Speranza, en trouverai-je la res- source en moi-même? Le bruit régulier de la clepsydre qui me berçait il y a un instant encore d'une musique studieuse et rassurante comme celle du métronome évoque tout à coup une image tout oppo- sée qui m'effraie : celle de la pierre la plus dure inexorablement entamée par la chute inlassable d'une goutte d'eau. Il est inutile de se le dissimuler : tout mon édi- fice cérébral chancelle. Et le délabrement du langage est l'effet le plus évident de cette érosion.

J'ai beau parler sans cesse à haute voix,

ne jamais laisser passer une réflexion, une idée sans aussitôt la proférer à l'adresse des arbres ou des nuages, je vois de jour en jour s'effondrer des pans entiers de la citadelle verbale dans laquelle notre pensée s'abrite et se meut familièrement, comme la taupe dans son réseau de galeries. Des points fixes sur lesquels la pensée prend appui pour progresser — comme on marche sur les pierres émergeant du lit d'un torrent — s'effritent, s'enfoncent. Il me vient des doutes sur le sens des mots qui ne désignent pas des choses concrètes. Je ne puis plus parler qu'*à la lettre*. La métaphore, la litote et l'hyperbole me demandent un effort d'attention démesuré dont l'effet inattendu est de faire ressortir tout ce qu'il y a d'absurde et de convenu dans ces figures de rhétorique. Je conçois que ce processus dont je suis le théâtre serait pain béni pour un grammairien ou un philologue vivant en société : pour moi, c'est un luxe à la fois inutile et meurtrier. Telle, par exemple, cette notion de *profondeur* dont je n'avais jamais songé à scruter l'usage qu'on en fait dans des expressions comme « un esprit profond », « un amour profond »... Étrange parti pris cependant qui valorise aveuglément la profondeur aux dépens de la superficie et qui veut que « superficiel » signifie non pas « de vaste dimen-

79

sion », mais de « peu de profondeur », tandis que « profond » signifie au contraire « de grande profondeur » et non pas « de faible superficie ». Et pourtant un sentiment comme l'amour se mesure bien mieux il me semble — si tant est qu'il se mesure — à l'importance de sa superficie qu'à son degré de profondeur. Car je mesure mon amour pour une femme au fait que j'aime également ses mains, ses yeux, sa démarche, ses vêtements habituels, ses objets familiers, ceux qu'elle n'a fait que toucher, les paysages où je l'ai vue évoluer, la mer où elle s'est baignée... Tout cela, c'est bien de la superficie, il me semble! Au lieu qu'un sentiment médiocre vise directement — *en profondeur* — le sexe même et laisse tout le reste dans une pénombre indifférente.

Un mécanisme analogue — qui grince depuis peu quand ma pensée veut en user — valorise l'intériorité aux dépens de l'extériorité. Les êtres seraient des trésors enfermés dans une écorce sans valeur, et plus loin on s'enfoncerait en eux, plus grandes seraient les richesses auxquelles on accéderait. Et s'il n'y avait pas de trésors? Et si la statue était *pleine*, d'une plénitude monotone, homogène, comme celle d'une poupée de son? Je sais bien, moi, à qui plus personne ne vient prêter un visage et des secrets — que je ne suis qu'un trou noir au milieu de Speranza, un point de vue sur Speranza — un point, c'est-à-dire rien. Je pense que l'âme ne commence à avoir un contenu notable qu'au-delà du rideau de peau qui sépare l'intérieur de l'extérieur, et qu'elle s'enrichit indéfiniment à mesure qu'elle s'annexe des cercles plus vastes autour du point-moi. Robinson n'est infiniment riche que lorsqu'il coïncide avec Speranza tout entière.

*

Dès le lendemain Robinson jeta les bases d'un *Conservatoire des Poids et Mesures*. Il l'édifia en forme de pavillon, mais dans les matériaux les plus réfractaires qu'il put trouver : blocs de granit et parpaings de latérite. Il y exposa sur une sorte d'autel — comme autant d'idoles — et contre les murs — comme les armes de la panoplie de la raison — les étalons du pouce, du pied, du yard, de la verge, de l'encablure, de la pinte, du picotin[48], du boisseau, du gallon, du grain[49], de la drachme[50], de l'once avoirdupois[51] et de la livre avoirdupois.

CHAPITRE IV

Le jour 1000 de son calendrier, Robinson revêtit son habit de cérémonie et s'enferma dans sa villa. Il se plaça devant un pupitre qu'il avait imaginé et fabriqué pour pouvoir écrire debout, dans une attitude de respect et de vigilance. Puis ouvrant le plus grand des livres lavés qu'il avait trouvés dans la *Virginie*, il écrivit :

CHARTE DE L'ÎLE DE SPERANZA
COMMENCÉE LE 1000ᵉ JOUR DU CALENDRIER LOCAL

ARTICLE PREMIER. — *En vertu de l'inspiration de l'Esprit Saint perçue et obéie conformément à l'enseignement du Vénéré Ami George Fox, le sujet de S.M. George II*, Robinson Crusoé, *né à York le 19 décembre 1737, est nommé Gouverneur de l'île de Speranza située dans l'océan Pacifique entre les îles Juan Fernández et la côte occidentale du Chili. En cette qualité, il a tout pouvoir pour légiférer et exécuter sur l'ensemble du territoire insulaire et de ses eaux territoriales dans le sens et selon les voies que lui dictera la Lumière intérieure.*

ARTICLE II. — *Les habitants de l'île sont tenus, pour autant qu'ils pensent, de le faire à haute et intelligible voix.*

Scolie. — *Perdre la faculté de la parole par défaut d'usage est l'une des plus humiliantes calamités qui me menacent. Déjà j'éprouve, quand je tente de discourir à haute voix, un certain embarras de langue, comme après un excès de vin. Il importe donc désormais que le discours intérieur que nous nous tenons aussi longtemps que nous demeurons conscients parvienne jusqu'à mes lèvres pour les modeler sans cesse. C'est d'ailleurs sa pente naturelle, et il faut une particulière vigilance de l'attention pour le retenir avant qu'il ne s'exprime, comme le montre l'exemple des enfants, et des vieillards qui parlent seuls par faiblesse d'esprit.*

ARTICLE III. — *Il est interdit de faire ses besoins naturels ailleurs que dans les lieux prévus à cet usage.*

Scolie. — *Il est certain que la place de cette disposition à l'article III de la Charte pourra surprendre. Mais c'est que le Gouverneur légifère au fur et à mesure que telle nécessité ou telle autre se fait sentir, et dans le relâchement qui menace les habitants de l'île, il est urgent de leur imposer une petite discipline à l'un des endroits de leur vie qui les rapprochent le plus de la bestialité.*

ARTICLE IV. — *Le vendredi est jeûné.*

ARTICLE V. — *Le dimanche est chômé. À dix-neuf heures le samedi, tout travail doit cesser dans l'île, et les habitants doivent revêtir leurs meilleurs vêtements pour le dîner. Le dimanche matin à dix heures, une méditation religieuse sur un texte des Saintes Écritures les réunira dans le Temple.*

ARTICLE VI. — *Seul le Gouverneur est autorisé à pétuner*[52]. *Encore ne doit-il le faire que chaque semaine le dimanche après-midi ce mois-ci, puis toutes les deux semaines le mois prochain, une seule fois dans le mois d'après, enfin un mois sur deux seulement dans la suite.*

Scolie. — *J'ai découvert depuis peu seulement l'usage et l'agrément de la pipe de porcelaine de feu Van Deyssel. Malheureusement la provision de tabac contenue dans le barillet n'aura qu'un temps. Il importe donc de la prolonger autant que possible, et de ne pas contracter une habitude dont l'insatisfaction serait plus tard une source de souffrance.*

Robinson se recueillit un moment. Puis ayant refermé le livre de la Charte, il ouvrit un autre volume — également vierge — et inscrivit en capitales sur la page de garde :

CODE PÉNAL DE L'ÎLE DE SPERANZA
COMMENCÉ LE 1000ᵉ JOUR DU
CALENDRIER LOCAL

Il tourna la page, réfléchit longuement et écrivit enfin :

ARTICLE PREMIER. — *Les manquements à la Charte sont passibles de deux peines : jours de jeûne, jours de fosse.*

Scolie. — *Ce sont les deux seules peines appli-*

*cables actuellement, les châtiments corporels et la
peine de mort impliquant une augmentation de la
population insulaire. La fosse est située dans la
prairie, à mi-chemin des contreforts rocheux et des
premiers marécages. Elle est exposée de telle sorte
que le soleil y darde ses rayons pendant les six
heures les plus chaudes de la journée.*

ARTICLE II. — *Tout séjour dans la souille est
interdit. Les contrevenants seront punis d'un séjour
de durée double dans la fosse.*

Scolie. — *La fosse apparaît ainsi comme l'anti-
thèse — et donc en un certain sens comme l'anti-
dote — de la souille. Cet article du Code pénal
illustre subtilement le principe selon lequel un fau-
teur doit être puni par où il a péché.*

ARTICLE III. — *Quiconque a pollué l'île de ses
excréments sera puni d'un jour de jeûne.*

Scolie. — *Nouvelle illustration du principe de la
correspondance subtile entre la faute et la peine.*

ARTICLE IV. — ...

Robinson s'accorda un moment de méditation
avant de déterminer les peines frappant l'outrage
public à la pudeur sur le territoire insulaire et ses
eaux territoriales. Il fit quelques pas en direction
de la porte qu'il ouvrit, comme pour se montrer à
ses sujets. Le moutonnement des frondaisons de
la grande forêt tropicale déferlait vers la mer qui
se confondait plus loin avec le ciel. Parce qu'il
était roux comme un renard, sa mère l'avait voué
dès sa plus petite enfance aux vêtements verts, et
elle lui avait inculqué la méfiance du bleu qui ne
s'accordait, disait-elle, ni à la rouille de ses che-

veux ni à la teinte de ses vêtements. Or rien ne chantait pour l'heure plus harmonieusement que cette mer de feuillages contre la toile océane tendue jusqu'au ciel. Le soleil, la mer, la forêt, l'azur, le monde entier étaient frappés d'une telle immobilité que le cours du temps aurait paru suspendu sans le tic-tac mouillé de la clepsydre. « S'il est une circonstance privilégiée, pensa Robinson, où l'Esprit Saint doit manifester sa descente en moi, législateur de Speranza, ce doit être un jour comme celui-ci, une minute comme celle-ci. Une langue de feu dansant au-dessus de ma tête ou une colonne de fumée montant toute droite vers le zénith ne devraient-elles pas attester que je suis le temple de Dieu ? »

Comme il prononçait ces mots à haute voix — conformément à l'article II de la Charte — il vit s'élever derrière le rideau forestier un mince filet de fumée blanche qui semblait partir de la Baie du Salut. Croyant que sa prière était exaucée, il tomba à genoux en murmurant une oraison jaculatoire[53]. Après quoi un doute se fit dans son esprit. Il se releva et il alla décrocher du mur un mousquet, une poire à poudre, une bourse de balles et la longue-vue. Puis il siffla Tenn, et il s'enfonça dans l'épaisseur du taillis en évitant la voie directe qu'il avait tracée du rivage à la grotte.

Ils étaient une quarantaine qui faisaient cercle debout autour d'un feu d'où montait un torrent de fumée lourde, épaisse, laiteuse, d'une consistance anormale. Trois longues pirogues à flotteur et balancier étaient déhalées[54] sur le sable. C'étaient des embarcations d'un type courant dans tout le

Pacifique, d'une remarquable tenue de mer malgré leur étroitesse et la faiblesse de leur tirant d'eau. Quant aux hommes qui entouraient le foyer, Robinson reconnut à la longue-vue des Indiens *costinos* de la redoutable peuplade des Araucaniens, habitants d'une partie du Chili moyen et méridional qui, après avoir tenu en échec les envahisseurs incas, avaient infligé de sanglantes défaites aux conquistadores espagnols. Petits, trapus, ces hommes étaient vêtus d'un grossier tablier de cuir. Leur visage large, aux yeux extraordinairement écartés, était rendu plus étrange encore par l'habitude qu'ils avaient de s'épiler complètement les sourcils, et par la chevelure abondante, noire, moirée, superbement entretenue qu'ils secouaient fièrement à toute occasion. Robinson les connaissait par de fréquents voyages à Temuco, leur capitale chilienne. Il savait que si un nouveau conflit avec les Espagnols avait éclaté, aucun homme blanc ne trouverait grâce à leurs yeux.

Avaient-ils effectué l'énorme traversée des côtes chiliennes à Speranza? La valeur traditionnelle des navigateurs costinos rendait cet exploit vraisemblable, mais il était plus probable que l'une ou l'autre des îles Juan Fernández avait été colonisée par eux — et c'était une chance que Robinson n'eût pas été jeté entre leurs mains, car il eût été à coup sûr massacré ou, pour le moins, réduit en esclavage.

Grâce à des récits qu'il avait entendus en Araucanie, il devinait le sens de la cérémonie qui se déroulait actuellement sur le rivage. Une femme décharnée et échevelée, chancelant à l'intérieur du cercle formé par les hommes, s'approchait du feu, y jetait une poignée de poudre et respirait avidement les lourdes volutes blanches qui s'élevaient aussitôt. Puis, comme soulevée par cette inhalation, elle se tournait vers les Indiens immobiles et semblait les passer en revue, pas à pas, avec de brusques arrêts devant l'un ou l'autre. Ensuite elle revenait près du foyer, et le manège recommençait, si bien que Robinson se demandait si la sorcière n'allait pas s'écrouler asphyxiée avant l'achèvement du rite. Mais non, le dramatique dénouement se produisit tout à coup. La silhouette haillonneuse tendait le bras vers l'un des hommes. Sa bouche grande ouverte devait proférer des malédictions que Robinson n'entendait pas. L'Indien désigné par la voyante comme responsable d'un mal quelconque dont la communauté devait souffrir — épidémie ou sécheresse — se jeta à plat ventre sur le sol, secoué de grands frissons. L'un des Indiens marcha vers lui. Sa machette fit d'abord voler le tablier du misérable, puis elle s'abattit sur lui à coups réguliers, détachant sa tête, puis ses bras et ses jambes. Enfin les six morceaux de la victime furent portés dans le brasier, tandis que la sorcière, accroupie, recroquevillée sur le sable, priait, dormait, vomissait ou pissait.

Les Indiens avaient rompu le cercle et se désintéressaient du feu dont la fumée était devenue noire. Ils entourèrent leurs embarcations, et six d'entre eux en sortirent des outres et se dirigèrent vers la forêt. Robinson battit en retraite précipitamment sans perdre de vue toutefois ces hommes qui envahissaient son domaine. S'ils venaient à découvrir quelque trace de son établissement dans l'île, les deux équipages pourraient se lancer à sa recherche, et il en réchapperait difficilement. Mais heureusement le premier point d'eau étant à la lisière de la forêt, les Indiens n'eurent pas à s'enfoncer bien avant dans l'île. Ils remplirent leurs outres qu'ils portaient à deux, suspendues à une perche, et se dirigèrent vers les pirogues où leurs compagnons avaient pris place. La sorcière était prostrée sur une sorte de siège d'apparat placé à l'arrière d'un des deux bateaux.

Lorsqu'ils eurent disparu derrière les falaises occidentales de la baie, Robinson s'approcha du bûcher. On y distinguait encore les restes calcinés de la victime expiatoire. Ainsi, pensa-t-il, ces hommes frustes appliquaient-ils inconsciemment et avec leur cruauté naturelle la parole de l'Évangile : « *Si ton œil droit est pour toi une occasion de chute, arrache-le et jette-le loin de toi, car mieux vaut pour toi qu'un seul de tes membres périsse et que ton corps tout entier ne soit pas jeté dans la géhenne*[55]. *Et si ta main droite est pour toi une occasion de chute, coupe-la et jette-la loin de toi...* » Mais la charité n'était-elle pas d'accord avec l'économie pour recommander plutôt de soigner l'œil gangrené et de purifier le membre de la communauté devenu une cause de scandale pour tous ?

Et ce fut empli de doutes que le Gouverneur de Speranza regagna sa résidence.

ARTICLE VII. — *L'île de Speranza est déclarée place fortifiée. Elle est placée sous le commandement du Gouverneur qui prend grade de général. Le couvre-feu est obligatoire une heure après le coucher du soleil.*

ARTICLE VIII. — *Le cérémonial dominical est étendu aux jours ouvrables.*

Scolie. — *Toute augmentation de la pression de l'événement brut doit être compensée par un renforcement correspondant de l'étiquette. Cela se passe de commentaire.*

Robinson reposa sa plume de vautour et regarda autour de lui. Devant sa villa résidentielle et les bâtiments du Pavillon des Poids et Mesures, du Palais de Justice et du Temple se dressait maintenant une enceinte crénelée édifiée avec le déblai d'un fossé de douze pieds de profondeur et de dix pieds de large qui courait d'une paroi à l'autre de la grotte en un vaste demi-cercle. Les deux mousquets à silex et le pistolet à double canon étaient posés — chargés — sur le bord des trois créneaux du centre. En cas d'attaque, Robinson pourrait faire croire aux assaillants qu'il n'était pas le seul défenseur de la place. Le sabre d'abordage et la hache se trouvaient également à portée d'usage, mais il était peu probable qu'on en vînt jamais à un corps à corps, car l'approche du mur était semée de pièges. C'était d'abord une série d'entonnoirs disposés en quinconce au fond desquels dardait un pieu à la pointe durcie au feu, et que recouvraient des touffes d'herbes posées sur une mince claie de joncs. Ensuite Robinson avait enfoui dans le sol à l'issue — formant clairière — de la piste provenant de la baie — là où normalement d'éventuels assaillants se rassembleraient pour se consulter avant d'aller plus avant — un tonneau de poudre qu'un cordon d'étoupe permettait de faire exploser à distance. Enfin la passerelle qui franchissait le fossé était, bien entendu, amovible de l'intérieur.

Ces travaux de fortifications et l'état d'alerte où le maintenait la peur d'un retour des Araucaniens entretenaient Robinson dans une excitation tonique dont il ressentait le bienfait moral et physique. Il éprouvait une fois de plus que, contre les effets dissolvants de l'absence d'autrui, construire, organiser et légiférer étaient des remèdes souverains. Jamais il ne s'était senti aussi éloigné de la souille. Chaque soir, avant le couvre-feu, il faisait une ronde, accompagné de Tenn, qui paraissait avoir compris la nature du danger qui le menaçait. Puis on procédait à la « fermeture » de la forteresse. Des blocs de pierre étaient roulés à des emplacements calculés afin que d'éventuels assaillants fussent obligés de se diriger vers les entonnoirs. Le « pont-levis » était retiré, on barricadait toutes les issues, et l'heure du couvre-feu était sonnée. Puis Robinson préparait le dîner, dressait la table de la résidence et se retirait dans la grotte. Il en ressortait quelques minutes plus tard, lavé, parfumé, peigné, la barbe taillée, vêtu de son habit de cérémonie. Enfin, à la lueur d'un candélabre sur lequel flambait un buisson de baguettes enduites de résine, il dînait lentement sous la surveillance respectueuse et passionnée de Tenn.

À cette période d'activité militaire intense succéda une brève saison de pluies diluviennes qui l'obligèrent à de pénibles travaux de consolidation et de réfection de ses établissements. Puis ce fut à nouveau la récolte des céréales. Elle fut si riche qu'il fallut aménager en silo une grotte secondaire prenant son point de départ à l'intérieur même de la grotte principale, mais si étroite et d'un accès si malaisé que Robinson avait renoncé jusque-là à l'utiliser. Cette fois il ne se refusa pas la joie de se faire du pain. Il réserva une petite partie de sa récolte à cet usage, et alluma enfin le four qu'il tenait prêt depuis si longtemps. Ce fut pour lui une expérience bouleversante dont il mesura certes la gravité, mais dont tous les aspects ne lui apparurent que plus tard. Une fois de plus, il replongeait ainsi dans l'élément à la fois matériel et spirituel de la communauté humaine perdue. Mais si cette première panification le faisait remonter, par toute sa signification mystique et universelle, aux sources de l'humain, elle comportait aussi dans son ambiguïté des implications tout individuelles celles-là — cachées, intimes, enfouies parmi les secrets honteux de sa petite enfance — et promises par là même à un épanouissement imprévu dans sa sphère solitaire.

*

Log-book. — En pétrissant ma pâte pour la première fois ce matin, j'ai fait renaître en moi des images oblitérées par le tumulte de la vie, mais que mon isolement contribue à exhumer. Je pouvais avoir dix ans quand mon père me demanda quel métier je souhaitais exercer plus tard. Sans hésiter je lui répondis : boulanger. Il me regarda avec gravité et hocha lentement la tête d'un air d'affectueuse approbation. Nul doute que dans son esprit cet humble métier était revêtu d'une sorte de dignité sacrée par tous les symboles qui s'attachent au pain, nourriture par excellence du corps, mais aussi de l'esprit selon la tradition chrétienne — qu'il récusait certes par fidélité à l'enseignement quaker, mais tout en respectant son caractère vénérable.

Pour moi, il s'agissait de bien autre chose, mais je me souciais peu à l'époque d'expliciter la signification du prestige dont brillait la boulange à mes yeux. Chaque matin, en allant à l'école, je passais devant un certain soupirail dont l'haleine chaude, maternelle et comme charnelle m'avait frappé la première fois, et me retenait depuis, longuement accroché aux barreaux qui le fermaient. Dehors c'était la noirceur humide du petit jour, la rue boueuse, avec au bout l'école hostile et les maîtres brutaux. À l'intérieur de la caverne dorée qui m'aspirait, je voyais un mitron — le torse nu et le visage poudrés « à frimas » — pétrir à pleins bras la masse blonde de la pâte. J'ai toujours préféré les matières aux formes. Palper et humer sont pour moi des modes d'appréhension plus émouvants et plus pénétrants que voir et entendre. Je pense que ce trait ne parle pas en faveur de la qualité de mon âme, mais je le confesse bien humblement. Pour moi la couleur n'est qu'une promesse de dureté ou de douceur, la forme n'est que l'annonce d'une souplesse ou d'une raideur entre mes mains. Or je ne concevais rien de plus onctueux ni de plus accueillant que ce grand corps sans tête, tiède et lascif, qui s'abandonnait au fond du pétrin aux étreintes d'un homme à demi nu. Je le sais maintenant, j'imaginais d'étranges épousailles entre la miche et le mitron, et je rêvais même d'un levain d'un genre nouveau qui donnerait au pain une saveur musquée et comme un fumet de printemps.

*

Ainsi, pour Robinson, l'organisation frénétique de l'île allait de pair avec le libre et d'abord timide épanouissement de tendances à demi inconscientes. Et il semblait bien en effet que tout cet échafaudage artificiel et extérieur — branlant, mais sans cesse fiévreusement perfectionné — n'avait pour raison d'être que de protéger la formation d'un homme nouveau qui ne serait viable que plus tard. Mais cela, Robinson ne le reconnaissait pas encore pleinement, et il se désolait des imperfections de son système. En effet, l'observation de la Charte et du Code pénal, la purge des peines qu'il s'infligeait, le respect d'un emploi du temps rigoureux qui ne lui laissait aucun répit, le cérémonial qui entourait les actes majeurs de sa vie, tout ce corset de conventions et de prescriptions qu'il s'imposait pour ne pas tomber ne l'empêchait pas de ressentir avec angoisse la présence sauvage et indomptée de la nature tropicale et, à l'intérieur, le travail d'érosion de la solitude sur son âme d'homme civilisé. Il avait beau s'interdire certains sentiments, certaines conclusions instinctives, il tombait sans cesse dans des superstitions ou des perplexités qui ébranlaient l'édifice dans lequel il s'efforçait de s'enfermer.

C'est ainsi qu'il ne pouvait se défendre d'attribuer une signification fatidique aux cris du cheucau. Cet oiseau toujours profondément dissimulé dans les taillis — invisible mais souvent à portée de la main — faisait éclater à son oreille deux cris dont l'un promettait à n'en pas douter le bonheur, tandis que l'autre résonnait comme l'annonce déchirante d'une calamité prochaine. Robinson en était arrivé à redouter comme la mort ce cri de désolation, mais il ne pouvait s'empêcher de s'aventurer dans les halliers sombres et humides qu'affectionnent ces oiseaux, le cœur à l'avance broyé par leur noir présage.

Il lui arrivait aussi de plus en plus souvent de

soupçonner ses sens de le tromper, et de considérer telle ou telle perception comme nulle parce qu'entachée d'un doute impossible à lever. Ou alors, il refaisait inlassablement telle expérience qui lui paraissait insolite, suspecte, contradictoire. En approchant en pirogue du rivage sud-ouest de l'île, par exemple, il fut frappé de la rumeur assourdissante de cris d'oiseaux et de crissements d'insectes qui parvenait jusqu'à lui comme portée par des vagues successives. Or ayant abordé, et s'étant enfoncé sous les arbres, il se trouva plongé dans un silence qui le remplit de stupeur inquiète. La rumeur de la faune ne s'entendait-elle que de l'extérieur et d'une certaine distance de la forêt, ou bien était-ce sa présence qui provoquait ce silence ? Il reprit sa pirogue, s'éloigna, revint, aborda, recommença, énervé, épuisé, sans pouvoir trancher.

Il y avait aussi ces dunes de sable grossier au nord-est d'où semblait sortir lorsqu'il s'y aventurait une sorte de mugissement profond, abyssal et comme tellurique[56] qui le glaçait d'horreur, ne fût-ce que par l'impossibilité d'en déterminer la provenance. Certes il avait entendu parler au Chili d'une colline appelée *El Bramador* — la bramante — parce que du sable mis en mouvement par les pas d'un marcheur émane comme un grondement caverneux.

Mais se souvenait-il vraiment de cette anecdote, ou bien l'avait-il inventée inconsciemment dans le seul but de calmer son angoisse ? Il ne pouvait le dire, et avec une obstination maniaque, il marchait dans les dunes, la bouche grande ouverte pour mieux entendre, selon une recette de marin.

*

Log-book. — Trois heures du matin. Lumineuse insomnie. Je déambule dans les galeries humides de la grotte. Enfant, je me serais évanoui d'horreur en voyant ces ombres, ces fuites de perspectives voûtées, en entendant le bruit d'une goutte d'eau s'écraser sur une dalle. La solitude est un vin fort. Insupportable à l'enfant, elle enivre d'une joie âpre l'homme qui a su maîtriser, quand il s'y adonne, les battements de son cœur de lièvre. Ne serait-ce pas que Speranza couronne un destin qui s'est dessiné dès mes premières années ? La solitude et moi, nous nous sommes rencontrés lors de mes longues promenades méditatives sur les bords de l'Ouse, et aussi quand je m'enfermais jalousement dans la librairie de mon père avec une provision de chandelles pour tenir la nuit, ou encore lorsque je refusai à Londres d'user des lettres de recommandation qui m'auraient introduit chez des amis de ma famille. Et je suis entré en solitude, comme on entre tout naturellement en religion après une enfance trop dévote, la nuit où la *Virginie* a achevé sa carrière sur les récifs de Speranza. Elle m'attendait depuis l'origine des temps sur ces rivages, la solitude, avec son compagnon obligé, le silence...

97

Ici je suis devenu peu à peu une manière de spécialiste du silence, des silences, devrais-je dire. De tout mon être tendu comme une grande oreille, j'apprécie la *qualité particulière* du silence où je baigne. Il y a des silences aériens et parfumés comme des nuits de juin en Angleterre, d'autres ont la consistance glauque de la souille, d'autres encore sont durs et sonores comme l'ébène. J'en arrive à sonder la profondeur sépulcrale du silence nocturne de la grotte avec une volupté vaguement nauséeuse qui m'inspire quelque inquiétude. Déjà le jour, je n'ai pas pour me retenir à la vie une femme, des enfants, des amis, des ennemis, des serviteurs, des clients qui sont comme autant d'ancres fichées en terre. Pourquoi faut-il qu'au cœur de la nuit je me laisse de surcroît couler si loin, si profond dans le noir? Il se pourrait bien qu'un jour, je disparaisse sans trace, comme aspiré par le néant que j'aurais fait naître autour de moi.

*

Les silos de grain qui se multipliaient d'année en année posèrent bientôt de graves problèmes de protection contre les rats. Les rongeurs paraissaient proliférer dans l'exacte proportion où les céréales s'accumulaient, et Robinson ne manquait pas d'admirer cette adaptation d'une espèce animale aux richesses du milieu, à l'opposé de l'espèce humaine qui s'accroît, au contraire, d'autant plus que les ressources dont elle dispose sont plus pauvres. Mais puisqu'il entendait ne pas cesser d'entasser récolte sur récolte aussi long-temps qu'il en aurait la force, il fallait sévir contre les parasites.

Certains champignons blancs à pois rouges devaient être vénéneux, car plusieurs chevreaux étaient morts après en avoir brouté des fragments mêlés à l'herbe. Robinson en fit une décoction dans laquelle il fit tremper des grains de blé. Puis il répandit ses grains empoisonnés sur les pas-sages habituels des rats. Ils s'en régalèrent impu-nément. Il construisit alors des cages dans les-quelles la bête tombait par une trappe. Mais il en aurait fallu des milliers, et en outre quel n'était pas son dégoût de se sentir fixé par les petits yeux intelligents et haineux de ces bêtes quand il enfonçait leur cage dans la rivière! La solitude l'avait rendu infiniment vulnérable à tout ce qui pouvait ressembler à la manifestation d'un senti-ment hostile à son égard, fût-ce de la part de la plus méprisable des bestioles. L'armure d'indif-férence et d'ignorance réciproques dont les hommes se protègent dans leurs rapports entre eux avait disparu, comme un cal fond peu à peu dans une main devenue oisive.

Un jour il assista au duel furieux que se livraient deux rats. Aveugles et sourdes à tout ce qui les entourait, les deux bêtes nouées roulaient sur le sol avec des miaulements rageurs. Finale-ment elles s'entr'égorgèrent et moururent sans desserrer leur étreinte. En comparant les deux cadavres, Robinson s'avisa qu'ils appartenaient à deux variétés bien différentes : l'un très noir, rond et pelé, était semblable en tous points à ceux qu'il avait accoutumé de pourchasser sur tous les navires où il s'était trouvé. L'autre gris, plus allongé et de poil plus fourni, sorte de campagnol rustique, se voyait dans une partie de la prairie qu'il paraissait avoir colonisée. Nul doute que cette seconde espèce fût indigène, tandis que la première provenant de l'épave de la *Virginie* avait crû et multiplié grâce aux récoltes de céréales. Les deux espèces paraissaient avoir leurs ressources et leurs domaines respectifs. Robinson s'en assura en lâchant un soir dans la prairie un rat noir capturé dans la grotte. Longtemps les herbes frémissantes trahirent seules le tracé d'une course invisible et nombreuse. Puis la chasse se circonscrit et le sable se mit à voler au pied d'une dune. Quand Robinson arriva, il ne restait de son ancien prisonnier que des touffes de poil noir et des membres déchiquetés. Alors il répandit deux sacs de grain dans la prairie après avoir semé une mince traînée depuis la grotte jusque-là. Ce lourd sacrifice risquait d'être inutile. Il ne le fut pas. Dès la nuit, les noirs vinrent en foule récupérer ce qu'ils considéraient peut-être comme leur bien. La bataille éclata. Sur plusieurs acres de prairie une tempête paraissait soulever d'innombrables et minuscules geysers de sable. Les couples de lutteurs roulaient comme des boulets vivants, tandis qu'un piaillement innombrable montait du sol, comme d'une cour de récréation infernale. Sous la lumière livide de la lune, la plaine avait l'air de bouillir en exhalant des plaintes d'enfant.

L'issue du combat était prévisible. Un animal qui se bat sur le territoire de son adversaire a toujours le dessous. Ce jour-là, tous les rats noirs périrent.

*

Log-book. — Cette nuit, mon bras droit tendu hors de ma couche s'engourdit, « meurt ». Je le saisis entre le pouce et l'index de ma main gauche et je soulève cette chose étrangère, cette masse de chair énorme et pesante, ce lourd et gras membre d'autrui soudé à mon corps par erreur. Je rêve ainsi de manipuler tout mon cadavre, de m'émerveiller de son poids mort, de m'abîmer dans ce paradoxe : *une chose qui est moi*. Mais est-elle bien moi ? Je sens remuer en moi le souvenir d'une vieille émotion que me donnait enfant un vitrail de notre église figurant le martyre de saint Denis : décapité sur les degrés d'un temple, le corps se penche et saisit sa propre tête dans ses deux grandes mains, il la ramasse... Or ce que j'admirais ce n'était justement pas cette preuve de prodigieuse vitalité. Dans mon enfantine piété, cette merveille me paraissait la moindre des choses, et d'ailleurs j'avais vu des canards s'envoler sans tête. Non, le vrai miracle, c'était qu'étant débarrassé de sa tête, saint Denis allât la chercher dans le ruisseau où elle avait roulé, et qu'il la saisît avec tant d'attention, de tendresse, d'affectueuse sollicitude. Ah, par exemple, si l'on m'avait décapité, ce n'est pas moi qui aurais couru après cette tête dont les cheveux roux et les taches de son faisaient mon malheur! Comme je les récusais passionnément, ce chef flamboyant, ces longs bras maigres, ces jambes de cigogne et ce corps blanc comme une oie plumée, fourré çà et là d'une écume de duvet rosâtre! Cette antipathie vigoureuse m'a préparé à une vision de moi-même qui n'a pris toute son ampleur qu'à Speranza. Depuis quelque temps en effet je m'exerce à cette opération qui consiste à arracher de moi successivement les uns après les autres tous mes attributs — je dis bien *tous* — comme les pelures successives d'un oignon. Ce faisant, je constitue loin de moi un individu qui a nom Crusoé, prénom Robinson, qui mesure six pieds, etc. Je le vois vivre et évoluer dans l'île sans plus profiter de ses heures, ni pâtir de ses malheurs. Qui *je*? La question est loin d'être oiseuse. Elle n'est même pas insoluble. *Car si ce n'est lui, c'est donc Speranza*. Il y a désormais un *je* volant qui va se poser tantôt sur l'homme, tantôt sur l'île, et qui fait de moi tour à tour l'un ou l'autre.

Ce que je viens d'écrire, n'est-ce pas cela que l'on appelle « philosophie » ? Quelle étrange métamorphose ne suis-je pas en train de subir pour que moi, le plus positif, le moins spéculatif des hommes, j'en arrive non seulement à me poser de pareils problèmes, mais, apparemment du moins, à les résoudre ! Il faudra y revenir.

*

Cette antipathie pour son propre visage et aussi une éducation hostile à toute complaisance l'avaient longtemps tenu à l'écart du miroir provenant de la *Virginie* qu'il avait suspendu au mur extérieur le moins accessible de la Résidence. L'attention vigilante qu'il portait désormais à sa propre évolution l'y ramena un matin — et il sortit même son siège habituel pour scruter plus à loisir la seule face humaine qu'il lui fût donné de voir.

Aucun changement notable n'avait altéré ses traits, et pourtant il se reconnut à peine. Un seul mot se présenta à son esprit : *défiguré*. « Je suis défiguré », prononça-t-il à haute voix, tandis que le désespoir lui serrait le cœur. C'était vainement qu'il cherchait, dans la bassesse de la bouche, la matité du regard ou l'aridité du front — ces défauts qu'il se connaissait depuis toujours —, l'explication de la disgrâce ténébreuse du masque qui le fixait à travers les taches d'humidité du miroir. C'était à la fois plus général et plus profond, une certaine dureté, quelque chose de mort qu'il avait jadis remarqué sur le visage d'un prisonnier libéré après des années de cachot sans lumière. On aurait dit qu'un hiver d'une rigueur impitoyable fût passé sur cette figure familière, effaçant toutes ses nuances, pétrifiant tous ses frémissements, simplifiant son expression jusqu'à la grossièreté. Ah, certes, cette barbe carrée qui l'encadrait d'une oreille à l'autre n'avait rien de la douceur floue et soyeuse de celle du Nazaréen[57]. C'était bien à l'Ancien Testament et à sa justice sommaire qu'elle ressortissait, ainsi d'ailleurs que ce regard trop franc dont la violence mosaïque[58] effrayait.

Narcisse d'un genre nouveau, abîmé de tristesse, recru de dégoût de soi, il médita longuement en tête à tête avec lui-même. Il comprit que notre visage est cette partie de notre chair que modèle et remodèle, réchauffe et anime sans cesse la présence de nos semblables. Un homme que vient de quitter quelqu'un avec qui il a eu une conversation animée : son visage garde quelque temps une vivacité rémanente[59] qui ne s'éteint que peu à peu et dont la survenue d'un autre interlocuteur fera rejaillir la flamme. « Un visage éteint. Un degré d'extinction sans doute jamais atteint encore dans l'espèce humaine. » Robinson avait prononcé ces mots à haute voix. Or sa face en proférant ces paroles lourdes comme des pierres n'avait pas davantage bougé qu'une corne de brume ou un cor de chasse. Il s'efforça à quelque pensée gaie et tâcha de sourire. Impossible. En vérité il y avait quelque chose de gelé dans son visage et il aurait fallu de longues et joyeuses retrouvailles avec les siens pour provoquer un dégel. Seul le sourire d'un ami aurait pu lui rendre le sourire...

Il s'arracha à l'horrible fascination du miroir et regarda autour de lui. N'avait-il pas tout ce qu'il lui fallait sur cette île ? Il pouvait étancher sa soif et apaiser sa faim, pourvoir à sa sécurité et même à son confort, et la Bible était là pour satisfaire ses exigences spirituelles. Mais qui donc, par la simple vertu d'un sourire, ferait jamais fondre cette glace qui paralysait son visage ? Ses yeux s'abaissèrent alors vers Tenn, assis par terre à sa droite qui levait son museau vers lui. Robinson avait-il une hallucination ? *Tenn souriait à son maître.* D'un seul côté de sa gueule, sa lèvre noire, finement dentelée se soulevait et découvrait une double rangée de crocs. En même temps il inclinait drôlement la tête sur le côté, et on aurait dit que ses yeux noisette se plissaient ironiquement. Robinson saisit à deux mains la grosse tête velue, et son regard se voila d'émotion. Une chaleur oubliée colorait ses joues et un frémissement imperceptible faisait trembler les commissures de ses lèvres. C'était comme sur les bords de l'Ouse, quand le premier souffle de mars faisait pressentir les prochains tressaillements du printemps. Tenn faisait toujours sa grimace et Robinson le regardait passionnément afin de recouvrer la plus douce des facultés humaines. Désormais ce fut comme un jeu entre eux. Tout à coup Robinson interrompait son travail, sa chasse, son cheminement sur la grève ou dans les bois — ou bien il allumait une torche résineuse au milieu de la nuit — et son visage qui n'était plus qu'à demi mort fixait Tenn d'une certaine façon. Et le chien lui souriait, la tête inclinée, et son sourire de chien se reflétait de jour en jour plus distinctement sur le visage humain de son maître.

*

L'aube était déjà rose, mais le grand concert des oiseaux et des insectes n'avait pas encore commencé. Pas un souffle d'air n'animait les palmes qui festonnaient la porte grande ouverte de la Résidence. Robinson ouvrit les yeux beaucoup plus tard qu'à l'accoutumée. Il s'en rendit compte aussitôt, mais sa conscience morale dormant sans doute encore, il ne songea pas à s'en faire grief. Il imagina, comme en panorama, toute la journée qui l'attendait à la porte. Il y aurait d'abord la toilette, puis la lecture de la Bible devant le lutrin, ensuite le salut aux couleurs et l'« ouverture » de la forteresse. Il ferait basculer la passerelle par-dessus le fossé et dégagerait les issues obstruées par les quartiers de roche. La matinée serait consacrée au cheptel. Les biques marquées B 13, L 24, G 2 et Z 17 devaient être menées au bouc. Robinson n'imaginait pas sans dégoût la hâte indécente avec laquelle ces diablesses accouraient sur leurs jambes sèches empêtrées dans leurs mamelles vers l'enclos des mâles. Pour le reste, il les laisserait forniquer à leur aise toute la matinée. Il y aurait lieu aussi de visiter la garenne artificielle qu'il essayait d'établir. C'était une combe[60] sablonneuse, semée de bruyères et de genêts qu'il avait entourée d'une murette de pierres sèches et où il cultivait des navets sauvages, de la luzerne vierge et un carré d'avoine pour y retenir une colonie d'agoutis, sorte de lièvres dorés aux oreilles courtes, dont il n'avait pu tuer que de rares exemplaires depuis le début de son séjour à Speranza. Il faudrait encore avant le déjeuner remettre à niveau ses trois viviers d'eau douce que la saison sèche éprouvait dangereusement. Ensuite il mangerait sur le pouce, et il revêtirait son grand uniforme de général, car un après-midi surchargé d'obligations officielles l'attendait : mise à jour du recensement des tortues de mer, présidence de la commission législative de la Charte et du Code pénal, enfin inauguration d'un pont de lianes audacieusement jeté par-dessus un ravin de cent pieds de profondeur en pleine forêt tropicale.

Robinson se demandait avec accablement s'il trouverait en outre le temps d'achever la gloriette[61] de fougères arborescentes qu'il avait commencée de construire à la lisière de la forêt bordant le rivage de la baie et qui serait à la fois un excellent gabion[62] d'affût pour surveiller la mer et une retraite d'ombre verte d'une exquise fraîcheur aux heures les plus chaudes de la journée, quand il comprit soudain la cause de son éveil tardif : il avait oublié de regarnir la clepsydre la veille, et elle venait de s'arrêter. À vrai dire le silence insolite qui régnait dans la pièce venait de lui être révélé par le bruit de la dernière goutte tombant dans le bassin de cuivre. En tournant la tête, il constata que la goutte suivante apparaissait timidement sous la bonbonne vide, s'étirait, adoptait un profil piriforme, hésitait puis, comme découragée, reprenait sa forme sphérique, remontait même vers sa source, renonçant décidément à tomber, et même amorçant une inversion du cours du temps.

Robinson s'étendit voluptueusement sur sa couche. C'était la première fois depuis des mois que le rythme obsédant des gouttes s'écrasant une à une dans le bac cessait de commander ses moindres gestes avec une rigueur de métronome. Le temps était suspendu. Robinson était en vacances. Il s'assit au bord de sa couche. Tenn vint poser amoureusement son museau sur son genou. Ainsi donc la toute-puissance de Robinson sur l'île — fille de son absolue solitude — allait jusqu'à une maîtrise du temps! Il supputait avec ravissement qu'il ne tenait qu'à lui désormais de boucher la clepsydre, et ainsi de suspendre le vol des heures...

Il se leva et alla s'encadrer dans la porte. L'éblouissement heureux qui l'enveloppa le fit chanceler et l'obligea à s'appuyer de l'épaule au chambranle. Plus tard, réfléchissant sur cette sorte d'extase qui l'avait saisi et cherchant à lui donner un nom, il l'appela un *moment d'innocence*. Il avait d'abord cru que l'arrêt de la clepsydre n'avait fait que desserrer les mailles de son emploi du temps et suspendre l'urgence de ses travaux. Or il s'apercevait que cette pause était moins son fait que celui de l'île tout entière. On aurait dit que cessant soudain de s'incliner les unes vers les autres dans le sens de leur usage — et de leur usure — les choses étaient retombées chacune de son essence, épanouissaient tous leurs attributs, existaient pour elles-mêmes, naïvement, sans chercher d'autre justification que leur propre perfection. Une grande douceur tombait du ciel, comme si Dieu s'était avisé dans un soudain élan de tendresse de bénir toutes ses créatures. Il y avait quelque chose d'heureux suspendu dans l'air, et, pendant un bref instant d'indicible allégresse, Robinson crut découvrir une *autre île* derrière celle où il peinait solitairement depuis si longtemps, plus fraîche, plus chaude, plus fraternelle, et que lui masquait ordinairement la médiocrité de ses préoccupations.

Découverte merveilleuse : il était donc possible d'échapper à l'implacable discipline de l'emploi du temps et des cérémonies sans pour autant retomber dans la souille ! Il était possible de *changer* sans déchoir. Il pouvait rompre l'équilibre si laborieusement acquis, et s'élever, au lieu de dégénérer à nouveau. Indiscutablement il venait de gravir un degré dans la métamorphose qui travaillait le plus secret de lui-même. Mais ce n'était qu'un éclair passager. La larve avait pressenti dans une brève extase qu'elle volerait un jour. Enivrante, mais passagère vision !

Désormais il recourut souvent à l'arrêt de la clepsydre pour se livrer à des expériences qui dégageraient peut-être un jour le Robinson nouveau de la chrysalide où il dormait encore. Mais son heure n'était pas encore venue. L'*autre île* ne sortit plus du brouillard rose de l'aurore, comme ce matin mémorable. Patiemment il ramassa sa vieille défroque et reprit le jeu où il l'avait laissé, oubliant dans l'enchaînement des menues tâches et de son étiquette qu'il avait pu aspirer à autre chose.

*

Log-book. — Je ne suis guère versé en philosophie, mais les longues méditations où je suis réduit par force, et surtout l'espèce de délabrement de certains de mes mécanismes mentaux, due à la privation de toute société, m'amènent à quelques conclusions touchant l'antique problème de la connaissance. Il me semble en un mot que la présence d'autrui — et son introduction inaperçue dans toutes les théories — est une cause grave de confusion et d'obscurité dans la relation du connaissant et du connu. Non pas qu'autrui n'ait à jouer un rôle éminent dans cette relation, mais il faudrait que cela fût en son temps et en pleine lumière seulement, et non de façon intempestive et comme à la dérobée.

Dans une pièce obscure, une chandelle promenée çà et là éclaire certains objets et en laisse d'autres dans la nuit. Ils émergent des ténèbres illuminés un moment, puis ils se fondent à nouveau dans le noir. Or qu'ils soient ou non éclairés ne change rien, ni à leur nature ni à leur existence. Tels ils étaient avant le passage sur eux du faisceau lumineux, tels ils seront encore pendant et après ce passage.

Telle est l'image que nous nous faisons toujours à peu près de l'acte de connaissance, la chandelle figurant le sujet connaissant, les objets éclairés représentant tout le connu. Or voici ce que m'a appris ma solitude : ce schéma ne concerne que la connaissance des choses *par autrui*, c'est-à-dire un secteur étroit et particulier du problème de la connaissance. Un étranger introduit dans ma maison, découvrant certains objets, les observant, puis se détournant d'eux pour s'intéresser à autre chose, voilà ce qui correspond précisément au mythe de la chandelle promenée dans une pièce obscure. Le problème général de la connaissance doit être posé à un stade antérieur et plus fondamental, car pour qu'on puisse parler d'un étranger s'introduisant dans ma maison et furetant parmi les choses qui s'y trouvent, il faut que je sois là, embrassant ma chambre du regard et observant le manège de l'intrus.

Il y a ainsi deux problèmes de la connaissance, ou plutôt deux connaissances qu'il importe de distinguer d'un coup d'épée, et que j'aurais sans doute continué à confondre sans le destin extraordinaire qui me donne une vue

111

absolument neuve des choses : la connaissance *par autrui* et la connaissance *par moi-même*. En mélangeant les deux sous prétexte qu'autrui est un *autre moi*, on n'aboutit à rien. Or c'est bien ce qu'on fait quand on se figure le sujet connaissant comme un individu quelconque entrant dans une pièce et voyant, touchant, sentant, bref connaissant les objets qui s'y trouvent. Car cet individu, c'est autrui, mais ces objets, c'est moi — observateur de toute la scène — qui les connais. Pour poser correctement le problème, il faut donc décrire la situation non d'autrui pénétrant dans la pièce, mais de moi-même parlant et voyant. Ce que je vais tenter.

Une première constatation s'impose lorsqu'on s'efforce de décrire le moi sans l'assimiler à autrui, c'est qu'il n'existe que de façon intermittente et somme toute assez rare. Sa présence correspond à un mode de connaissance secondaire et comme réflexif. Que se passe-t-il en effet de façon primaire et immédiate ? Eh bien, les objets sont tous là, brillants au soleil ou tapis dans l'ombre, rugueux ou moelleux, lourds ou légers, ils sont connus, goûtés, pesés, et même cuits, rabotés, pliés, etc., sans que moi qui connais, goûte, pèse, cuis, etc., n'existe en aucune manière, si l'acte de réflexion qui me fait surgir n'est pas accompli — et il l'est en fait rarement. Dans l'état primaire de la connaissance, la conscience que j'ai d'un objet est cet objet même, l'objet est connu, senti, etc., sans personne qui connaisse, sente, etc. Il ne faut pas parler ici d'une chandelle projetant un faisceau lumineux sur les choses. À cette image il convient d'en substituer une autre : celle d'objets phosphorescents par eux-mêmes, sans rien d'extérieur qui les éclaire.

Il y a à ce stade naïf, primaire et comme primesautier qui est notre mode d'existence ordinaire une solitude heureuse du connu, une virginité des choses qui possèdent toutes en elles-mêmes — comme autant d'attributs de leur essence intime — couleur, odeur, saveur et forme. Alors Robinson *est* Speranza. Il n'a conscience de lui-même qu'à travers les frondaisons des myrtes où le soleil darde une poignée de flèches, il ne se connaît que dans l'écume de la vague glissant sur le sable blond.

Et tout à coup un déclic se produit. Le sujet s'arrache à l'objet en le dépouillant d'une partie de sa couleur et de son poids. Quelque chose a craqué dans le monde et tout un pan des choses s'écroule en devenant *moi*. Chaque objet est disqualifié au profit d'un sujet correspondant. La lumière devient œil, et elle n'existe plus comme telle : elle n'est plus qu'excitation de la rétine. L'odeur devient narine — et le monde lui-même s'avère inodore. La musique du vent dans les palétuviers est réfutée : ce n'était qu'un ébranlement de tympan. À la fin le monde tout entier se résorbe dans mon âme qui est l'âme même de Speranza, arrachée à l'île, laquelle alors se meurt sous mon regard sceptique.

Une convulsion a eu lieu. Un objet a brusquement été dégradé en sujet. C'est sans doute qu'il le méritait, car tout ce mécanisme a un sens. Nœud de contradiction, foyer de discorde, il a été éliminé du corps de l'île, éjecté, rebuté. Le déclic correspond à un processus de rationalisation du monde. Le monde cherche sa propre rationalité, et ce faisant il évacue ce déchet, le sujet.

Un jour un galion espagnol cinglait vers Speranza. Quoi de plus vraisemblable ? Mais il y a plus d'un siècle que les derniers galions ont disparu de la surface des océans. Mais il y avait une fête à bord. Mais le navire, au lieu de mouiller et d'affaler une chaloupe, longea le rivage comme s'il s'en était trouvé à mille lieues. Mais une jeune fille en vêtements surannés me regardait du château de poupe, et cette jeune fille était ma sœur, morte depuis deux lustres... Tant d'insanités n'étaient pas viables. Le déclic s'est produit, et le galion a été débouté de ses prétentions à l'existence. Il est devenu l'hallucination de Robinson. Il s'est résorbé dans ce sujet : un Robinson hagard, en proie à une fièvre cérébrale.

Un jour je marchais dans la forêt. À une centaine de pas une souche se dressait au milieu du sentier. Une souche étrange, velue, aurait-on dit, ayant vaguement le profil d'un animal. Et puis la souche a remué. Mais c'était absurde, une souche ne remue pas! Et puis la souche s'est transformée en bouc. Mais comment une souche pourrait-elle se transformer en bouc? Il fallait que le déclic eût lieu. Il a eu lieu. La souche a disparu définitivement et même *rétroactivement*. Il y avait toujours eu un bouc. Mais la souche? Elle était devenue une illusion d'optique, la vue défectueuse de Robinson.

Le sujet est un objet disqualifié. Mon œil est le cadavre de la lumière, de la couleur. Mon nez est tout ce qui reste des odeurs quand leur irréalité a été démontrée. Ma main réfute la chose tenue. Dès lors le problème de la connaissance naît d'un *anachronisme*. Il implique la simultanéité du sujet et de l'objet dont il voudrait éclairer les mystérieux rapports. Or le sujet et l'objet ne peuvent coexister, puisqu'ils sont la même chose, d'abord intégrée au monde réel, puis jetée au rebut. Robinson est l'excrément personnel de Speranza.

Cette formule épineuse me comble d'une sombre satisfaction. C'est qu'elle me montre la voie étroite et escarpée du salut, d'un certain salut en tout cas, celui d'une île féconde et harmonieuse, parfaitement cultivée et administrée, forte de l'équilibre de tous ses attributs, allant droit son chemin, sans moi, parce que si proche de moi que, même comme pur regard, c'en serait encore trop de moi et qu'il faudrait me réduire à cette phosphorescence intime qui fait que chaque chose serait connue, sans personne qui connaisse, consciente, sans que personne ait conscience... Ô subtil et pur équilibre, si fragile, si précieux!

*

Mais il était impatient de quitter ces rêveries et ces spéculations et de fouler le sol ferme de Speranza. Il crut un jour avoir trouvé une voie d'accès concrète à l'intimité la plus secrète de l'île.

CHAPITRE V

Située au centre de l'île au pied du cèdre géant, ouverte comme un gigantesque soupirail à la base du chaos rocheux, la grotte avait toujours revêtu une importance fondamentale aux yeux de Robinson. Mais elle n'avait longtemps été pour lui que le coffre-fort où il amassait avarement ce qu'il avait de plus précieux au monde : ses récoltes de céréales, ses conserves de fruits et de viandes, plus profondément ses coffres de vêtements, ses outils, ses armes, son or, enfin en dernier lieu, dans le fond le plus reculé, ses tonneaux de poudre noire qui auraient suffi à faire sauter toute l'île. Bien qu'il eût cessé depuis longtemps d'user de ses armes à feu pour chasser, Robinson restait très attaché à cette foudre en puissance qu'il ne dépendait que de lui de déchaîner et où il puisait le réconfort d'un pouvoir supérieur. Sur ce trône détonant, il asseyait sa souveraineté jupitérienne sur l'île et ses habitants.

Mais depuis quelques semaines, la grotte se chargeait d'une signification nouvelle pour lui. Dans sa vie seconde — celle qui commençait lorsque, ayant déposé ses attributs de gouverneur-général-administrateur, il arrêtait la clepsydre — Speranza n'était plus un domaine à gérer, mais une *personne*, de nature indiscutablement féminine, vers laquelle l'inclinaient aussi bien ses spéculations philosophiques que les besoins nouveaux de son cœur et de sa chair. Dès lors il se demandait confusément si la grotte était la bouche, l'œil ou quelque autre orifice naturel de ce grand corps, et si son exploration poussée à son terme ne le conduirait pas dans quelque repli caché répondant à quelques-unes des questions qu'il se posait.

Au-delà de la poudrière le tunnel se poursuivait par un boyau en pente raide où il ne s'était jamais engagé avant ce qu'il appellerait plus tard sa *période tellurique*. L'entreprise présentait, il est vrai, une difficulté majeure, celle de l'éclairage.

S'avancer dans ces profondeurs avec à la main une torche de bois résineux — et il ne disposait de rien d'autre —, c'était courir un risque redoutable par la proximité des tonneaux de poudre dont il n'était même pas sûr que le contenu ne se fût pas quelque peu répandu sur le sol. C'était aussi saturer de fumées irrespirables l'air raréfié et immobile de la grotte. Ayant dû abandonner également le projet de percer une cheminée d'aération et d'éclairage au fond de la grotte, il ne lui restait plus qu'à *assumer l'obscurité*, c'est-à-dire à se plier docilement aux exigences du milieu qu'il voulait conquérir, une idée qui ne se serait certes pas présentée à son esprit quelques semaines plus tôt. Ayant pris conscience de la métamorphose où il était engagé, il était prêt maintenant à s'imposer les plus rudes conversions pour répondre à ce qui était peut-être une vocation nouvelle.

Il tenta d'abord tout superficiellement de *s'habituer* à l'obscurité pour pouvoir progresser à tâtons dans les profondeurs de la grotte. Mais il comprit que ce propos était vain et qu'une préparation plus radicale s'imposait. Il fallait dépasser l'alternative lumière-obscurité dans laquelle l'homme est communément enfermé, et accéder au monde des aveugles qui est complet, parfait, certes moins commode à habiter que celui des voyants, mais non pas amputé de toute sa partie lumineuse et plongé dans des ténèbres sinistres, comme l'imaginent ceux qui ont des yeux. L'œil qui crée la lumière invente aussi l'obscurité, mais celui qui n'a pas d'yeux ignore l'une et l'autre, et ne souffre pas de l'absence de la première. Pour approcher cet état, il n'était que de rester immobile très longtemps dans le noir, ce que fit Robinson, entouré de galettes de maïs et de pichets de lait de chèvre.

Le calme le plus absolu régnait autour de lui. Aucun bruit ne parvenait jusqu'au fond de la grotte. Pourtant il savait déjà que l'expérience promettait de réussir, car il ne se sentait nullement séparé de Speranza. Au contraire, il vivait intensément avec elle. Accroupi contre la roche, les yeux grands ouverts dans les ténèbres, il voyait le blanc déferlement des vagues sur toutes les grèves de l'île, le geste bénisseur d'un palmier caressé par le vent, l'éclair rouge d'un colibri dans le ciel vert. Il sentait sur tous les atterrages la fraîcheur mouillée de la grève que venait de découvrir le jusant. Un bernard-l'ermite en profitait pour prendre l'air sur le pas de sa coquille. Une mouette à tête noire se mettait tout à coup en perte de vitesse pour piquer sur un chétodon[63] tapi dans les algues rouges que le ressac revêtait toutes ensemble de leur envers brun. La solitude de Robinson était vaincue d'étrange manière — non pas *latéralement*, — par abords et côtoiements, comme quand on se trouve dans une foule ou avec un ami — mais de façon *centrale*, nucléaire, en quelque sorte. Il devait se trouver à proximité du *foyer* de Speranza d'où partaient en étoile toutes les terminaisons nerveuses de ce grand corps, et vers lequel affluaient toutes les informations venues de la superficie. Ainsi dans certaines cathédrales y a-t-il souvent un point d'où l'on entend, par le jeu des ondes sonores et de leurs interférences, les moindres bruits, qu'ils proviennent de l'abside, du chœur, du jubé ou de la nef.

Le soleil déclinait lentement vers l'horizon. Au ras de l'amoncellement rocheux couronnant l'île, la grotte ouvrait sa gueule noire qui s'arrondissait comme un gros œil étonné, braqué sur le large. Dans peu de temps la trajectoire du soleil le placerait dans l'axe exact du tunnel. Le fond de la grotte se trouverait-il éclairé? Pour combien de temps? Robinson ne tarderait pas à le savoir, et sans pouvoir se donner aucune raison il attachait une grande importance à cette rencontre.

L'événement fut si rapide qu'il se demanda s'il n'avait pas été victime d'une illusion d'optique. Un simple phosphène[64] avait peut-être fulguré derrière ses paupières, ou bien était-ce vraiment un éclair qui avait traversé l'obscurité sans la blesser? Il avait attendu le lever d'un rideau, une aurore triomphante. Cela n'avait été qu'un coup d'épingle de lumière dans la masse ténébreuse où il baignait. Le tunnel devait être plus long ou moins rectiligne qu'il n'avait cru. Mais qu'importait? Les deux regards s'étaient heurtés, le regard lumineux et le regard ténébreux. Une flèche solaire avait percé l'âme tellurique de Speranza.

Le lendemain le même éclair se produisit, puis douze heures passèrent de nouveau. L'obscurité *tenait* toujours, bien qu'elle eût tout à fait cessé de créer autour de lui ce léger vertige qui fait chanceler le marcheur privé de points de repère visuels. Il était dans le ventre de Speranza comme un poisson dans l'eau, mais il n'accédait pas pour autant à cet au-delà de la lumière et de l'obscurité dans lequel il pressentait le premier seuil de l'au-delà absolu. Peut-être fallait-il se soumettre à un jeûne purificateur? D'ailleurs il ne lui restait plus qu'un peu de lait. Il se recueillit vingt-quatre heures encore. Puis il se leva et sans hésitation ni peur, mais pénétré de la gravité solennelle de son entreprise, il se dirigea vers le fond du boyau. Il n'eut pas à errer longtemps pour trouver ce qu'il cherchait : l'orifice d'une cheminée verticale et fort étroite. Il fit aussitôt quelques tentatives sans succès pour s'y laisser glisser. Les parois étaient polies comme de la chair, mais l'orifice était si resserré qu'il y demeurait prisonnier à mi-corps. Il se dévêtit tout à fait, puis se frotta le corps avec le lait qui lui restait. Alors il plongea, tête la première, dans le goulot, et cette fois il y glissa lentement mais régulièrement, comme le bol alimentaire dans l'œsophage. Après une chute très douce qui dura quelques instants ou quelques siècles, il se reçut à bout de bras dans une manière de crypte exiguë où il ne pouvait se tenir debout qu'à condition de laisser sa tête dans l'arrivée du boyau. Il se livra à une minutieuse palpation du caveau où il se trouvait. Le sol était dur, lisse, étrangement tiède, mais les parois présentaient de surprenantes irrégularités. Il y avait des tétons lapidifiés, des verrues calcaires, des champignons marmoréens, des éponges pétrifiées. Plus loin la surface de la pierre se couvrait d'un tapis de papilles frisées qui devenaient de plus en plus drues et épaisses à mesure qu'on approchait d'une grosse fleur minérale, une sorte de concrétion de gypse, assez semblable en plus composé aux roses de sable qui se rencontrent dans certains déserts. Il en émanait un parfum humide et ferrugineux, d'une réconfortante acidité, avec une trace d'amertume sucrée évoquant la sève du figuier. Mais ce qui retint Robinson plus que toute autre chose, ce fut un alvéole profond de cinq pieds environ qu'il découvrit dans le coin le plus reculé de la crypte. L'intérieur en était parfaitement poli, mais curieusement tourmenté, comme le fond d'un moule destiné à informer une chose fort complexe. Cette chose, Robinson s'en doutait, c'était son propre corps, et après de nombreux essais, il finit par trouver en effet la position — recroquevillé sur lui-même, les genoux remontés au menton, les mollets croisés, les mains posées sur les pieds — qui lui assurait une insertion si exacte dans l'alvéole qu'il oublia les limites de son corps aussitôt qu'il l'eut adoptée.

Il était suspendu dans une éternité heureuse. Speranza était un fruit mûrissant au soleil dont l'amande nue et blanche, recouverte par mille épaisseurs d'écorce, d'écale et de pelures s'appelait Robinson. Quelle n'était pas sa paix, logé ainsi au plus secret de l'intimité rocheuse de cette île inconnue ! Y avait-il jamais eu un naufrage sur ses rives, un rescapé de ce naufrage, un administrateur qui couvrit sa terre de moissons et fit multiplier les troupeaux dans ses prairies ? Ou bien ces péripéties n'étaient-elles pas plutôt le rêve sans consistance de la petite larve molle tapie de toute éternité dans cette énorme urne de pierre ? Qu'était-il, sinon l'âme même de Speranza ? Il se souvint de poupées gigognes emboîtées les unes dans les autres : elles étaient toutes creuses et se dévissaient en grinçant, sauf la dernière, la plus petite, seule pleine et lourde et qui était le noyau et la justification de toutes les autres.

Peut-être s'endormit-il. Il n'aurait su le dire. Aussi bien la différence entre la veille et le sommeil était-elle très effacée dans l'état d'*inexistence* où il se trouvait. Chaque fois qu'il demandait à sa mémoire de faire un effort pour tenter d'évaluer le temps écoulé depuis sa descente dans la grotte, c'était toujours l'image de la clepsydre *arrêtée* qui se présentait avec une insistance monotone à son esprit. Il nota que l'éclair lumineux marquant le passage du soleil dans l'axe de la grotte eut lieu encore une fois, et c'est un peu après que se produisit un changement qui le surprit, bien qu'il s'attendît depuis longtemps à quelque chose de ce genre : tout à coup *l'obscurité changea de signe*. Le noir où il baignait vira au blanc. Désormais c'était dans des ténèbres blanches qu'il flottait, comme un caillot de crème dans un bol de lait. Aussi bien n'avait-il pas dû frotter de lait son grand corps blanc pour pouvoir accéder à cette profondeur ?

À ce degré de profondeur la nature féminine de Speranza se chargeait de tous les attributs de la maternité. Et comme l'affaiblissement des limites de l'espace et du temps permettait à Robinson de plonger comme jamais encore dans le monde endormi de son enfance, il était hanté par sa mère. Il se croyait dans les bras de sa mère, femme forte, âme d'exception, mais peu communicative et étrangère aux effusions sentimentales. Il ne se souvenait pas qu'elle eût embrassé une seule fois ses cinq frères et sœurs et lui-même. Et pourtant cette femme était tout le contraire d'un monstre de sécheresse. Pour tout ce qui ne concernait pas ses enfants, c'était même une femme ordinaire. Il l'avait vue pleurer de joie en retrouvant un bijou de famille qui était demeuré introuvable pendant un lustre. Il l'avait vue perdre la tête le jour où leur père s'était effondré sous le coup d'une crise cardiaque. Mais dès qu'il s'agissait de ses enfants, elle devenait une femme *inspirée*, au sens le plus élevé du mot. Très attachée, comme le père, à la secte des Quakers, elle rejetait l'autorité des textes sacrés aussi bien que celle de l'Église papiste. Au grand scandale de ses voisins, elle considérait la Bible comme un livre dicté par

Dieu certes, mais écrit de main humaine et grandement défiguré par les vicissitudes de l'histoire et les injures du temps. Combien plus pure et plus vivante que ces grimoires venus du fond des siècles était la source de sagesse qu'elle sentait jaillir au fond d'elle-même ! Là, Dieu parlait directement à sa créature. Là, l'Esprit Saint lui dispensait sa lumière surnaturelle. Or sa vocation de mère se confondait pour elle avec cette foi paisible. Son attitude à l'égard de ses enfants avait quelque chose d'*infaillible* qui les réchauffait plus que toutes les démonstrations. Elle ne les avait pas embrassés une seule fois, mais ils lisaient dans son regard qu'elle savait tout d'eux, qu'elle éprouvait leurs joies et leurs peines plus fortement encore qu'eux-mêmes, et qu'elle disposait pour les servir humblement d'un inépuisable trésor de douceur, de lucidité et de courage. En visite chez des voisines, ses enfants étaient effrayés par les alternances de colères et d'effusions, de gifles et de baisers que ces femmes criardes et surmenées dispensaient à leur progéniture. Toujours égale à elle-même, leur mère avait imperturbablement le mot ou le geste qui pouvait le mieux apaiser ou réjouir ses petits.

Un jour que le père était absent de la maison, le feu se déclara dans le magasin du rez-de-chaussée. Elle se trouvait au premier étage avec les enfants. L'incendie se propagea avec une rapidité effrayante dans cette maison de bois plusieurs fois séculaire. Robinson n'avait que quelques semaines, sa sœur aînée pouvait avoir neuf ans. Le petit drapier revenu en hâte était agenouillé dans la rue, devant le brasier, et il suppliait Dieu pour que toute sa famille fût partie en promenade, quand il vit son épouse émerger tranquillement d'un torrent de flammes et de fumée : tel un arbre ployant sous l'excès de ses fruits, elle portait ses six enfants indemnes sur ses épaules, dans ses bras, sur son dos, pendus à son tablier. Or c'était sous cet aspect que Robinson revivait le souvenir de sa mère, pilier de vérité et de bonté, terre accueillante et ferme, refuge de ses terreurs et de ses chagrins. Il avait retrouvé au fond de l'alvéole quelque chose de cette tendresse impeccable et sèche, de cette sollicitude infaillible et sans effusions inutiles. Il voyait les mains de sa mère, ces grandes mains qui jamais ne caressaient ni ne frappaient, si fortes, si fermes, aux proportions si harmonieuses qu'elles ressemblaient à deux anges, un fraternel couple d'anges œuvrant ensemble selon l'esprit. Elles pétrissaient une pâte onctueuse et blanche, car on était à la veille de l'Épiphanie. Les enfants se partageraient le lendemain une galette d'épeautre où une fève se dissimulait dans une anfractuosité de croûte. Il était cette pâte molle saisie dans une poigne de pierre toute-puissante. Il était cette fève, prise dans la chair massive et inébranlable de Speranza.

L'éclair se répercuta encore jusqu'aux tréfonds où il flottait de plus en plus désincarné par le jeûne. Or dans cette nuit lactée son effet parut *inversé* à Robinson : pendant une fraction de seconde la blancheur ambiante noircit, puis retrouva aussitôt sa pureté neigeuse. On aurait dit qu'une vague d'encre avait déferlé dans la gueule de la grotte pour refluer instantanément sans laisser la moindre trace.

Robinson eut le pressentiment qu'il fallait rompre le charme s'il voulait jamais revoir le jour. La vie et la mort étaient si proches l'une de l'autre dans ces lieux livides qu'il devait suffire d'un instant d'inattention, d'un relâchement de la volonté de survivre pour qu'un glissement fatal se produisît d'un bord à l'autre. Il s'arracha à l'alvéole. Il n'était vraiment ni ankylosé ni affaibli, mais allégé plutôt et comme spiritualisé. Il se hissa sans peine par la cheminée où il flotta comme un ludion[65]. Parvenu au fond de la grotte, il retrouva à tâtons ses vêtements qu'il roula en boule sous son bras, sans prendre le temps de se rhabiller. L'obscurité lactée persistait autour de lui, ce qui ne laissait pas de l'inquiéter. Serait-il devenu aveugle pendant son long séjour souterrain? Il progressait en titubant vers l'orifice quand une épée de feu le frappa soudain au visage. Une douleur fulgurante lui dévora les yeux. Il couvrit son visage de ses mains.

Le soleil de midi faisait vibrer l'air autour des rochers. C'était l'heure où les lézards eux-mêmes cherchent l'ombre. Robinson s'avançait à demi courbé, grelottant de froid et serrant l'une contre l'autre ses cuisses humides de lait caillé. Sa déréliction au milieu de ce paysage de ronces et de silex coupants l'écrasait d'horreur et de honte. Il était nu et blanc. Sa peau se granulait en chair de poule, comme celle d'un hérisson apeuré qui aurait perdu ses piquants. Son sexe humilié avait fondu. Entre ses doigts filtraient des petits sanglots, aigus comme des cris de souris.

Il progressa tant bien que mal vers la résidence, guidé par Tenn qui dansait autour de lui, tout heureux de l'avoir retrouvé, mais déconcerté par sa métamorphose. Dans la pénombre lénifiante de la maison, son premier soin fut de remettre en marche la clepsydre.

*

Log-book. — Cette descente et ce séjour dans le sein de Speranza, je suis encore bien loin de pouvoir en apprécier justement la valeur. Est-ce un bien, est-ce un mal? Ce serait tout un procès à instruire pour lequel il me manque encore les pièces capitales. Certes le souvenir de la souille me donne des inquiétudes : la grotte a une indiscutable parenté avec elle. Mais le mal n'a-t-il pas toujours été le singe du bien? Lucifer imite Dieu à sa manière qui est grimace. La grotte est-elle un nouvel et plus séduisant avatar[66] de la souille, ou bien sa négation? Il est certain que, comme la souille, elle suscite autour de moi les fantômes de mon passé, et la rêverie rétrospective où elle me plonge n'est guère compatible avec la lutte quotidienne que je mène pour maintenir Speranza au plus haut degré possible de civilisation. Mais tandis que la souille me faisait hanter principalement ma sœur Lucy, être éphémère et tendre — morbide en un mot —, c'est à la haute et sévère figure de ma mère que me voue la grotte. Prestigieux patronage! Je serais assez porté à croire que cette grande âme voulant venir en aide au plus menacé de ses enfants n'a eu d'autre ressource que de s'incarner dans Speranza elle-même pour mieux me porter et me nourrir. Certes l'épreuve est rude, et plus encore le retour à la lumière que l'ensevelissement dans les ténèbres. Mais je suis tenté de reconnaître dans cette bénéfique discipline la manière de ma mère qui ne concevait pas de progrès qui ne soit précédé — et comme payé — par un effort douloureux. Et comme je me sens conforté par cette retraite! Ma vie repose désormais sur un socle d'une admirable solidité, ancré au cœur même de la roche et en prise directe avec les énergies qui y sommeillent. Il y avait toujours eu auparavant en moi quelque chose de flottant, de mal équilibré qui était source de nausée et d'angoisse. Je me consolais en rêvant d'une maison, de *la* maison que j'aurais pour finir mes jours — et je l'imaginais montée en blocs de granite, massive, inébranlable, assumée par des fondations formidables. Je ne fais plus ce rêve. Je n'en ai plus besoin.

Il est écrit qu'on n'entre pas dans le Royaume des Cieux si l'on ne se fait pas semblable à un petit enfant. Jamais parole d'Évangile ne s'est appliquée plus littéralement. La grotte ne m'apporte pas seulement le fondement imperturbable sur lequel je peux désormais asseoir ma pauvre vie. Elle est un retour vers l'innocence perdue que chaque homme pleure secrètement. Elle réunit miraculeusement la paix des douces ténèbres matricielles et la paix sépulcrale, l'en deçà et l'au-delà de la vie.

*

Robinson effectua encore plusieurs retraites dans l'alvéole, mais il en fut détourné par la moisson et la fenaison qui ne pouvaient attendre. Elles furent d'un rapport si médiocre qu'il s'en alarma. Sans doute son ravitaillement et la subsistance de ses troupeaux n'étaient pas menacés, l'île étant exploitée pour assurer la vie de toute une population. Mais un déséquilibre se faisait sentir dans les relations d'une subtile sensibilité qu'il entretenait avec Speranza. Il lui semblait que les forces nouvelles qui gonflaient ses muscles, cette allégresse printanière qui lui faisait entonner un hymne d'action de grâce en s'éveillant chaque matin, toute cette verdeur heureuse qu'il puisait au fond de la grotte étaient prélevées sur les ressources vitales de Speranza et diminuaient dangereusement son énergie intime. Les pluies généreuses, qui bénissaient habituellement la terre après le grand effort des moissons, demeurèrent en suspens dans un ciel plombé, strié d'éclairs, toujours menaçant, mais avare et aride. Quelques acres de pourpiers qui fournissaient une salade juteuse et grasse séchèrent sur pied avant d'arriver à maturité. Plusieurs chèvres mirent bas des chevreaux morts. Un jour Robinson vit s'élever un nuage de poussière sur le passage d'une harde de pécaris au milieu des marécages de la côte orientale. Il en conclut aussitôt que la souille avait dû disparaître, et il en éprouva une profonde satisfaction. Mais les deux sources où il avait accoutumé de puiser son eau douce tarirent, et il fallut désormais s'avancer très avant dans la forêt pour trouver un point d'eau encore vif.

Cette dernière source suintait petitement d'un mamelon de terre qui s'élevait dans une clairière au milieu des arbres, comme si l'île avait écarté sa robe de forêt en cet endroit. Robinson était ailé de joie violente quand il se hâtait, porté par l'assouvissement anticipé, vers le mince filet d'eau. Lorsqu'il collait ses lèvres avides au trou pour sucer activement le liquide vital, il vagissait de reconnaissance, et derrière ses paupières abaissées, il voyait flamber la promesse de Moïse :

Enfants d'Israël, je vous ferai entrer dans une terre ruisselante de lait et de miel.

Pourtant il ne pouvait plus se dissimuler que s'il ruisselait intérieurement de lait et de miel, Speranza s'épuisait au contraire dans cette vocation maternelle monstrueuse qu'il lui imposait.

*

Log-book. — La cause est entendue. Hier je me suis enseveli à nouveau dans l'alvéole Ce sera la dernière fois, car je reconnais mon erreur. Cette nuit dans le demi-sommeil où je végétais, ma semence s'est échappée, et je n'ai eu que le temps de couvrir de ma main, pour la protéger, l'étroite anfractuosité — large de deux doigts à peine — qui se creuse tout au fond de l'alvéole et qui doit être le plus intime, le sein du sein de Speranza. La parole de l'évangéliste m'est revenue à l'esprit, mais avec un sens menaçant cette fois : *Nul, s'il n'est semblable à un petit enfant...* Par quelle aberration ai-je pu me prévaloir de l'innocence d'un petit enfant ? Je suis un homme dans la force de l'âge et je me dois d'assumer virilement mon destin. Les forces que je puisais au sein de Speranza étaient le dangereux salaire d'une régression vers les sources de moi-même. J'y trouvais, certes, la paix et l'allégresse, mais j'écrasais de mon poids d'homme ma terre nourricière. Enceinte de moi-même, Speranza ne pouvait plus produire, comme le flux menstruel se tarit chez la future mère. Plus gravement encore, j'allais la souiller de ma semence. Levain vivant, quel horrible mûrissement n'aurait-il pas provoqué dans ce four gigantesque, la grotte ! Je vois Speranza tout entière gonfler comme une brioche, boursoufler ses formes à la surface de la mer, crever enfin pour vomir quelque monstre incestueux !

Au péril de mon âme, de ma vie et de l'intégrité de Speranza, j'ai exploré la voie de la terre maternelle. Plus tard peut-être, quand la sénilité aura stérilisé mon corps et desséché ma virilité, je redescendrai dans l'alvéole. Mais ce sera pour n'en plus remonter. Ainsi j'aurai donné à ma dépouille la plus tendre, la plus maternelle des sépultures.

*

La clepsydre reprit son tic-tac, et l'activité dévorante de Robinson emplit à nouveau le ciel et la terre de Speranza. Il mûrissait un vaste dessein dont l'entreprise l'avait fait reculer jusqu'à ce jour : transformer en rizières les marécages de la côte orientale de l'île. Il n'avait jamais osé toucher au sac de riz hérité de la *Virginie*. Le consommer sans espoir de fructification, dissiper en jouissance éphémère ce capital dans lequel dormaient peut-être des siècles de récoltes, c'était un crime — le crime par excellence — qu'il ne pouvait commettre, qu'il n'aurait même pas pu *physiquement* mener à son terme, car pas une cuillerée de la céréale assassinée n'aurait pu être avalée ou digérée par son gosier ou son estomac scandalisés.

Mais la culture du riz de marécage implique la possibilité de noyer et d'assécher à volonté les rizières et donc la construction d'un système d'étangs collecteurs, de digues, de barrages et de vannes. Travaux gigantesques pour un homme seul, surchargé de surcroît par ses autres cultures, ses élevages et ses obligations officielles. Pendant des mois la clepsydre ne s'arrêta plus, mais le journal régulièrement tenu attestait le cheminement d'une méditation sur la vie, la mort et le sexe qui n'était elle-même que le reflet superficiel d'une métamorphose de son être profond.

*

Log-book. — Je sais maintenant que si la présence d'autrui est un élément fondamental de l'individu humain, il n'en est pas pour autant irremplaçable. Nécessaire certes, mais pas indispensable, comme disent d'eux-mêmes avec humilité les Amis de George Fox, autrui peut être suppléé par celui auquel les circonstances le refusent. Remplacer du *donné* par du *construit*, problème général, problème humain par excellence, s'il est vrai que ce qui distingue l'homme de l'animal, c'est qu'il ne peut attendre que de sa propre industrie tout ce que la nature donne gratuitement à l'animal — sa robe, ses armes, sa pitance. Isolé sur mon île, je pouvais m'effondrer au niveau de l'animalité en ne construisant pas — ce que j'ai commencé par faire au demeurant — ou au contraire devenir une manière de surhomme en construisant d'autant plus que la société ne le faisait plus pour moi. Donc j'ai construit, et je continue de construire, mais en vérité l'œuvre se poursuit, sur deux plans différents et *en des sens opposés*. Car si, à la surface de l'île, je poursuis mon œuvre de civilisation — cultures, élevages, édifices, administration, lois, etc. — copiée sur la société humaine, et donc en quelque sorte *rétrospective*, je me sens le théâtre d'une évolution plus radicale qui substitue aux ruines que la solitude crée en moi des solutions originales, toutes plus ou moins provisoires et comme tâtonnantes, mais qui ressemblent de moins en moins au modèle humain dont elles étaient parties. Pour en finir avec l'opposition de ces deux plans, il ne me semble pas possible que leur divergence croissante puisse s'aggraver indéfiniment. Il viendra fatalement un temps où un Robinson de plus en plus *déshumanisé* ne pourra plus être le gouverneur et l'architecte d'une cité de plus en plus *humanisée*. Déjà je surprends des passages à vide dans mon activité extérieure. Il m'arrive de travailler sans croire vraiment à ce que je fais, et la qualité et la quantité de mon travail ne s'en ressentent même pas. Au contraire, il y a dans certains efforts une ivresse de répétition qui a tout à gagner à une désertion de l'esprit : on travaille pour travailler sans penser au but poursuivi. Et pourtant on ne creuse pas indéfiniment un édifice par l'intérieur sans qu'il finisse par s'effondrer. Il est probable qu'un moment viendra où l'île administrée et cultivée cessera complètement de m'intéresser. Alors elle aura perdu son seul habitant...

Mais alors pourquoi attendre ? Pourquoi ne pas décider que ce jour est venu ? Pourquoi ? Parce que dans l'état actuel de mon âme, ce serait fatalement retomber dans la souille. Il y a en moi un cosmos en gestation. Mais un cosmos en gestation, cela s'appelle un chaos. Contre ce chaos, l'île *administrée* — de plus en plus administrée, car en cette matière on ne reste debout qu'en avançant — est mon seul refuge, ma seule sauvegarde. Elle m'a sauvé. Elle me sauve encore chaque jour. Cependant le cosmos peut se chercher. Telle ou telle partie du chaos s'ordonne provisoirement. Par exemple, j'avais cru trouver dans la grotte une formule viable. C'était une erreur, mais l'expérience a été utile. Il y en aura d'autres. Je ne sais où va me mener cette création continuée de moi-même. Si je le savais, c'est qu'elle serait achevée, accomplie et définitive.

Ainsi le désir. C'est un torrent que la nature et la société ont emprisonné dans un bief, dans un moulin, dans une machine pour l'asservir à une fin dont par lui-même il n'a cure : la perpétuation de l'espèce.

J'ai perdu mon bief, mon moulin, ma machine. En même temps que toute la construction sociale, tombée en ruine en moi d'année en année, a disparu l'échafaudage d'institutions et de mythes qui permet au désir de *prendre corps*, au double sens du mot, c'est-à-dire de se donner une forme définie et de fondre sur un corps féminin. Or c'est trop peu dire que mon désir n'est plus canalisé vers les fins de l'espèce. Il ne sait même plus à qui s'en prendre! Longtemps ma mémoire était encore assez nourrie pour fournir à mon imagination des créatures désirables bien qu'inexistantes. Maintenant, c'est fini. Mes souvenirs sont exsangues. Ce ne sont plus que cosses vides et desséchées. Je prononce : femme, seins, cuisses, cuisses écartelées par mon désir. Rien. La magie de ces mots ne joue plus. Des sons, *flatus vocis*. Est-ce à dire que mon désir est mort lui-même d'inanition? Tant s'en faut! Je sens toujours murmurer en moi cette fontaine de vie, mais elle est devenue totalement disponible. Au lieu de s'engager docilement dans le lit préparé à l'avance par la société, elle déborde de tous côtés et ruisselle en étoile, cherchant comme à tâtons une voie, la bonne voie où elle se rassemblera et roulera unanime vers un objet.

*

C'est ainsi que Robinson observait avec un intérêt passionné les mœurs nuptiales des animaux
qui l'entouraient. Il s'était détourné dès le début
des chèvres et des vautours — et d'une façon
générale des mammifères et des oiseaux — dont
les amours lui paraissaient la caricature hideuse
des amours humaines. Mais les insectes avaient
droit à toute son attention. Il savait que certains
d'entre eux, attirés par le nectar des fleurs, se
couvrent le corps du pollen des fleurs mâles et le
transportent involontairement jusqu'aux pistils
des fleurs femelles. Le perfectionnement à ce système qu'il observa à la loupe chez l'*aristoloche
syphon* le plongea dans l'émerveillement. À peine
l'insecte s'est-il enfoncé dans cette belle fleur cor-
diforme qu'un déclic referme sur lui une partie de
la corolle. Le voilà prisonnier pour un instant du
réceptacle le plus capiteusement féminin qui soit.
La petite brute velue se débat furieusement pour
se dégager, et, ce faisant, elle s'inonde de pollen.
Aussitôt un nouveau déclic lui rend la liberté, et il
s'envole, poudré à frimas, pour se faire prendre
ailleurs, fidèle et inconscient serviteur des amours
florales.

Cette insémination à distance, inventée par des
époux végétaux cruellement séparés, lui semblait
d'une émouvante et suprême élégance, et il se prenait à rêver de quelque oiseau fantastique qui
s'enduirait de la semence du Gouverneur de Speranza et volerait jusqu'à York féconder sa femme
esseulée. Mais il réfléchit que, depuis si long-

temps sans nouvelles, elle avait dû entrer en veuvage — et peut-être même en était-elle sortie déjà et remariée.

Ses rêveries prirent un autre cours. Il était intrigué par le manège d'un hyménoptère mâle qui ne visitait qu'une certaine variété d'orchidée * sans paraître se soucier le moins du monde de butiner. Il passa de longues heures, la loupe à la main, à essayer de déchiffrer le comportement de la bestiole. Il découvrit d'abord que la fleur reproduisait exactement en matière végétale l'abdomen de la femelle de cet insecte au point de présenter une sorte de vagin qui devait très probablement dégager l'odeur aphrodisiaque spécifique, propre à attirer et à séduire l'amoureux. L'insecte ne butinait pas la fleur, il la *lutinait*, puis il lui faisait l'amour selon les rites de fécondation propres à son espèce. L'opération le plaçait dans la bonne posture pour que le pollen réuni en deux pollinies vienne se ficher sur son front grâce à deux petites capsules visqueuses, et c'est orné de cette paire de cornes végétales que l'amoureux berné poursuivait sa quête de fleur mâle en fleur femelle, travaillant pour l'avenir de l'orchidée en croyant servir sa propre engeance. Un pareil paroxysme de ruse et d'ingéniosité pouvait faire douter du sérieux du Créateur. La nature avait-elle été modelée par un Dieu infiniment sage et majestueux, ou par un démiurge baroque poussé aux plus folles combinaisons par l'ange du bizarre ? Repoussant ses scrupules, Robinson imagina que

* Il s'agit d'*Ophrys bombyliflora*.

certains arbres de l'île pourraient s'aviser de l'utiliser — comme les orchidées faisaient des hyménoptères — pour véhiculer leur pollen. Alors les branches de ces arbres se métamorphoseraient en femmes lascives et parfumées dont les corps incurvés seraient prêts à l'accueillir...

Parcourant l'île en tous sens, il finit par découvrir en effet un quillai dont le tronc — terrassé sans doute par la foudre ou le vent — rampait sur le sol dont il s'élevait médiocrement en se divisant en deux grosses branches maîtresses. L'écorce était lisse et tiède, douillette même à l'intérieur de la fourche dont l'aisselle était fourrée d'un lichen fin et soyeux.

Robinson hésita plusieurs jours au seuil de ce qu'il appellerait plus tard la *voie végétale*. Il revenait tourner autour du quillai avec des airs louches, finissant par trouver du sous-entendu aux branches qui s'écartaient sous les herbes comme deux énormes cuisses noires. Enfin il s'étendit nu sur l'arbre foudroyé dont il serra le tronc dans ses bras, et son sexe s'aventura dans la petite cavité moussue qui s'ouvrait à la jonction des deux branches. Une torpeur heureuse l'engourdit. Ses yeux mi-clos voyaient un déferlement de fleurs aux chairs crémeuses qui versaient de leurs corolles inclinées des effluves lourds et entêtants. Entrouvrant leurs muqueuses humides, elles semblaient attendre quelque don du ciel que traversaient des vols paresseux d'insectes. Robinson n'était-il pas le dernier être de la lignée humaine appelé à un retour aux sources végétales de la vie? La fleur est le sexe de la plante. La plante naïvement offre son sexe à tout venant comme ce qu'elle a de plus brillant et de plus parfumé. Robinson imaginait une humanité nouvelle où chacun porterait fièrement sur sa tête ses attributs mâles ou femelles — énormes, enluminés, odorants...

Il connut de longs mois de liaison heureuse avec Quillai. Puis vinrent les pluies. Rien n'était changé apparemment. Pourtant un jour qu'il gisait écartelé sur son étrange croix d'amour, une douleur fulgurante lui traversa le gland et le remit d'un coup sur ses pieds. Une grosse araignée tachetée de rouge courut sur le tronc de l'arbre et disparut dans l'herbe. La douleur ne se calma que plusieurs heures plus tard, cependant que le membre blessé prenait l'aspect d'une mandarine.

Certes Robinson avait subi bien d'autres mésaventures dans ses années de vie solitaire au milieu d'une faune et d'une flore enfiévrées par le climat tropical. Mais cet accident revêtait une signification morale indéniable. Sous les espèces d'une piqûre d'araignée, n'était-ce pas en vérité une maladie vénérienne qui l'avait frappé — semblable au mal des Français contre lequel ses maîtres n'avaient cessé de mettre en garde sa jeunesse estudiantine? Il y vit le signe que la voie végétale n'était peut-être qu'une dangereuse impasse.

CHAPITRE VI

Robinson fit monter la queue de la vanne de trois trous et la bloqua en engageant une cheville dans le quatrième trou. Un frémissement parcourut la surface plombée de l'étang collecteur. Puis un entonnoir glauque et vivant s'y creusa, corolle liquide qui se tordait et tournait de plus en plus vite autour de sa tige. Une feuille morte glissa lentement vers le bord de l'entonnoir et, après un instant d'hésitation, elle bascula et disparut, comme avalée par l'eau. Robinson se retourna et s'appuya du dos aux montants de la vanne. De l'autre côté, une nappe d'eau sale s'élançait sur la terre humide en charriant des herbes sèches, des débris de bois et des îlots d'écume grise. À cent cinquante pas de là, elle atteignit le seuil de la vanne d'évacuation et commença à refluer, tandis que le flot qui s'engouffrait sous les pieds de Robinson perdait de son impétuosité. Une odeur de pourriture et de fécondité montait dans l'air. Sur cette terre d'alluvion au sous-sol argileux qui devait convenir, Robinson avait semé à la volée la moitié des quelque dix gallons de riz qu'il tenait en réserve depuis si longtemps. La nappe d'eau serait maintenue, et renouvelée si elle venait à baisser, jusqu'à la floraison de la graminée, puis Robinson la laisserait s'épuiser et au besoin l'évacuerait pendant la maturation des épis.

Ce bruit de déglutition boueuse, ces vapeurs décomposées qu'exhalaient des remous visqueux, toute cette atmosphère marécageuse évoquait puissamment la souille dans son esprit, et il était partagé entre un sentiment de triomphe et une faiblesse nauséeuse. Cette rizière n'était-elle pas la domestication définitive de la souille et une ultime victoire sur ce qu'il y avait de plus sauvage et de plus inquiétant en Speranza? Mais cette victoire avait été chèrement acquise, et Robinson se souviendrait toujours avec accablement des efforts que lui avaient demandés le détournement du ruisseau qui alimentait le bassin de retenue, la levée de digues sur tout le pourtour de la rizière située en aval, la construction des deux vannes avec leurs bajoyers[67] d'argile, leurs vantaux formés de madriers superposés, et les radiers de pierre établis sous les portes pour éviter l'affouillement du fond par les eaux. Tout cela pour que dans dix mois des sacs de riz — dont le décorticage aurait exigé à son tour des semaines de travail — aillent rejoindre dans les silos le blé et l'orge qui en débordaient déjà. Une fois de plus sa solitude condamnait à l'avance tous ses efforts. La vanité de toute son œuvre lui apparut d'un coup, accablante, indiscutable. Inutiles ses cultures, absurdes ses élevages, ses dépôts une insulte au bon sens, ses silos une dérision, et cette forteresse, cette Charte, ce Code pénal ? Pour nourrir qui ? Pour protéger qui ? Chacun de ses gestes, chacun de ses travaux était un appel lancé vers quelqu'un et demeurait sans réponse.

Il sauta sur la digue, franchit d'un bond une gouttière d'irrigation et s'élança droit devant lui, la vue brouillée par le désespoir. Détruire tout cela. Brûler ses récoltes. Faire sauter ses constructions. Ouvrir les corrals, et fouailler les chèvres et les boucs jusqu'au sang pour qu'ils foncent éperdument dans toutes les directions. Il rêvait de quelque séisme qui pulvériserait Speranza, et la mer refermerait ses eaux bénéfiques sur cette croûte purulente dont il était la conscience souffrante. Des sanglots l'étouffaient. Après avoir traversé une forêt de gommiers et de santals, il se trouvait sur un plateau de prairies sablonneuses. Il se jeta sur le sol et, pendant un temps infini, il ne vit plus que des phosphènes qui traversaient comme des éclairs la nuit rouge de ses paupières, il n'entendit plus que le chagrin dont l'orage grondait en lui.

Certes ce n'était pas la première fois que l'achèvement d'une entreprise de longue haleine le laissait vidé et épuisé, proie facile du doute et du désespoir. Mais il était certain que l'île administrée lui apparaissait de plus en plus souvent comme une entreprise vaine et folle. C'était alors que naissait en lui un homme nouveau, tout étranger à l'administrateur. Ces deux hommes ne coexistaient pas encore en lui, ils se succédaient et s'excluaient, et le pire danger eût été que le premier — l'administrateur — disparût pour toujours avant que l'homme nouveau fût viable.

144

À défaut de séisme, il avait ses larmes dont la saumure rongeait activement la boule de colère et de tristesse qui l'étranglait. Une lueur de sagesse lui revint. Il comprit que l'île administrée demeurait son seul salut aussi longtemps qu'une autre forme de vie — qu'il n'imaginait même pas, mais qui se cherchait vaguement en lui — ne serait pas prête à se substituer au comportement tout humain auquel il était resté fidèle depuis le naufrage. Il fallait continuer à travailler patiemment, tout en guettant en lui-même les symptômes de sa métamorphose.

Il s'endormit. Quand il rouvrit les yeux et se laissa rouler sur le dos, le soleil déclinait. Le vent passa dans les herbes avec une rumeur miséricordieuse. Trois pins nouaient et dénouaient fraternellement leurs branches dans de grands gestes apaisants. Robinson sentit son âme légère s'envoler vers une lourde nef de nuages qui croisait dans le ciel avec une majestueuse lenteur. Un fleuve de douceur coulait en lui. C'est alors qu'il eut la certitude d'un changement, dans le poids de l'atmosphère peut-être, ou dans la respiration des choses. Il était dans l'*autre île*, celle qu'il avait entrevue une fois et qui ne s'était plus montrée depuis. Il sentait, comme jamais encore, qu'il était couché sur l'île, comme sur quelqu'un, qu'il avait le corps de l'île sous lui. C'était un sentiment qu'il n'avait jamais éprouvé avec cette intensité, même en marchant pieds nus sur la grève, si vivante pourtant. La présence presque charnelle de l'île contre lui le réchauffait, l'émouvait. Elle était nue, cette terre qui l'enveloppait. Il se mit nu lui-même. Les bras en croix, le ventre en émoi, il embrassait de toutes ses forces ce grand corps tellurique, brûlé toute la journée par le soleil et qui libérait une sueur musquée dans l'air plus frais du soir. Son visage fermé fouillait l'herbe jusqu'aux racines, et il souffla de la bouche une haleine chaude en plein humus. Et la terre répondit, elle lui renvoya au visage une bouffée surchargée d'odeurs qui mariait l'âme des plantes trépassées et le remugle[68] poisseux des semences, des bourgeons en gestation. Comme la vie et la mort étaient étroitement mêlées, sagement confondues à ce niveau élémentaire! Son sexe creusa le sol comme un soc et s'y épancha dans une immense pitié pour toutes choses créées. Étranges semailles, à l'image du grand solitaire du Pacifique! Ci-gît maintenant, assommé, celui qui épousa la terre, et il lui semble, minuscule grenouille collée peureusement à la peau du globe terrestre, tourner vertigineusement avec lui dans les espaces infinis... Enfin il se releva dans le vent, un peu étourdi, salué véhémentement par les trois pins unanimes auxquels répondit l'ovation lointaine de la forêt tropicale dont la toison verte et tumultueuse bordait l'horizon.

Il se trouvait dans une prairie doucement vallonnée, coupée de cluses et de talus que couvrait un pelage d'herbes de section cylindrique — comme des poils — et de couleur rosâtre. « C'est une combe, murmura-t-il, une combe rose... » Ce mot de combe en évoquait un autre dans son esprit, proche parent par la consonance, et qui l'enrichissait de toute une constellation de significations nouvelles, mais il ne pouvait s'en souvenir. Il luttait pour l'arracher à l'oubli où il était à demi enlisé. Combe... combe... Il voyait un dos de femme un peu gras, mais d'un port majestueux. Une houle musculeuse entourait les omoplates. Plus bas, cette belle plaine de chair tourmentée se resserrait et s'aplanissait en une plage étroite, cambrée, très ferme, divisée par une cluse médiane que couvrait un pâle duvet orienté en lignes de force divergentes. Les LOMBES[69]! Ce beau mot grave et sonore avait brusquement retenti dans sa mémoire, et Robinson se souvenait en effet que ses mains s'étaient jadis rejointes et reposées dans ce creux où dorment les énergies secrètes de la détente et du spasme, râble de la bête et centre de gravité de l'animal humain. Les lombes... Il regagna sa résidence, les oreilles pleines de ce mot qui y grondait comme un bourdon de cathédrale.

*

Log-book. — Cette espèce d'*ahurissement* dans lequel nous nous réveillons chaque matin. Rien ne confirme mieux que le sommeil est une expérience authentique et comme la répétition générale de la mort. De tout ce qui peut arriver au dormeur, l'éveil est certainement ce à quoi il s'attend le moins, ce à quoi il est le moins préparé. Aucun cauchemar ne le choque comme ce brusque passage à la lumière, à une *autre* lumière. Nul doute que pour

tout dormeur, son sommeil est définitif.
L'âme quitte son corps à tire-d'aile, sans
se retourner, sans esprit de retour. Elle a
tout oublié, tout rejeté au néant, quand
soudain une force brutale l'oblige à revenir en arrière, à réendosser sa vieille
enveloppe corporelle, ses habitudes, son
habitus.

Ainsi donc tout à l'heure, je vais
m'allonger et me laisser glisser dans les
ténèbres *pour toujours*. Étrange aliénation. Le dormeur est un aliéné qui se
croit mort.

*

Log-book. — Toujours ce problème de l'existence.
Il y a quelques années, si quelqu'un
m'avait dit que l'absence d'autrui me
ferait un jour douter de l'*Existence*,
comme j'aurais ricané! Comme je rica-
nais en entendant citer parmi les preuves
de l'existence de Dieu le *consentement
universel*! « La majorité de tous les
hommes, de tous les temps et de tous les
pays croit ou a cru à l'existence de Dieu.
Donc Dieu existe. » Était-ce bête! La plus
bête des preuves de l'existence de Dieu.
Quelle misère en comparaison de cette
merveille de force et de subtilité, l'argu-
ment ontologique!

La preuve par le consentement universel. Je sais aujourd'hui qu'il n'y en a pas

d'autre. Et pas seulement pour l'existence de Dieu !

Exister, qu'est-ce que ça veut dire ? Ça veut dire *être dehors, sistere ex*. Ce qui est à l'extérieur existe. Ce qui est à l'intérieur n'existe pas. Mes idées, mes images, mes rêves n'existent pas. Si Speranza n'est qu'une sensation ou un faisceau de sensations, elle n'existe pas. Et moi-même je n'existe qu'en m'évadant de moi-même vers autrui.

Ce qui complique tout, c'est que ce qui n'existe pas s'acharne à faire croire le contraire. Il y a une grande et commune aspiration de l'inexistant vers l'existence. C'est comme une force centrifuge qui pousserait vers le dehors tout ce qui remue en moi, images, rêveries, projets, fantasmes, désirs, obsessions. Ce qui n'*ex-siste* pas *in-siste*. Insiste pour exister. Tout ce petit monde se pousse à la porte du grand, du vrai monde. Et c'est autrui qui en tient la clef. Quand un rêve m'agitait sur ma couche, ma femme me secouait par les épaules pour me réveiller et faire cesser l'*insistance* du cauchemar. Tandis qu'aujourd'hui... Mais pourquoi revenir inlassablement sur ce sujet ?

*

Log-book. — Tous ceux qui m'ont connu, tous sans exception me croient mort. Ma propre conviction que j'existe a contre elle l'unanimité. Quoi que je fasse, je n'empêcherai pas que dans l'esprit de la totalité des hommes, il y a l'image du cadavre de Robinson. Cela seul suffit — non certes à me tuer — mais à me repousser aux confins de la vie, dans un lieu suspendu entre ciel et enfers, dans les limbes, en somme, Speranza ou les limbes du Pacifique...

Cette demi-mort m'aide au moins à comprendre la relation profonde, substantielle et comme fatale qui existe entre le sexe et la mort. Plus près de la mort qu'aucun autre homme, je suis du même coup plus près des sources mêmes de la sexualité.

Le sexe et la mort. Leur étroite connivence m'est apparue pour la première fois grâce aux propos de Samuel Gloaming, vieil original, herboriste de son état, avec lequel j'aimais à aller bavarder certains soirs à York, dans sa boutique pleine d'animaux empaillés et d'herbes séchées. Il avait réfléchi toute sa vie aux mystères de la création. Il m'expliquait que la vie s'est pulvérisée en une infinité d'individus plus ou moins différents les uns des autres pour avoir un nombre de chances également infini de survivre aux infidélités du milieu. Que la terre se refroidisse et devienne une seule banquise ou au contraire que le soleil en fasse un désert de pierre, la plupart des êtres vivants périront, mais grâce à leur variété il s'en trouvera toujours un certain nombre que leurs qualités particulières rendront aptes aux nouvelles conditions extérieures. De cette multiplicité des individus résultait, selon lui, la nécessité de la reproduction, c'est-à-dire le passage d'un individu à un autre plus jeune, et il insistait sur le sacrifice de l'individu à l'espèce qui est toujours secrètement consommé dans l'acte de procréation. Ainsi la sexualité était, disait-il, la présence vivante, menaçante et mortelle de l'espèce même au sein de l'individu. Procréer, c'est susciter la génération suivante qui innocemment, mais inexorablement, repousse la précédente vers le néant. À peine les parents ont-ils cessé d'être indispensables qu'ils deviennent importuns. L'enfant envoie ses géniteurs au rebut, aussi naturellement qu'il a accepté d'eux tout ce qu'il lui fallait pour pousser. Dès lors il est bien vrai que l'instinct qui incline les sexes l'un vers l'autre est un instinct de mort. Aussi bien la nature a-t-elle cru devoir cacher son jeu — pourtant transparent. C'est apparemment un plaisir égoïste que poursuivent les amants, alors même qu'ils marchent dans la voie de l'abnégation la plus folle.

J'en étais là de ces réflexions quand

j'eus l'occasion de traverser une province de l'Irlande du Nord qu'une terrible famine venait d'éprouver. Les survivants divaguaient dans les rues des villages comme de squelettiques fantômes, et on entassait les morts sur des bûchers pour détruire avec eux les germes d'épidémies plus redoutables encore que la disette. La majorité des cadavres étaient de sexe mâle — tant il est vrai que les femmes supportent mieux que les hommes la plupart des épreuves — et tous ils proclamaient la même paradoxale leçon : dans ces corps consumés par la faim, vidés de leur substance, réduits à des mannequins de cuir et de tendons d'une effrayante sécheresse, le sexe — et lui seul — s'épanouissait monstrueusement, cyniquement, plus gonflé, plus turgescent [70], plus musculeux, plus triomphant qu'il n'avait sans doute jamais été du vivant de ces misérables. Cette funèbre apothéose des organes de la génération jetait une étrange lumière sur les propos de Gloaming. J'imaginai aussitôt un débat dramatique entre cette force de vie — l'individu — et cette force de mort, le sexe. Le jour, l'individu tendu, monté, lucide refoule l'indésirable, le réduit, l'humilie. Mais à la faveur des ténèbres, d'une langueur, de la chaleur, de la torpeur, de cette torpeur localisée, le désir, l'ennemi terrassé se relève, darde son glaive, simplifie l'homme, en fait un amant qu'il plonge dans une agonie passagère, puis il lui ferme les yeux — et l'amant devient ce petit mort, un dormeur, couché sur la terre, flottant dans les délices de l'abandon, du renoncement à soi-même, de l'abnégation.

Couché sur la terre. Ces quatre mots, tombés tout naturellement de ma plume, sont peut-être une clef. La terre attire irrésistiblement les amants enlacés dont les bouches se sont unies. Elle les berce après l'étreinte dans le sommeil heureux qui suit la volupté. Mais c'est elle aussi qui enveloppe les morts, boit leur sang et mange leur chair, afin que ces orphelins soient rendus au cosmos dont ils s'étaient distraits le temps d'une vie. L'amour et la mort, ces deux aspects d'une même défaite de l'individu, se jettent d'un commun élan dans le même élément terrestre. L'un et l'autre sont de nature tellurique.

Les plus sagaces des hommes devinent — plutôt qu'ils n'aperçoivent clairement — cette relation. La situation sans exemple où je me trouve me la fait apparaître lumineusement — que dis-je! me force à la vivre de tous les pores de ma peau. Privé de femme, je suis réduit à des amours *immédiates*. Frustré du détour fécond qui emprunte les voies féminines, je me retrouve sans délai dans cette terre qui sera aussi mon dernier séjour. Qu'ai-je fait dans la combe rose? J'ai creusé ma tombe avec mon sexe et je suis mort, de cette mort passagère qui a nom volupté. Je note également que j'ai franchi ainsi une nouvelle étape dans la métamorphose qui m'emporte. Car il m'a fallu des années pour en arriver là. Quand j'ai été jeté sur ces bords, je sortais des moules de la société. Le mécanisme qui détourne la vocation naturellement géotropique du sexe pour l'engager dans le circuit utérin était en place dans mon ventre. C'était la femme ou rien. Mais peu à peu la solitude m'a simplifié. Le détour n'avait plus d'objet, le mécanisme est tombé en floche. Pour la première fois dans la combe rose, mon sexe a retrouvé son élément originel, la terre. Et en même temps que je faisais ce nouveau progrès de déshumanisation, mon *alter ego* accomplissait avec la création d'une rizière l'œuvre humaine la plus ambitieuse de son règne sur Speranza.

Toute cette histoire serait passionnante si je n'en étais pas le seul protagoniste et si je ne l'écrivais pas avec mon sang et mes larmes.

*

Tu seras une couronne d'honneur dans la main de Yahweh,

Une tiare royale dans la main de notre Dieu.
On ne te nommera plus Délaissée
  et on ne nommera plus ta terre Désolation,
Mais on t'appellera Mon-plaisir-en-elle et ta terre
  l'Épousée.
Car Yahweh mettra son plaisir en toi, et ta terre
  aura un époux...

Isaïe, LXII.

Debout sur le seuil de la Résidence, devant le lutrin sur lequel s'ouvrait la Sainte Bible, Robinson se souvenait en effet qu'un jour très lointain il avait baptisé cette île *Désolation*. Or ce matin-là avait une splendeur nuptiale, et Speranza était prosternée à ses pieds dans la douceur des premiers rayons du levant. Un troupeau de chèvres descendait d'une colline, et les chevreaux soudain emportés par la pente et par l'excès de leur vitalité déboulaient et rebondissaient, comme des balles. À l'ouest le pelage doré d'un champ de blé mûr ondulait sous la caresse d'un vent tiède. Un bouquet de palmiers masquait à moitié l'éclat argenté de la rizière hérissée d'épis adolescents. Le cèdre géant de la grotte ronfla comme un orgue. Robinson tourna quelques pages du Livre des livres, et ce qu'il lut n'était rien d'autre que le cantique d'amour de Speranza et de son époux. Il lui disait :

Tu es belle, mon amie, comme Thirsa, charmante
  comme Jérusalem.
Tes cheveux sont comme un troupeau de chèvres
  suspendues aux flancs de la montagne de Galaad.

*Tes dents sont comme un troupeau de brebis qui
    remontent du lavoir.*
*Chacune porte deux jumeaux, et parmi elles il n'en
    est pas de stérile.*
*Ta joue est comme une moitié de grenade derrière
    son voile.*
*La courbure de tes reins est comme un collier,
    œuvre d'un artiste.*
*Ton nombril est une coupe arrondie où le vin aro-
    matisé ne manque pas.*
*Ton ventre est un monceau de froment entouré de
    lis.*
*Tes seins sont comme deux faons, jumeaux d'une
    gazelle.*
*Ta taille ressemble au palmier, et tes seins à ses
    grappes.*
*J'ai dit : je monterai au palmier, j'en saisirai les
    régimes.*
*Que tes seins soient comme les grappes de la vigne,
    le parfum de ton souffle comme celui des
    pommes, et ton palais comme un vin exquis.*

Et Speranza lui répondait :

*Mon bien-aimé est descendu dans mon jardin aux
    parterres de baumiers pour y faire paître son
    troupeau et pour cueillir des lis.*
*Je suis à mon bien-aimé et mon bien-aimé est à
    moi, il fait paître son troupeau parmi mes lis.*
Viens mon bien-aimé, sortons dans les champs,
Passons la nuit dans les villages.
*Dès le matin nous irons aux vignes, nous verrons si
    la vigne bourgeonne.*

Si les bourgeons se sont ouverts, si les grenades
   sont en fleur.
Là je te donnerai mon amour,
Les mandragores[71] feront sentir leur parfum !

Elle lui disait enfin comme si elle avait lu en lui ses méditations sur le sexe et la mort :

Pose-moi comme un sceau sur ton cœur,
Comme un sceau sur ton bras,
Car l'amour est fort comme la mort !

Ainsi Speranza était-elle douée désormais de la parole. Ce n'était plus le bruissement du vent dans les arbres, ni le mugissement des flots inquiets, ni même les craquements paisibles du feu de veille doublement reflété dans les yeux de Tenn. La Bible débordante d'images qui identifient la terre à une femme ou l'épouse à un jardin accompagnait ses amours du plus vénérable des épithalames. Robinson connut bientôt par cœur ces textes sacrés et brûlants, et lorsqu'il traversait le bois de gommiers et de santals pour se rendre à la combe rose, il proférait les versets de l'époux, puis se taisant, il écoutait chanter en lui les répons de l'épouse. Il était prêt alors à se jeter dans un sillon de sable et, posant Speranza comme un sceau sur son cœur, à apaiser en elle son angoisse et son désir.

*

Il fallut près d'une année à Robinson pour

s'apercevoir que ses amours provoquaient un changement de végétation dans la combe rose. Il n'avait pas pris garde tout d'abord à la disparition des herbes et des graminées partout où il avait répandu sa semence de chair. Mais son attention fut alertée par la prolifération d'une plante nouvelle qu'il n'avait vue nulle part ailleurs dans l'île. C'étaient de grandes feuilles dentelées qui poussaient en touffes au ras du sol sur une tige très courte. Elles donnaient de belles fleurs blanches aux pétales lancéolés[72], à l'odeur sauvagine[73], et des baies brunes volumineuses qui débordaient largement de leur calice.

Robinson les examina avec curiosité, puis n'y pensa plus, jusqu'au jour où il crut avoir la preuve indiscutable qu'elles apparaissaient régulièrement en quelques semaines à l'endroit précis où il s'était épanché. Dès lors son esprit ne cessa plus de tourner et de retourner ce mystère. Il enfouit sa semence près de la grotte. En vain. Apparemment, seule la combe pouvait produire cette variété végétale. L'étrangeté de ces plantes l'empêchait de les cueillir, de les disséquer, d'y goûter, comme il l'aurait fait en d'autres circonstances. Il avait fini par chercher un dérivatif à cette préoccupation sans issue, quand un verset du *Cantique des cantiques*, qu'il avait mille et mille fois répété sans y attacher d'importance, lui apporta une soudaine illumination : « Les mandragores feront sentir leur parfum », promettait la jeune épousée. Était-il possible que Speranza tînt cette promesse biblique ? Il avait entendu raconter merveille de cette solanacée qui croît au pied des gibets, là où les suppliciés ont répandu leurs ultimes gouttes de liqueur séminale, et qui est en somme le produit du croisement de l'homme et de la terre. Ce jour-là, il se précipita à la combe rose et, agenouillé devant l'une de ces plantes, il dégagea sa racine très doucement, en creusant tout autour avec ses deux mains. C'était bien cela, ses amours avec Speranza n'étaient pas demeurées stériles : la racine charnue et blanche, curieusement bifurquée, figurait indiscutablement le corps d'une petite fille. Il tremblait d'émotion et de tendresse en replaçant la mandragore dans son trou et en ramenant le sable autour de sa tige, comme on borde un enfant dans son lit. Puis il s'en alla sur la pointe des pieds en prenant bien garde à ne pas en écraser quelque autre.

Désormais, avec la bénédiction de la Bible, un lien plus fort et plus intime l'attachait à Speranza. Il avait humanisé celle qu'il pouvait bien désormais appeler son épouse d'une façon incomparablement plus profonde que toutes les entreprises du gouverneur. Que cette union plus étroite signifiât en revanche pour lui-même un pas de plus dans l'abandon de sa propre humanité, il s'en doutait certes, mais il ne le mesura que le matin où en s'éveillant il constata que sa barbe en poussant au cours de la nuit avait commencé à prendre racine dans la terre.

CHAPITRE VII

Ne gaspille pas le temps, c'est l'étoffe dont la vie est faite.

Suspendu dans le vide sur une sorte d'escarpolette de lianes, Robinson repoussa des deux pieds la paroi rocheuse sur laquelle il venait de peindre cette devise. Sur le granite les lettres se détachaient énormes et blanches. L'emplacement était exceptionnel. Chaque mot porté par cette muraille noire semblait catapulté comme un hurlement silencieux vers l'horizon brumeux qui frangeait le vaste scintillement de la mer. Depuis quelques mois le jeu déréglé de sa mémoire lui restituait les « almanachs » de Benjamin Franklin[74] que son père considérait comme la quintessence de la morale et qu'il lui avait fait apprendre par cœur. Déjà des rondins plantés dans le sable des dunes proclamaient que : *La pauvreté prive un homme de toute vertu : il est difficile à un sac vide de se tenir debout.* On pouvait lire aussi en mosaïques incrustées dans la paroi de la grotte que *Si le second vice est de mentir, le premier est de s'endetter, car le mensonge monte à cheval*

160

sur la dette. Mais le chef-d'œuvre de ce bréviaire flamberait en lettres de feu sur la grève, la nuit où Robinson éprouverait le besoin de lutter contre les ténèbres par la proclamation de la vérité. Des bûchettes de pin enveloppées d'étoupe étaient posées sur un lit de pierres sèches, toutes prêtes à être enflammées, et elles disaient dans leur arrangement : *Si les coquins savaient tous les avantages de la vertu, ils deviendraient vertueux par coquinerie.*

L'île était couverte de champs de céréales et de légumes, la rizière allait donner bientôt sa première récolte, des hordes de chèvres domestiquées se bousculaient dans les enclos, la grotte débordait de provisions qui auraient suffi à nourrir la population d'un village durant plusieurs années. Pourtant Robinson sentait toute cette œuvre magnifique se vider inexorablement de son contenu. L'île administrée perdait son âme au profit de l'*autre île*, et devenait semblable à une énorme machine tournant à vide. L'idée lui était alors venue que de cette première île gouvernée et exploitée si économiquement pouvait se dégager une manière de morale dont les maximes se trouvaient toutes dans les écrits du bonhomme Franklin. Il avait donc entrepris de les inscrire dans la pierre, la terre, le bois, bref dans la chair même de Speranza pour tâcher de donner à ce grand corps un esprit qui lui convienne.

Balançant d'une main son pinceau de poils de bouc, de l'autre son pot de craie pulvérisée liée à la sève de houx, il cherchait maintenant un endroit approprié à cette pensée apparemment matérialiste, mais marquant cependant une certaine prise de possession du temps : *Celui qui tue une truie anéantit sa descendance jusqu'à la millième génération. Celui qui dépense une pièce de cinq shillings assassine des monceaux de livres sterling.* Un troupeau de chevreaux s'enfuit en désordre devant lui. Ne serait-il pas curieux de tondre sur le flanc de chaque chevreau l'une des 142 lettres de cette devise, de telle sorte qu'il dépendrait de la Providence que la vérité jaillisse tout à coup du chassé-croisé de ces bêtes remuantes ? Cette idée faisait son chemin dans son esprit, et il supputait les chances qu'il aurait d'être là quand la formule « sortirait », lorsqu'il laissa soudain tomber son pinceau et son pot, glacé par la peur. Un mince filet de fumée blanche s'élevait dans le ciel pur. Il provenait, comme la première fois, de la Baie du Salut, et il avait cette même consistance lourde et laiteuse que Robinson avait remarquée. Mais cette fois les inscriptions répandues sur les roches et écrites en bâtons sur la grève risquaient d'alerter les intrus et de les lancer à la recherche de l'habitant de l'île. Suivi de Tenn, il s'élança vers la forteresse en priant Dieu que les Indiens n'y fussent pas arrivés avant lui. Dans sa course ailée par la peur, un incident auquel il n'eut guère le temps de prendre garde lui revint plus tard comme un signe funeste : l'un de ses boucs les plus familiers, surpris par cette cavalcade inattendue, le chargea brutalement, tête baissée. Robinson l'évita de justesse, mais Tenn roula en hurlant, projeté comme une balle dans un massif de fougères.

Ce qu'il n'avait pas prévu, c'était que l'attente d'une attaque éventuelle à une demi-lieue du point de débarquement des Indiens constituerait pour lui une épreuve au-dessus de ses forces nerveuses. Si les Araucans avaient entrepris d'investir la forteresse, en plus de l'avantage du nombre ils auraient celui de la surprise. Mais si, au contraire, ils n'avaient prêté aucune attention aux traces de la présence d'un habitant et qu'ils fussent pour l'heure tout absorbés dans leurs jeux meurtriers, quel soulagement pour le solitaire! Il fallait qu'il en eût le cœur net. Toujours suivi de Tenn qui boitait bas, il empoigna l'un des mousquets et glissa le pistolet dans sa ceinture, puis il s'enfonça sous la futaie en direction de la baie. Il fut obligé cependant de revenir sur ses pas, ayant oublié la longue-vue dont il pouvait avoir besoin.

C'étaient trois pirogues à balancier cette fois qui étaient posées sur le sable, comme des jouets d'enfant. Le cercle des hommes autour du feu était plus vaste que lors de la première incursion, et Robinson en les examinant à la longue-vue crut remarquer qu'il ne s'agissait pas du même groupe. Le sacrifice rituel paraissait consommé à en juger par l'amoncellement de chairs pantelantes vers lequel deux guerriers se dirigeaient. Mais alors eut lieu un incident qui jeta un moment de trouble dans l'ordonnance rituelle. La sorcière sortit tout à coup de la prostration qui la tenait recroquevillée et, bondissant vers l'un des hommes, elle le désigna de son bras décharné, la bouche béante pour vociférer un flot de malédictions que Robinson ne pouvait entendre. Était-il possible que les cérémonies expiatoires araucaniennes fassent plus d'une victime? Il y eut flottement parmi les hommes. Enfin l'un d'eux se dirigea, une machette à la main, vers le coupable désigné que ses deux voisins avaient soulevé et projeté sur le sol. La machette s'abattit une première fois et le pagne de cuir vola dans les airs. Elle allait retomber sur le corps nu, quand le malheureux bondit sur ses pieds et s'élança en avant vers la forêt. Dans la longue-vue de Robinson, il paraissait sauter sur place, poursuivi par deux Indiens. En réalité il courait droit vers Robinson avec une rapidité extraordinaire. Pas plus grand que les autres, il était beaucoup plus svelte et comme taillé pour la course. Il paraissait de peau plus sombre, de type un peu négroïde, sensiblement différent de ses congénères — et peut-être cela avait-il contribué à le faire désigner comme victime.

Cependant il approchait de seconde en seconde, et la distance qui le séparait de ses deux poursuivants ne cessait de croître. Si Robinson n'avait pas eu la certitude qu'il était absolument invisible de la plage, il aurait pu croire que le fuyard l'avait vu et venait se réfugier auprès de lui. Il fallait prendre une décision. Dans quelques instants les trois Indiens allaient se trouver nez à nez avec lui, et cette découverte d'une victime inespérée allait peut-être les réconcilier. C'est le moment que choisit Tenn pour aboyer furieusement dans la direction de la plage. Maudite bête! Robinson se rua sur le chien et, lui passant le bras autour du cou, il lui serra le museau dans sa main gauche, tandis qu'il épaulait tant bien que mal son mousquet d'une seule main. En abattant l'un des poursuivants, il risquait d'ameuter toute la tribu contre lui. Au contraire en tuant le fuyard, il rétablissait l'ordre du sacrifice rituel, et peut-être son intervention serait-elle interprétée comme l'acte surnaturel d'une divinité outragée. Ayant à se ranger dans le camp de la victime ou dans celui des bourreaux — l'un et l'autre lui étant indifférents — la sagesse lui commandait de se faire l'allié des plus forts. Il visa au milieu de la poitrine le fugitif qui n'était plus qu'à trente pas de lui et pressa la détente. Au moment où le coup partait, Tenn, incommodé par la contrainte que lui imposait son maître, fit un brusque effort pour se libérer. Le mousquet dévia, et le premier des poursuivants opéra un plongeon parabolique qui s'acheva dans une gerbe de sable. L'Indien qui le suivait s'arrêta, se pencha sur le corps de son congénère, se releva, inspecta le rideau d'arbres où s'achevait la plage et, finalement, s'enfuit à toutes jambes vers le cercle de ses semblables.

À quelques mètres de là, dans un massif de fougères arborescentes, un homme noir et nu, l'esprit dévasté par la panique, inclinait son front jusqu'au sol, et sa main cherchait pour le poser sur sa nuque le pied d'un homme blanc et barbu, hérissé d'armes, vêtu de peaux de biques, la tête couverte d'un bonnet de fourrure et farcie par trois millénaires de civilisation occidentale.

Robinson et l'Araucan passèrent la nuit derrière les créneaux de la forteresse, l'oreille tendue vers tous les échos et soupirs de la forêt tropicale, aussi bruissante, bien que différemment, la nuit que le jour. Toutes les deux heures, Robinson envoyait Tenn en reconnaissance avec mission d'aboyer s'il décelait une présence humaine. Chaque fois il revint sans avoir donné l'alerte. L'Araucan qui serrait autour de ses reins un vieux pantalon de marin que Robinson lui avait fait enfiler — moins pour le protéger de la fraîcheur de la nuit que pour ménager sa propre pudeur — était abattu, sans réaction, comme écrasé à la fois par son horrible aventure et par l'incroyable cité où il se trouvait transporté. Il avait laissé intacte la galette de gruau que Robinson lui avait donnée, et se contentait de mâcher sans cesse des fèves sauvages dont Robinson se demanda un instant où il avait bien pu les trouver. Un peu avant les premières lueurs de l'aube, il s'endormit sur un tas de feuilles sèches, curieusement enlacé à Tenn qui s'était lui aussi assoupi. Robinson connaissait l'habitude de certains Indiens chiliens d'utiliser un animal domestique comme une vivante couverture pour se protéger du froid des nuits tropicales, mais il fut cependant surpris de la tolérance du chien — pourtant d'un naturel assez farouche — qui paraissait s'accommoder de ce procédé.

Mais peut-être les Indiens attendaient-ils le jour pour attaquer? Robinson armé du pistolet, des deux mousquets et de tout ce qu'il pouvait transporter de poudre et de balles se glissa hors de l'enceinte et gagna la Baie du Salut en faisant un vaste crochet à l'est par les dunes. La plage était déserte. Les trois pirogues et leurs occupants avaient disparu. Le cadavre de l'Indien abattu la veille d'une balle dans la poitrine avait été enlevé. Il ne restait que le cercle noir du feu rituel où les ossements se distinguaient à peine des souches calcinées. Robinson, en posant sur le sable sa panoplie et ses munitions, eut le sentiment de se libérer d'un coup de toute l'angoisse accumulée pendant cette nuit blanche. Un immense rire le secoua, nerveux, fou, inextinguible. Lorsqu'il s'arrêta pour reprendre son souffle, il s'avisa que c'était la première fois qu'il riait depuis le naufrage de la *Virginie*. Était-ce le premier effet sur lui de la présence d'un compagnon ? La faculté de rire lui avait-elle été rendue en même temps qu'une société, aussi modeste soit-elle, lui était donnée ? La question lui reviendrait plus tard, mais pour l'heure une idée beaucoup plus importante venait de l'éperonner. L'*Évasion* ! Il avait toujours évité de revenir sur les lieux du grand échec qui avait préludé à ses années de déchéance. Pourtant l'*Évasion* devait attendre, fidèle, la proue tournée vers le large que des bras suffisamment forts la lancent vers les flots. Peut-être l'Indien rescapé allait-il donner une suite à cette entreprise depuis si longtemps ensablée, et sa connaissance de l'archipel serait précieuse !

En approchant de la forteresse, Robinson aperçut l'Araucan qui jouait tout nu avec Tenn. Il s'irrita de l'impudeur du sauvage, et aussi de l'amitié qui semblait être née entre le chien et lui. Après lui avoir fait comprendre sans aménité qu'il avait à se reculotter, il l'entraîna vers la baie de l'*Évasion*.

Les genêts avaient beaucoup poussé, et la silhouette trapue du petit bâtiment paraissait flotter sur une mer de fleurs jaunes, tourmentée par le vent. Le mât était tombé, et le pont se soulevait par endroits, sans doute sous l'effet de l'humidité, mais la coque paraissait intacte. Tenn, qui précédait les deux hommes, fit plusieurs fois le tour du bateau, et on ne devinait sa présence que par le frémissement des papilionacées sur son passage. Puis d'un coup de reins il sauta sur le pont qui s'effondra aussitôt sous son poids. Robinson le vit disparaître dans la cale avec un hurlement de peur. Quand il arriva près du bateau, le pont tombait par pans entiers chaque fois que Tenn faisait un effort pour sortir de sa prison. L'Araucan posa sa main sur le bord de la coque, puis son poing fermé s'éleva vers le visage de Robinson et s'ouvrit pour lui montrer un peu de sciure rougeâtre qu'il laissa fuir ensuite dans le vent. Un grand rire illumina sa face noire. À son tour Robinson donna un léger coup de pied dans la coque. Un nuage de poussière s'éleva dans l'air tandis qu'une brèche s'ouvrait dans le flanc du bateau. Les termites avaient fait leur œuvre. L'*Évasion* n'était plus qu'une barque de cendres.

*

Log-book. — Que d'épreuves nouvelles depuis

trois jours et que d'échecs mortifiants pour mon amour-propre! Dieu m'a envoyé un compagnon. Mais, par un tour assez obscur de sa Sainte Volonté, il l'a choisi au plus bas degré de l'échelle humaine. Non seulement il s'agit d'un homme de couleur, mais cet Araucanien costinos[75] est bien loin d'être un pur sang, et tout en lui trahit le métis noir! Un Indien mâtiné de nègre! Et s'il était encore d'âge rassis, capable de mesurer calmement sa nullité en face de la civilisation que j'incarne! Mais je serais étonné qu'il ait plus de quinze ans — compte tenu de l'extrême précocité de ces races inférieures — et son enfance le pousse à rire insolemment de mes enseignements.

Et puis cette survenue inattendue après des lustres de solitude a ébranlé mon fragile équilibre. L'*Évasion* a été à nouveau pour moi l'occasion d'une défaillance mortifiante. Après ces années d'installation, de domestication, de construction, de codification, il a suffi de l'ombre d'un espoir de possibilité pour me précipiter vers ce piège meurtrier où j'ai failli succomber jadis. Acceptons-en la leçon avec une humble soumission. J'ai assez gémi de l'absence de cette société que toute mon œuvre sur cette terre appelait en vain. Cette société m'est donnée sous sa forme la plus rudimen-

169

taire et la plus primitive certes, mais il ne
m'en sera sans doute que plus facile de la
plier à mon ordre. La voie qui s'impose à
moi est toute tracée : incorporer mon
esclave au système que je perfectionne
depuis des années. La réussite de l'entreprise sera assurée le jour où il n'y aura
plus de doute que Speranza et lui pro-
fitent conjointement de leur réunion.

P.-S. — Il fallait trouver un nom au
nouveau venu. Je ne voulais pas lui donner un nom de chrétien avant qu'il ait
mérité cette dignité. Un sauvage n'est pas
un être humain à part entière. Je ne pouvais pas non plus décemment lui imposer
un nom de chose, encore que c'eût été
peut-être la solution de bon sens. Je crois
avoir résolu assez élégamment ce
dilemme en lui donnant le nom du jour
de la semaine où je l'ai sauvé : *Vendredi*.
Ce n'est ni un nom de personne, ni un
nom commun, c'est, à mi-chemin entre
les deux, celui d'une entité à demi
vivante, à demi abstraite, fortement marquée par son caractère temporel, fortuit
et comme épisodique...

*

Vendredi a appris assez d'anglais pour
comprendre les ordres de Robinson. Il sait défri-
cher, labourer, semer, herser, repiquer, sarcler,
faucher, moissonner, battre, moudre, bluter,

pétrir et cuire. Il trait les chèvres, fait cailler le lait, ramasse les œufs de tortue, les fait cuire mollet, creuse des rus d'irrigation, entretient les viviers, piège les bêtes puantes, calfate la pirogue, ravaude les vêtements de son maître, cire ses bottes. Le soir, il endosse une livrée de laquais et assure le service du dîner du Gouverneur. Puis il bassine son lit et l'aide à se dévêtir avant de s'aller lui-même étendre sur une litière qu'il tire contre la porte de la résidence et qu'il partage avec Tenn.

Vendredi est d'une docilité parfaite. En vérité il est mort depuis que la sorcière a dardé son index noueux sur lui. Ce qui a fui, c'était un corps sans âme, un corps aveugle, comme ces canards qui se sauvent en battant des ailes après qu'on leur a tranché la tête. Mais ce corps inanimé n'a pas fui au hasard. Il a couru rejoindre son âme, et son âme se trouvait entre les mains de l'homme blanc. Depuis, Vendredi appartient corps et âme à l'homme blanc. Tout ce que son maître lui ordonne est bien, tout ce qu'il défend est mal. Il est bien de travailler nuit et jour au fonctionnement d'une organisation délicate et dépourvue de sens. Il est mal de manger plus que la portion mesurée par le maître. Il est bien d'être soldat quand le maître est général, enfant de chœur quand il prie, maçon quand il construit, valet de ferme quand il se consacre à ses terres, berger quand il se préoccupe de ses troupeaux, rabatteur quand il chasse, pagayeur quand il vogue, porteur quand il voyage, guérisseur quand il souffre, et d'actionner pour lui l'éventail et le chasse-mouches. Il est mal de fumer la pipe, de se prome-

171

ner tout nu et de se cacher pour dormir quand il y a à faire. Mais si la bonne volonté de Vendredi est totale, il est encore très jeune, et sa jeunesse fuse parfois malgré lui. Alors il rit, il éclate d'un rire redoutable, un rire qui démasque et confond le sérieux menteur dont se parent le gouverneur et son île administrée. Robinson hait ces explosions juvéniles qui sapent son ordre et minent son autorité. C'est d'ailleurs le rire de Vendredi qui provoqua son maître à lever la main sur lui pour la première fois. Vendredi devait répéter après lui les définitions, principes, dogmes et mystères qu'il prononçait. Robinson disait : *Dieu est un maître tout-puissant, omniscient, infiniment bon, aimable et juste, créateur de l'homme et de toutes choses*. Le rire de Vendredi fusa, lyrique, irrépressible, blasphématoire, aussitôt éteint, écrasé comme une flamme folle par une gifle retentissante. C'est que cette évocation d'un Dieu à la fois si bon et si puissant lui avait paru amusante en face de sa petite expérience de la vie. Qu'importe, il répète maintenant d'une voix entrecoupée de sanglots les mots que lui mâche son maître.

Il lui a d'ailleurs apporté un premier sujet de satisfaction. Grâce à lui, le Gouverneur a enfin trouvé l'emploi des pièces de monnaie qu'il a sauvées de l'épave. Il paie Vendredi. Un demi-souverain d'or par mois. Au début il avait pris soin de « placer » la totalité de ces sommes à un intérêt de 5,5 %. Puis, considérant que Vendredi avait atteint mentalement l'âge de raison, il lui laissa la libre disposition de ses arrérages[76]. Avec cet argent, Vendredi achète de la nourriture en supplément, des menus objets d'usage ou de pacotille hérités de la *Virginie*, ou tout simplement une demi-journée de repos — la journée entière n'est pas achetable — qu'il passe dans un hamac de sa confection.

Car si le dimanche est chômé à Speranza, il s'en faut qu'il soit abandonné à une coupable oisiveté. Levé aux aurores, Vendredi balaie et apprête le temple. Puis il va réveiller son maître et récite la prière du matin avec lui. Ensuite ils se rendent ensemble au temple où le pasteur officie deux heures. Debout devant le lutrin, il psalmodie des versets de la Bible. Cette lecture est coupée de longs silences méditatifs que suivent des commentaires inspirés par l'Esprit Saint. Vendredi, agenouillé dans la travée gauche — la travée droite est réservée aux femmes —, écoute de toutes ses forces. Les mots qu'il entend — péché, rédemption, enfer, parousie[77], veau d'or, apocalypse — composent dans sa tête un assemblage envoûtant bien que dépourvu de signification. C'est une musique d'une beauté obscure et un peu effrayante. Parfois une vague lueur émane de deux ou trois phrases. Vendredi croit comprendre qu'un homme avalé par une baleine en est ressorti indemne, ou qu'un pays fut envahi en un jour de grenouilles si nombreuses qu'on en trouvait dans les lits et jusque dans le pain, ou encore que deux mille cochons se jetèrent dans la mer parce que des démons étaient entrés dans leur corps. Alors il sent immanquablement un chatouillement lui tourmenter l'épigastre tandis qu'un souffle d'hilarité gonfle ses poumons. Il s'acharne à détourner sa pensée vers des sujets funèbres, car il n'ose même pas imaginer ce qui se produirait s'il venait à éclater de rire pendant le service dominical.

Après le déjeuner — plus lent et plus raffiné qu'en semaine — le Gouverneur se fait apporter une manière de canne de sa fabrication qui tient de la crosse épiscopale et du sceptre royal, et, le chef abrité sous une vaste ombrelle de peaux de chèvre que tient Vendredi, il déambule majestueusement dans toute l'île, inspectant ses champs, ses rizières et ses vergers, ses troupeaux, les constructions et les travaux en cours, et dispensant à son domestique le blâme, l'éloge et les instructions pour les jours à venir. Comme le reste de l'après-midi ne peut pas davantage que les autres heures être consacré à des travaux lucratifs, Vendredi en profite pour nettoyer et embellir l'île. Il désherbe les chemins, sème des graines de fleurs devant les maisons, taille les arbres qui agrémentent la partie résidentielle de l'île. En dissolvant de la cire d'abeille dans de l'essence de térébenthine colorée au quercitron, Robinson est parvenu à produire une belle encaustique dont l'emploi a posé quelques problèmes, les meubles étant rares et les parquets inexistants dans l'île. Finalement il a eu l'idée de faire cirer par Vendredi les galets et les cailloux de la voie principale, celle qui dévale de la grotte vers la Baie du Salut dont Robinson emprunta le tracé le jour même de son arrivée dans l'île. La valeur historique de cette voie lui parut à la réflexion justifier ce travail énorme que la moindre averse réduisait à néant et dont il s'était demandé au début s'il était bien raisonnable de l'imposer à Vendredi.

L'Araucan avait su s'attirer la bienveillance de son maître par plusieurs initiatives heureuses. L'un des grands soucis de Robinson était de se débarrasser des ordures et détritus de la cuisine et de l'atelier d'une façon qui n'attirât ni les vautours ni les rats. Or aucune des solutions imaginées à ce jour par Robinson ne lui donnait entièrement satisfaction. Les petits carnivores exhumaient ce qu'il enfouissait sous la terre, les marées rejetaient sur la grève tout ce qu'il déversait au large, quant à la destruction par le feu, elle se faisait payer par une fumée âcre qui empestait les maisons et les vêtements. Vendredi eut l'idée de mettre à profit la voracité d'une colonie de fourmis rouges qu'il avait découverte à un jet de pierre de la résidence. Les rebuts déposés au milieu de la fourmilière semblaient à quelque distance doués d'une sorte de vie superficielle, parcourus par un frémissement épidermique, et c'était fascinant de voir la chair fondre insensiblement, et l'os apparaître, nu, sec, parfaitement nettoyé.

Vendredi se révéla également excellent lanceur de *bolas*, galets ronds au nombre de trois attachés à des cordelettes réunies à un centre commun. Lancées adroitement, elles tournoient comme une étoile à trois branches, et si elles sont arrêtées par un obstacle, elles l'entourent et le ligotent étroitement. Vendredi s'en servit d'abord pour immobiliser les chèvres ou les boucs qu'il voulait traire, soigner ou sacrifier. Puis elles firent merveille pour capturer des chevreuils et même des oiseaux échassiers. Enfin il persuada Robinson qu'en augmentant la grosseur des galets on pouvait faire des bolas une arme redoutable capable de défoncer la poitrine d'un ennemi après l'avoir à demi étranglé. Robinson, qui craignait toujours un retour offensif des Araucans, lui fut reconnaissant d'avoir ajouté à sa panoplie cette arme silencieuse, facile à remplacer et cependant meurtrière. Ils s'exercèrent longtemps sur la grève en prenant pour cible un tronc d'arbre de la grosseur d'un homme.

Les premières semaines qui suivirent l'arrivée de Vendredi, l'île administrée avait ainsi par la force des choses regagné toute la sollicitude de Robinson, redevenu pour un temps au moins gouverneur, général, pasteur... Il crut même un moment que la présence du nouveau venu allait apporter à son organisation une justification, un poids, un équilibre qui mettraient fin définitivement aux périls qui l'avaient menacée, de même que certains navires n'acquièrent leur tenue de mer normale que chargés d'un certain fret. Il avait même senti le danger que pouvaient présenter à la fois l'état de tension permanent où étaient entretenus les habitants de l'île et l'inflation de biens de consommation qui faisaient déborder les silos, et il pensait y faire face par un programme de fêtes et de réjouissances qui s'accompagneraient de festins et de beuveries. Mais il soupçonnait ce dernier propos — qui répondait si peu en vérité à l'esprit de l'île administrée — de lui avoir été sourdement inspiré par la nostalgie de l'« autre île » qui sommeillait et se fortifiait secrètement en lui.

Peut-être était-ce cette même nostalgie qui l'empêchait également de se satisfaire de la docilité totale de Vendredi et l'induisait à la pousser, pour l'éprouver, jusqu'à ses dernières limites.

*

Log-book. — Évidemment il m'obéit au doigt et à l'œil, et je suis bien étrange de m'en plaindre. Mais il y a dans cette soumission quelque chose de trop parfait, de mécanique même qui me glace — si ce n'est hélas ce rire dévastateur qu'il paraît ne pas pouvoir réprimer dans certains cas, et qui ressemble à la manifestation soudaine d'un diable qui serait en lui. Possédé. Oui, Vendredi est possédé. Et même doublement possédé. Car il faut bien reconnaître qu'en dehors de ses éclats de rire diaboliques, c'est moi tout entier qui agis et pense en lui.

Je n'attends pas beaucoup de raison d'un homme de couleur — de couleurs, devrais-je dire, puisqu'il y a en lui de l'Indien et du nègre. Du moins pourrait-il manifester quelque sentiment. Or, en dehors de l'absurde et choquante tendresse qui le lie à Tenn, je ne sache pas qu'il éprouve d'affection. En vérité je tourne autour d'un regret qu'il me coûte d'avouer, mais que je me dois d'exprimer. Je ne me risquerai jamais à lui dire « aime-moi », parce que je sais trop que

177

pour la première fois je ne serais pas obéi. Pourtant il n'a aucune raison de ne pas m'aimer. Je lui ai sauvé la vie — involontairement il est vrai, mais comment s'en douterait-il? Je lui ai tout appris, à commencer par le travail qui est le bien suprême. Certes, je le bats, mais comment ne comprendrait-il pas que c'est pour son bien? Pourtant là encore ses réactions sont déconcertantes. Un jour que je lui expliquais, assez vivement il est vrai, comment écorcer et fendre des brins d'osier avant de les tresser, j'ai fait un geste un peu ample de la main. À ma grande surprise, je l'ai vu aussitôt reculer d'un pas en se protégeant le visage de son bras. Or il aurait fallu que je fusse insensé pour vouloir le frapper au moment où je lui enseignais une technique difficile et requérant toute son application. Et tout me porte à croire hélas que cet insensé, je le suis à ses yeux, à toutes les heures du jour et de la nuit! Alors je me mets à sa place, et je suis saisi de pitié devant cet enfant livré sans défense sur une île déserte à toutes les fantaisies d'un dément. Mais ma condition est pire encore, car je me vois dans mon unique compagnon sous les espèces d'un monstre, comme dans un miroir déformant.

Lassé de le voir accomplir les tâches qui lui incombent sans jamais s'inquiéter apparemment de leur raison d'être, j'ai voulu en avoir le cœur net. Je lui ai imposé le travail absurde considéré dans tous les bagnes du monde comme la plus avilissante des vexations : creuser un trou, puis en faire un deuxième pour mettre ses déblais, un troisième pour enfouir les déblais du deuxième, etc. Il a peiné toute une journée sous un ciel plombé, dans une chaleur d'étuve. Pour Tenn, cette activité forcenée était un jeu passionnant, enivrant. De chaque trou montaient des effluves complexes et grisants. Dès que Vendredi se redressait et passait son avant-bras sur son front, Tenn se ruait au milieu de la terre remuée. Il enfouissait sa truffe au milieu des mottes, aspirant et soufflant comme un phoque, puis creusait frénétiquement en projetant la terre entre ses cuisses. Enfin, au comble de l'excitation, il galopait autour du trou avec des jappements plaintifs, et revenait encore puiser une ébriété nouvelle au sein de cette glèbe marneuse où l'humus noir se mêlait au lait des racines tranchées, comme la mort se confond avec la vie dès qu'on atteint un certain niveau de profondeur.

Or c'est trop peu dire que Vendredi ne s'est pas cabré devant ce labeur imbécile. Je l'ai rarement vu travailler avec autant d'ardeur. Il y a même mis une sorte d'allégresse qui déjoue l'alternative où je prétendais l'enfermer — Vendredi tout à fait abruti, ou Robinson considéré par lui comme dément — et qui m'oblige à chercher ailleurs. Et je me demande si la danse passionnée de Tenn autour et dans les plaies ouvertes gratuitement sur le corps de Speranza n'est pas révélatrice, et si je n'ai pas commis l'impardonnable stupidité de livrer à l'Araucan, en voulant simplement l'humilier, le secret de la combe rose...

*

Une nuit, Robinson ne put trouver le sommeil. Le clair de lune jetait un rectangle lumineux sur les dalles de la résidence. Une dame blanche[78] hulula, et il crut entendre la terre elle-même qui gémissait d'amour esseulé. Sous son ventre, le matelas d'herbes sèches était d'une mollesse inconsistante, absurde. Il revoyait Tenn danser fou de désir autour de cette glèbe ouverte, offerte après que l'outil de l'Araucan l'avait violée. Il y avait des semaines qu'il n'était pas retourné à la combe. Ses filles les mandragores avaient dû bien grandir pendant tout ce temps! Il était assis sur sa couche, les pieds posés sur le tapis de lune, et il sentait une odeur de sève monter de son grand corps, blanc comme une racine. Il se leva en silence, enjamba les corps enlacés de Vendredi et de Tenn, et se dirigea vers la forêt de gommiers et de santals.

CHAPITRE VIII

En entrant dans la Résidence, Vendredi s'aperçut aussitôt que la clepsydre était arrêtée. Il restait de l'eau dans la bonbonne de verre, mais l'orifice était obstrué par un bouchon de bois, et le niveau s'était stabilisé à la hauteur de trois heures du matin. Il ne fut nullement surpris que Robinson ait disparu. Dans son esprit l'arrêt de la clepsydre impliquait tout naturellement l'absence du Gouverneur. Accoutumé à prendre les choses comme elles se présentaient, il ne se demanda ni où était Robinson, ni quand il reviendrait, ni même s'il était encore vivant. Il n'eut pas davantage l'idée d'aller à sa recherche. Il était totalement absorbé par la contemplation des choses pourtant familières qui l'entouraient, mais auxquelles l'arrêt de la clepsydre et l'absence de Robinson conféraient un aspect nouveau. Il était maître de lui, maître de l'île. Comme pour le confirmer dans cette dignité dont il se sentait revêtu, Tenn se hissa paresseusement sur ses pattes, vint se placer prêt de lui et leva vers son visage son regard noisette. Il n'était plus de première jeunesse, ce pauvre Tenn, et sa croupe ronde comme un tonneau, ses pattes trop courtes, ses yeux larmoyants et sa robe laineuse et terne disaient assez les injures de l'âge au terme d'une vie de chien bien remplie. Mais il ressentait lui aussi apparemment la nouveauté de la situation, et il attendait de son ami qu'il prît une décision.

Que faire ? Il ne pouvait être question d'achever l'arrosage des oseilles et des raves rendu nécessaire par la sécheresse, ni de poursuivre la construction d'un mirador d'observation au sommet du cèdre géant de la grotte. Ces travaux relevaient évidemment d'un ordre suspendu jusqu'au retour de Robinson. Le regard de Vendredi se posa sur un coffre soigneusement fermé, mais non verrouillé et dont il avait pu inspecter le contenu, rangé sous la table de la Résidence. Il le traîna sur les dalles et, l'ayant dressé sur son petit côté, il s'agenouilla et le fit basculer sur son épaule. Puis il sortit, suivi de près par Tenn.

Au nord-ouest de l'île, à l'endroit où la prairie se perdait dans les sables qui annonçaient les dunes, se pressaient les silhouettes bizarres, vaguement humaines du *jardin de cactées* que Robinson y avait établi. Certes, il avait eu scrupule à consacrer du temps à une culture aussi gratuite, mais ces plantes ne demandaient presque aucun soin, et il n'avait eu que la peine de transplanter sur un terrain particulièrement favorable les sujets les plus intéressants qu'il avait découverts sporadiquement dans toute l'île. C'était un hommage à la mémoire de son père dont la seule passion — en dehors de sa femme et de ses enfants — était le petit jardin tropical qu'il entretenait dans la rotonde vitrée de la maison. Robinson avait inscrit sur des tablettes de bois montées sur des bâtonnets piqués en terre les noms latins de ces variétés qui lui étaient revenus tous ensemble par l'un de ces caprices imprévisibles de sa mémoire.

Vendredi lança sur le sol le coffre qui lui avait meurtri l'épaule. Les charnières du couvercle sautèrent, et un somptueux désordre d'étoffes précieuses et de bijoux se répandit au pied des cactées. Il allait enfin pouvoir user à sa fantaisie de ces hardes dont l'éclat le fascinait, mais dont Robinson ne faisait pour lui qu'un instrument de gêne et de cérémonie. Car il ne s'agissait pas de lui-même — un vêtement quel qu'il soit ne faisait qu'entraver ses gestes — mais précisément de ces étranges végétaux dont la chair verte exorbitante, boursouflée, provocante, paraissait plus propre qu'aucun corps humain à mettre en valeur la beauté de ces étoffes.

Il les étala d'abord sur le sable avec des gestes délicats pour en embrasser du regard la richesse et le nombre. Il rassembla aussi devant lui des pierres plates sur lesquelles il disposa les bijoux, comme à la vitrine d'une joaillerie. Puis il tourna longtemps autour des cactus dont il mesurait du regard la silhouette et appréciait du doigt la consistance. C'était une étrange société de mannequins végétaux composés de candélabres, de boules, de raquettes, de membres contournés, de queues velues, de têtes crépues, d'étoiles piquantes, de mains aux mille doigts venimeux. Leur chair était tantôt une pulpe molle et aqueuse, tantôt un caoutchouc coriace, tantôt encore des muqueuses verdâtres dégageant des remugles de viande pourrie. Enfin il alla ramasser une cape noire moirée dont il drapa d'un seul mouvement les épaules massives de *Cereus pruinosus*. Puis il voila de coquets falbalas les fesses tuméfiées de *Crassula falcata*. Une dentelle aérienne lui servit à enguirlander le phallus barbelé de *Stapelia variegata*, tandis qu'il habillait de mitaines de linon les petits doigts velus de *Crassula lycopodiodes*. Une toque de brocart se trouvait là à point nommé pour coiffer la tête laineuse de *Cephalocereus senilis*. Il travailla longtemps ainsi, complètement absorbé par ses recherches, drapant, ajustant, prenant du recul pour mieux juger, déshabillant tout à coup l'une des cactées pour en rhabiller une autre. Enfin il couronna son œuvre en distribuant avec autant de discernement bracelets, colliers, aigrettes, boucles d'oreilles, ferrets, croix et diadèmes. Mais il ne s'attarda pas à la contemplation du cortège hallucinant de prélats, de grandes dames et de monstres opulents qu'il venait de faire surgir en plein sable. Il n'avait désormais plus rien à faire là, il s'éloigna avec Tenn sur ses talons.

Il traversa la zone des dunes en s'amusant de la rumeur sonore qu'éveillaient ses pas. Il s'arrêta et se tourna vers Tenn en imitant bouche fermée ce grondement, mais ce jeu n'amusa pas le chien qui progressait péniblement par bonds successifs dans le sol mouvant, et dont l'échine se hérissait d'hostilité quand la rumeur augmentait. Enfin le sol s'affermit, et ils débouchèrent sur la grève largement dégagée par le jusant. Vendredi redressé, cambré dans la lumière glorieuse du matin, marchait avec bonheur sur l'arène[79] immense et impeccable. Il était ivre de jeunesse et de disponibilité dans ce milieu sans limites où tous les mouvements étaient possibles, où rien n'arrêtait le regard. Il ramassa un galet ovale et le posa en équilibre sur la paume de sa main ouverte. Il préférait aux bijoux qu'il avait abandonnés sur les cactées cette pierre fruste, mais rigoureuse, où des cristaux de feldspath roses se mêlaient à une masse de quartz vitreux, pailletée de mica. La courbe du galet touchait en un seul point celle de sa paume noire, et formait avec elle une figure géométrique simple et pure. Une vague s'allongea rapidement sur le miroir de sable mouillé constellé de petites méduses et encercla ses chevilles. Il laissa tomber le galet ovale et en ramassa un autre, plat et circulaire, petit disque opalescent tacheté de mauve. Il le fit sauter dans sa main. S'il pouvait s'envoler! Se transformer en papillon! Faire voler une pierre, ce rêve enchantait l'âme aérienne de Vendredi. Il le lança à la surface de l'eau. Le disque rebondit sept fois sur la nappe liquide avant de s'y insérer sans éclaboussures. Mais Tenn, habitué à ce jeu, s'était élancé dans les vagues et, battant l'eau de ses quatre pattes, la tête dardée vers l'horizon, il nagea jusqu'au point d'immersion du galet, plongea et revint, porté par le déferlement des vagues, le déposer aux pieds de Vendredi.

Ils marchèrent longtemps vers l'est, puis, lorsqu'ils eurent contourné les dunes, vers le sud.

Vendredi ramassait et lançait des étoiles de mer, des souches, des coquillages, des os de seiche, des perruques de goémon qui devenaient aussitôt pour Tenn autant de proies vivantes, désirables et fugitives, et il les poursuivait en aboyant. Ils arrivèrent ainsi à la rizière.

Le bassin collecteur était à sec et le niveau de la lagune ensemencée baissait de jour en jour. Pourtant il fallait qu'elle demeurât immergée un mois encore pour que les épis vinssent à maturité, et Robinson revenait plus soucieux de chacune de ses visites d'inspection.

Vendredi avait à la main le galet mauve. Il le lança dans la rizière, et compta ses rebonds sur l'eau morte, moirée de reflets gras. Le disque de pierre sombra après neuf ricochets, mais déjà Tenn sautait de la digue à sa poursuite. Son élan l'emporta à une vingtaine de mètres, mais là il s'arrêta. L'eau était trop peu profonde pour qu'il puisse nager, et il pataugeait dans la vase. Il fit demi-tour et entreprit de revenir vers Vendredi. Un premier bond l'arracha bien à l'étreinte de la boue, mais il retomba plus lourdement et ses efforts devinrent désordonnés. Il allait périr s'il n'était pas secouru. Vendredi hésita un instant penché au-dessus de cette eau traîtresse et impure. Puis il se ravisa et courut à la vanne d'évacuation. Il passa un bâton dans le premier trou de la queue et fit levier de toutes ses forces en prenant appui sur les portants. Le tablier remonta en grinçant dans ses coulisses. Aussitôt le tapis fangeux qui couvrait la rizière se déplaça et commença à se résorber dans la vanne en se frois-

186

sant. Quelques minutes plus tard, Tenn atteignit en rampant le pied de la digue. Ce n'était plus qu'un bloc de boue, mais il était sauf.

Vendredi le laissa à sa toilette et se dirigea en dansant vers la forêt. L'idée que la récolte de riz était perdue ne l'avait pas effleuré.

*

Pour Vendredi, l'arrêt de la clepsydre et l'absence de Robinson n'avaient signifié qu'un seul et même événement, la suspension d'un certain ordre. Pour Robinson, la disparition de Vendredi, les cactées parées et l'assèchement de la rizière traduisaient unanimement la fragilité et peut-être l'échec de la domestication de l'Araucan. Il était rare d'ailleurs qu'agissant de son propre chef il trouve grâce aux yeux de Robinson. Il fallait ou qu'il ne fasse rien, ou qu'il agisse très exactement selon ses instructions pour ne pas avoir à encourir ses reproches. Robinson devait bien s'avouer que Vendredi sous sa docilité empressée avait une personnalité, et que tout ce qui en émanait le choquait profondément et portait atteinte à l'intégrité de l'île administrée.

Il décida d'abord de prendre son parti de la disparition de son compagnon. Au bout de deux jours pourtant, il céda à une inquiétude complexe où se mêlaient un vague remords, la curiosité et aussi la pitié que lui inspirait le chagrin visible de Tenn, et il se mit à sa recherche. Pendant toute une matinée il sillonna avec Tenn la forêt où s'était perdue la trace de l'Araucan. Çà et là, ils relevèrent des signes de son passage. Bientôt Robinson dut même se rendre à l'évidence : à son insu, Vendredi devait séjourner régulièrement dans cette partie de l'île, y mener une vie en marge de l'*ordre* et s'y adonner à des jeux mystérieux dont le sens lui échappait. Des masques de bois, une sarbacane, un hamac de lianes où reposait un mannequin de raphia, des coiffes de plumes, des peaux de reptile, des cadavres desséchés d'oiseaux étaient les indices d'un univers secret dont Robinson n'avait pas la clef. Mais sa surprise fut à son comble lorsqu'il déboucha au bord d'un marigot que bordaient de petits arbres assez semblables à des saules. En effet ces arbustes avaient tous été visiblement déracinés et replantés *à l'envers*, les branches enfouies dans la terre et les racines dressées vers le ciel. Et ce qui achevait de donner un aspect fantastique à cette plantation monstrueuse, c'est qu'ils paraissaient tous s'être accommodés de ce traitement barbare. Des pousses vertes et même des touffes de feuilles apparaissaient à la pointe des racines, ce qui supposait que les branches enterrées avaient su se métamorphoser elles-mêmes en racines, et que la sève avait inversé le sens de sa circulation. Robinson ne pouvait s'arracher à l'examen de ce phénomène. Que Vendredi ait eu cette fantaisie et l'ait exécutée était déjà assez inquiétant. Mais les arbustes avaient accepté ce traitement, Speranza avait acquiescé apparemment à cette extravagance. Pour cette fois au moins l'inspiration baroque de l'Araucan avait eu un résultat qui, pour dérisoire qu'il fût, comportait cependant un certain aspect positif et n'avait pas abouti à une pure destruction. Robinson n'avait pas fini de méditer cette découverte! Il revenait sur ses pas quand Tenn tomba en arrêt devant un massif de magnolias envahi par le lierre, puis progressa lentement, le cou tendu, en posant ses pattes précautionneusement. Enfin il s'immobilisa le nez sur l'un des troncs. Alors le tronc s'agita, et le rire de Vendredi éclata. L'Araucan avait dissimulé sa tête sous un casque de fleurs. Sur tout son corps nu, il avait dessiné avec du jus de génipapo des feuilles de lierre dont les rameaux montaient le long de ses cuisses et s'enroulaient autour de son torse. Ainsi métamorphosé en homme-plante, secoué d'un rire démentiel, il entoura Robinson d'une chorégraphie éperdue. Puis il se dirigea vers le rivage pour se laver dans les vagues, et Robinson, pensif et silencieux, le regarda s'enfoncer toujours dansant dans l'ombre verte des palétuviers.

*

Cette nuit encore un ciel pur laissait la pleine lune régner de tout son éclat sur la forêt. Robinson ferma la résidence, confia Vendredi et Tenn à la garde l'un de l'autre, et s'engagea sous la galerie sylvestre où filtraient de rares rayons d'argent. Hypnotisés peut-être par l'astre blafard, les petits animaux et les insectes qui peuplaient habituellement le hallier de leurs murmures observaient un silence solennel. À mesure qu'il approchait de la combe rose, il sentait se dénouer l'emprise des préoccupations quotidiennes et une douceur nuptiale l'envahir.

Vendredi lui donnait des soucis de plus en plus graves. Non seulement l'Araucan ne se fondait pas harmonieusement dans le système, mais — corps étranger — il menaçait de le détruire. On pouvait passer sur des bévues majeures et dévastatrices, comme l'assèchement de la rizière, en les mettant sur le compte de sa jeunesse et de son inexpérience. Mais sous son apparente bonne volonté il s'avérait complètement réfractaire aux notions d'ordre, d'économie, de calcul, d'organisation. « Il me donne plus de travail qu'il n'en effectue », pensait tristement Robinson avec le sentiment vague qu'il exagérait tout de même un peu. En outre l'étrange instinct qui gagnait à Vendredi la compréhension et — pourrait-on dire — la complicité des animaux, s'il aboutissait à une intimité déjà irritante avec Tenn, avait des effets désastreux sur le menu peuple des chèvres, des lapins et même des poissons. Impossible de faire entrer dans cette tête de bois d'ébène que ce petit cheptel n'était rassemblé, nourri, sélectionné que pour son rendement alimentaire, et non pour le dressage, la familiarité ou des simulacres de chasse et de pêche. Vendredi ne concevait pas qu'on pût tuer une bête autrement qu'au terme d'une poursuite ou d'une lutte qui lui donnait ses chances, conception dangereusement romanesque! Il ne comprenait pas davantage qu'il y avait des espèces nuisibles qu'il convenait de combattre à outrance, et ne s'était-il pas avisé d'amadouer un couple de rats qu'il prétendait faire croître et multiplier! L'ordre était une conquête fragile, durement gagnée sur la sauvagerie naturelle de l'île. Les coups que lui portait l'Araucan l'ébranlaient gravement. Robinson ne pouvait s'offrir le luxe d'un élément perturbateur menaçant de détruire ce qu'il avait mis des années à édifier. Mais alors que faire?

Arrivé à la lisière de la forêt, il s'arrêta, saisi par la grandeur et la douceur du paysage. La prairie étendait à perte de vue sa robe soyeuse qu'un très léger souffle creusait parfois d'ondulations molles. À l'ouest dormaient debout les quenouilles des roseaux, serrées comme les lances d'une armée, d'où montait à intervalles réguliers la note flûtée d'une rainette. Une dame blanche le frôla de son aile, se posa sur un cyprès, et tourna vers lui sa face hallucinée. Une haleine parfumée l'avertit qu'il approchait de la combe rose dont les irrégularités de terrain étaient gommées par la lumière lunaire. Les mandragores s'y multipliaient au point que la physionomie du paysage en était modifiée. Robinson s'assit, le dos appuyé à un talus sablonneux, et chercha de la main les larges feuilles violacées, aux bords déchiquetés, dont il a été l'introducteur dans l'île. Ses doigts rencontrèrent la rondeur d'un de ces fruits bruns qui laissait une odeur profonde et fétide, difficilement oubliable. Ses filles étaient là — bénédiction de son union avec Speranza —, inclinant leurs jupes dentelées dans l'herbe noire, et il savait que s'il en déracinait une, il ferait apparaître les jambes blanches et grasses du petit être végétal. Il s'étendit dans un sillon un peu graveleux, mais très enveloppant, et jouit de l'engourdissement voluptueux qui, montant du sol, gagnait ses reins.

Contre ses lèvres, il pressait les muqueuses tièdes et musquées d'une fleur de mandragore. Ces fleurs, il les connaissait bien pour en avoir recensé les calices bleus, violets, blancs ou purpurins. Mais qu'est ceci ? La fleur qu'il a sous les yeux est *rayée*. Elle est blanche avec des zébrures marron. Il secoue sa torpeur. Il ne comprend pas. Ce pied de mandragore n'existait pas deux jours auparavant. Il faisait soleil, il aurait remarqué cette nouvelle variété. D'autre part, il tient un compte topographique très précis de ses ensemencements. Il vérifiera sur cadastre à la mairie, mais il est à l'avance convaincu qu'il ne s'est jamais étendu à l'emplacement où fleurit la mandragore zébrée...

Il se leva. Le charme était rompu, tout le bienfait de cette nuit radieuse était dissipé. Un soupçon encore très vague était né en lui et s'était mué aussitôt en rancune contre Vendredi. Sa vie secrète, les saules plantés à l'envers, l'homme-plante, et même auparavant les cactées parées, la danse de Tenn dans les plaies de Speranza, n'étaient-ce pas là autant d'indices qui éclairaient le mystère des nouvelles mandragores ?

*

Log-book. — J'ai regagné la résidence au comble de l'agitation. Bien sûr mon premier mouvement a été de réveiller l'infâme, puis de le battre pour lui faire cracher ses secrets, et de le battre encore pour le châtier des crimes avoués. Mais j'ai appris à ne jamais agir sous le coup de la colère. La colère pousse à l'action, mais c'est toujours à la mauvaise action. Je me suis contraint de rentrer chez moi, de me placer debout, talons joints, devant le lutrin et de lire au hasard quelques pages de la Bible. Quelle contention ne me fallut-il pas, alors que mon esprit faisait des bonds sur place, comme un cabri encordé trop court à un pieu! Enfin l'apaisement est entré en moi à mesure que la parole majestueuse et amère de l'Ecclésiaste s'envolait de mes lèvres. Ô livre des livres, combien d'heures sereines ne te dois-je pas! Lire la Bible, c'est monter au sommet d'une montagne d'où l'on embrasse du même regard toute l'île et l'immensité océane qui la cerne. Alors toutes les petitesses de la vie sont balayées, l'âme déploie ses grandes ailes et plane, ne connaissant plus que des choses sublimes et éternelles. Le pessimisme hautain du roi Salomon était bien fait pour parler à mon cœur débordant de rancune. J'aimais lire que rien n'est nouveau sous le soleil, que le travail du juste n'est pas mieux récompensé que l'oisiveté du fou, qu'il est vain de bâtir, de planter, d'irriguer, d'élever des bêtes, car tout cela est poursuite du vent. On aurait dit que le Sage des sages flattait mon humeur atrabilaire pour mieux m'assener ensuite la vérité qui seule importait à mon cas, celle qui de toute éternité n'était écrite que dans l'attente de cet instant. Et le fait est que j'ai reçu en plein visage, comme une gifle bienfaisante, ces versets du chapitre IV :

Mieux vaut vivre à deux que solitaire;
il y a pour les deux un bon salaire dans
*   leur travail,*
car s'ils tombent, l'un peut relever son
*   compagnon.*
Mais malheur à celui qui est seul,
et qui tombe sans avoir un second pour le
*   relever!*
De même si deux couchent ensemble, ils se
*   réchauffent,*
mais un homme seul, comment aurait-il
*   chaud?*
Et si quelqu'un maîtrise celui qui est seul,
les deux pourront lui résister,
et le fil triplé ne rompt pas facilement.

J'ai lu et relu ces lignes, et c'est en les récitant encore que je fus me coucher. Je me suis demandé pour la première fois si je n'avais pas gravement péché contre la charité en cherchant par tous les moyens à soumettre Vendredi à la loi de l'île administrée, marquant par là qu'à mon petit frère de couleur je préférais la terre modelée par mes mains. Vieille alternative en vérité, origine de plus d'un déchirement et de crimes innombrables.

Robinson s'efforçait ainsi de détourner sa pensée des <u>mandragores zébrées</u>. Il y était aidé par l'urgence des travaux de terrassement et de reconstruction que des pluies diluviennes rendirent nécessaires et qui le rapprochèrent de Vendredi. Ainsi les mois passaient dans des alternances de dissentiments orageux et de réconciliations tacites. Il arrivait aussi que Robinson, profondément choqué par la conduite de son compagnon, n'en laissât rien paraître et tâchât de l'excuser lorsqu'il se trouvait en tête à tête avec son journal. Tel fut le cas par exemple dans l'affaire du bouclier d'écaille.

Vendredi était absent ce matin-là depuis plusieurs heures, quand Robinson avait été alerté par une colonne de fumée qui s'élevait derrière les arbres, du côté de la plage. Il n'était pas défendu d'allumer des feux sur l'île, mais la loi exigeait que l'on en avisât préalablement les autorités en précisant le lieu et l'heure, afin d'éviter tout risque de confusion avec le feu rituel des Indiens. Pour que Vendredi eût négligé cette précaution, il fallait qu'il eût ses raisons, ce qui signifiait en d'autres termes que l'entreprise à laquelle il se livrait n'avait aucune chance de plaire à son maître.

Robinson referma sa Bible en soupirant, puis il se leva et se dirigea vers la plage après avoir sifflé Tenn.

Il ne comprit pas tout de suite l'étrange travail qu'accomplissait Vendredi. Sur un tapis de cendres brûlantes, il avait posé une grosse tortue qu'il avait fait basculer sur le dos. L'animal n'était pas mort, loin de là, et battait furieusement l'air de ses pattes. Robinson crut même entendre une sorte de toux rauque qui devait être sa façon de se plaindre. Faire crier une tortue! Fallait-il que ce sauvage eût le diable à l'âme! Quant au but de ce traitement barbare, il le comprit en voyant la carapace de la tortue perdre sa concavité et se redresser lentement sous l'action de la chaleur, cependant que Vendredi se hâtait de couper avec un couteau les adhérences qui la retenaient encore aux organes de l'animal. L'écaille était encore loin d'être plane, elle avait pris l'aspect d'un plateau légèrement incurvé, quand la tortue, roulant sur le côté, se retrouva debout sur ses pattes. Une énorme cloque rouge, verte et violacée se balançait sur son dos comme une besace gonflée de sang et de fiel. Avec une vélocité de cauchemar, aussi vite que Tenn qui la poursuivait en aboyant, elle galopa vers la mer et s'enfonça dans le déferlement des vagues. « Elle a tort, observa Vendredi avec calme, demain les crabes l'auront mangée. » Cependant il frottait avec du sable l'intérieur de la carapace aplatie. « Aucune flèche ne peut percer ce bouclier, expliqua-t-il à Robinson, et même les grosses bolas[80] rebondissent dessus sans le casser! »

*

Log-book. — C'est le propre de l'âme anglaise d'être plus pitoyable à l'égard des animaux qu'à l'égard des hommes. On peut discuter cette disposition des sentiments. Le fait est que rien ne m'a plus éloigné de

Vendredi que l'horrible torture que je l'ai vu infliger à une tortue (je m'avise de la similitude de ces deux mots *torture* et *tortue*. Est-ce à dire que ces malheureuses bêtes soient naturellement vouées à être des souffre-douleur?). Pourtant son cas n'est pas simple et soulève bien des questions.

J'avais cru d'abord qu'il aimait mes bêtes. Mais l'entente immédiate et comme instinctive qui s'établit entre elles et lui — qu'il s'agisse de Tenn, des chevreaux, ou même des rats et des vautours — est sans rapport avec l'élan sentimental qui me porte vers mes frères inférieurs. En vérité ses relations avec les animaux sont elles-mêmes plus animales qu'humaines. Il est de plain-pied avec eux. Il ne cherche jamais à leur faire du bien, et moins encore à s'en faire aimer. Il les traite avec une désinvolture, une indifférence et une cruauté qui me révoltent, mais qui ne paraissent pas entamer le moins du monde sa faveur auprès d'eux. On dirait que l'espèce de connivence qui les rapproche est plus profonde que les pires traitements qu'il peut leur infliger. Quand il m'est apparu qu'en cas de besoin il n'hésiterait pas à égorger Tenn pour le manger, que Tenn en avait obscurément conscience et que cela ne tempérait en rien la préférence qu'il manifeste en toute occasion pour son maître de couleur, j'en ai conçu une irritation mêlée de jalousie contre cet animal stupide et borné, obstinément aveugle à son propre intérêt. Et puis j'ai compris qu'il ne faut comparer que ce qui est comparable, et que l'affinité de Vendredi avec les bêtes est substantiellement différente des relations que j'ai instaurées avec mes animaux. Il est reçu et accepté par les bêtes comme l'une d'elles. Il ne leur doit rien et peut exercer sur elles innocemment tous les droits que lui donnent sa force physique et son ingéniosité supérieures. J'essaie de me convaincre qu'il manifeste ainsi la bestialité de sa nature.

*

Les jours qui suivirent, Vendredi se montra fort préoccupé d'un petit vautour qu'il avait recueilli après que sa mère l'eut chassé du nid pour des raisons obscures. Sa laideur était si provocante qu'elle aurait suffi à justifier cette expulsion, si elle n'avait été commune à toute l'espèce. Le gnome dénudé, difforme, boitillant, tendait à tout venant au bout d'un cou pelé un bec affamé que surmontaient deux yeux énormes aux paupières closes et violacées, semblables à deux tumeurs gonflées de pus.

Dans ce bec quémandeur, Vendredi jeta d'abord des lambeaux de chair fraîche qui disparurent avec des hoquets de déglutition — mais même des caillou, semble-t-il, auraient été avalés avec une égale avidité. Pourtant le petit charognard donna dès le surlendemain des signes de dépérissement. Il ne manifestait plus la même vivacité, il sommeillait des journées entières, et Vendredi en lui palpant le gésier le trouva dur, engorgé, chargé, bien que le dernier repas remontât à plusieurs heures, bref donnant tous les symptômes d'une digestion difficile, voire impossible.

Dès lors, l'Araucan laissa longuement mûrir au soleil dans une nuée de mouches bleues des viscères de chevreau dont la puanteur exaspéra Robinson. Enfin des myriades de larves blanches grouillèrent dans la carne à demi liquéfiée, et Vendredi put se livrer à une opération qui laissa un souvenir ineffaçable dans le souvenir de son maître.

À l'aide d'un coquillage, il gratta les viscères en décomposition. Puis il porta à sa bouche une pleine poignée d'asticots ainsi recueillis et mâcha patiemment, avec un air absent, l'immonde provende. Enfin, penché sur son protégé, il laissa couler dans son bec tendu comme une sébile d'aveugle une manière de lait épais et tiède que le vautour déglutit avec des frémissements de croupion.

Reprenant sa récolte de larves, Vendredi expliqua :

— Les vers vivants trop frais. L'oiseau malade. Alors il faut mâcher, mâcher. Toujours mâcher pour les petits oiseaux...

Robinson s'enfuit, le cœur soulevé. Mais le dévouement et la logique impavides de son compagnon l'avaient impressionné. Pour la première fois, il se demanda si ses exigences de délicatesse, ses dégoûts, ses nausées, toute cette nervosité d'homme blanc étaient un ultime et précieux gage de civilisation ou au contraire un ballast mort qu'il faudrait qu'il se résolve à rejeter un jour pour entrer dans une vie nouvelle.

*

Mais parfois aussi le Gouverneur, le général, le pontife reprenaient le dessus en Robinson. Alors il mesurait d'un coup l'étendue des ravages provoqués par Vendredi dans la belle ordonnance de l'île, les récoltes perdues, les provisions gaspillées, les troupeaux dispersés, les bêtes puantes prospères et prolifiques, les outils brisés ou égarés. Et cela n'aurait rien été encore, mais il y avait en outre un certain *esprit* aux idées diaboliques et vagabondes, aux trouvailles infernales et imprévisibles qu'il répandait autour de lui et qui infestait jusqu'à Robinson lui-même. Pour mettre le comble à ce réquisitoire, Robinson n'avait plus alors qu'à évoquer enfin la mandragore zébrée qui le hantait et lui retirait le sommeil.

C'était dans ces dispositions de rage qu'il s'était confectionné une chicote[81] en tressant des lanières de cuir de bouc. Il en avait secrètement honte et il s'inquiétait des progrès qu'avait faits la haine dans son cœur. Ainsi, non content de saccager Speranza, l'Araucan avait empoisonné l'âme de son maître! Depuis peu, en effet, Robinson avait des pensées qu'il n'osait s'avouer à lui-même et qui étaient autant de variations sur un même thème, la mort naturelle, accidentelle ou provoquée de Vendredi.

Il en était là quand un matin un pressentiment funeste dirigea ses pas vers le bois de gommiers et de santals. Une fleur s'envola d'un massif de thuyas et elle s'éleva en vacillant dans un rayon de soleil. C'était un somptueux et gigantesque papillon de velours noir soutaché d'or. La mèche de la chicote siffla et claqua. La fleur vivante éclata en lambeaux qui voltigèrent autour de lui. Cela non plus il ne l'aurait pas fait quelques mois plus tôt... Il est vrai que le feu qu'il sentait couver en lui paraissait d'une essence plus pure et d'une origine plus haute qu'une simple passion humaine. Comme tout ce qui touchait à ses relations avec Speranza, sa fureur avait quelque chose de cosmique. Ce n'était pas sous l'espèce vulgaire d'un homme irrité qu'il apparaissait à ses propres yeux, mais comme une force originelle, issue des entrailles de la terre et balayant tout d'un souffle ardent. Un volcan. Robinson était un volcan qui crevait à la surface de Speranza, comme la colère fondamentale de la roche et du tuf. D'ailleurs, depuis quelque temps, chaque fois qu'il ouvrait la Bible, il entendait gronder le tonnerre de Yahweh :

Sa colère brûle, et l'ardeur en est accablante.
Ses lèvres respirent la fureur, et sa langue est
* comme un feu dévorant.*
Son souffle est comme un torrent débordant qui
* monte*

Pour cribler les nations avec le crible de la destruc-
tion
Et mettre un frein d'égarement aux mâchoires des
peuples.

En lisant ces versets, Robinson ne pouvait retenir des rugissements qui le libéraient et l'enflam-
maient à la fois. Et il croyait se voir debout lui-
même sur le plus haut point de l'île, terrible et
grandiose :

Yahweh fera éclater la majesté de sa voix, et il
fera voir son bras qui s'abaisse, dans l'ardeur de sa
colère et la flamme d'un feu dévorant, dans la tem-
pête, l'averse et les pierres de grêle (Isaïe, xxx).

La mèche de la chicote fendit l'air vers la silhouette lointaine d'un busard qui planait en plein
ciel. Certes, le rapace poursuivit sa chasse pares-
seuse à une altitude infinie, mais Robinson, dans
un brouillard d'hallucination, l'avait vu tomber à
ses pieds, pantelant et déchiqueté, et il avait ri
sauvagement.

Au milieu de toute cette désolation aride coulait
pourtant un grand fleuve de douceur. La combe
rose avec ses plis accueillants et ses ondulations
lascives était toujours là, fraîche, lénitive dans la
douceur de sa toison balsamique. Robinson pressa
le pas. Dans quelques instants, il allait s'étendre
contre cette terre féminine, sur le dos, les bras en
croix, et il lui semblerait tomber dans un abîme
d'azur, portant sur ses épaules Speranza tout
entière, comme Atlas le globe terrestre. Alors il sen-
tirait une force neuve le pénétrer au contact

de cette source première, et il se retournerait, il collerait son ventre au flanc de cette gigantesque et brûlante femelle pour la labourer d'un soc de chair.

Il s'arrêta à la lisière de la forêt. La combe déroulait à ses pieds ses croupes et ses mamelons. De toutes leurs feuilles larges comme des mains, les mandragores, ses filles, lui faisaient des signes de bienvenue. Déjà une douceur le prenait aux entrailles, une salive sucrée lui emplissait la bouche. Ayant fait signe à Tenn de rester sous les arbres, il s'avança, porté par des ailes invisibles, vers sa couche nuptiale. Une noue[82] marneuse où dormait une nappe d'eau immobile s'achevait par une saignée de sable blond que couvrait un velours de graminées. C'était là que Robinson aimerait aujourd'hui. Il connaissait déjà ce nid de verdure, et d'ailleurs l'or violacé des fleurs de mandragore y brillait sourdement.

C'est alors qu'il aperçut sous les feuilles deux petites fesses noires. Elles étaient en plein travail, parcourues par une houle qui les gonflait, puis les contractait durement, les regonflait, les serrait à nouveau. Robinson était un somnambule qu'on venait d'arracher brutalement à un rêve d'amour. Il contemplait, atterré, l'abjection pure qui se consommait sous ses yeux. Speranza bafouée, salie, outragée par un nègre! Les mandragores zébrées fleuriraient ici même dans quelques semaines! Et il avait laissé sa chicote près de Tenn à la lisière de la forêt! D'un coup de pied il releva Vendredi, d'un coup de poing il l'étala à nouveau dans l'herbe. Puis il tomba sur lui de tout son poids d'homme blanc. Ah, ce n'est pas pour un acte d'amour qu'il est couché au milieu des fleurs! À poings nus il frappe comme un sourd, sourd en effet aux plaintes qui s'échappent des lèvres éclatées de Vendredi. La fureur qui le possède est sacrée. C'est le déluge noyant sur toute la terre l'iniquité humaine, c'est le feu du ciel calcinant Sodome et Gomorrhe, ce sont les Sept Plaies d'Égypte châtiant l'endurcissement de Pharaon. Pourtant cinq mots prononcés dans un dernier souffle par le métis percent tout à coup sa surdité divine. Le poing écorché de Robinson retombe encore une fois, mais sans conviction, retenu par un effort de réflexion : « Maître, ne me tue pas! » a gémi Vendredi, aveuglé par le sang. Robinson est en train de jouer une scène qu'il a déjà vue dans un livre ou ailleurs : un frère rossant à mort son frère sur le revers d'un fossé. Abel et Caïn, le premier meurtre de l'histoire humaine, le meurtre par excellence! Qu'est-il donc? Le bras de Yahweh ou le frère maudit? Il se relève, il s'éloigne, il court, il faut qu'il se lave l'esprit dans la source de toute sagesse...

*

Le voici à nouveau devant le lutrin, talons joints, mains jointes, il attend l'inspiration de l'Esprit. Il s'agit d'élever sa colère, de lui donner un ton plus pur, plus sublime. Il ouvre la Bible au hasard. C'est le livre d'Osée. La parole du Prophète se tord en signes noirs sur la page blanche avant d'éclater en ondes sonores par la voix de

Robinson. Ainsi l'éclair précède le tonnerre. Robinson parle. Il s'adresse à ses filles, les mandragores, et les prévient contre leur mère, la terre adultère :

Plaidez contre votre mère, plaidez
Car elle n'est plus ma femme,
Et moi je ne suis plus son mari.
Qu'elle éloigne de ma face ses prostitutions
et ses adultères du milieu de ses seins,
de peur que je ne la déshabille à nu,
et que je ne la mette telle qu'au jour de sa naissance,
et que je ne la rende pareille au désert,
faisant d'elle une terre desséchée,
et que je ne la fasse mourir de soif!

(Osée, II, 4.)

Le livre des livres s'est prononcé, et il condamne Speranza! Ce n'est pas ce que cherchait Robinson. Il voulait lire en lettres de feu la condamnation du serviteur indigne, du suborneur, du souilleur. Il ferme la Bible et la rouvre au hasard. C'est Jérémie qui parle maintenant, et c'est de la mandragore zébrée qu'il s'agit, sous les espèces de la vigne bâtarde :

Sur toute colline élevée, sous tout arbre vert,
Tu t'es étendue comme une courtisane,
Et moi je t'avais plantée comme une vigne excel-
    lente,
Tout entière d'une souche franche.
Comment t'es-tu changée pour moi en sarments
    bâtards d'une vigne étrangère?

Oui, quand tu te laverais à la soude et que tu pro-
  diguerais la potasse,
Ton iniquité ferait tache devant moi !

Mais si Speranza a séduit Vendredi, est-ce à
dire que l'Araucan est totalement innocent, irresponsable ? Le cœur outragé de Robinson se cabre
devant ce verdict biblique qui condamne Speranza et elle seule. Il ferme et ouvre une fois
encore la Bible. C'est le chapitre XXXIX de la
Genèse qui retentit cette fois par la voix de Robinson :

Il arriva que la femme de son maître jeta les yeux
sur Joseph et lui dit : « Couche avec moi. » Il refusa
et dit à la femme de son maître : « Voici, mon
maître ne s'informe avec moi de rien dans la mai-
son et il a remis tout ce qu'il a entre mes mains. Il
n'est pas plus grand que moi dans cette maison, et
il ne m'a rien interdit que toi, parce que tu es sa
femme. Comment ferais-je un si grand mal et
pécherais-je contre Dieu ? » Quoiqu'elle en parlât
tous les jours à Joseph, il ne consentit pas à cou-
cher auprès d'elle, ni à être avec elle. Un jour qu'il
était entré dans la maison pour faire son service,
sans qu'il y eût là aucun des gens de la maison, elle
le saisit par son vêtement, en disant : « Couche avec
moi. » Mais il lui laissa son vêtement dans la main,
et il s'enfuit au-dehors. Quand elle vit qu'il lui avait
laissé son vêtement dans la main et qu'il s'était
enfui dehors, elle appela les gens de sa maison et
leur parla en disant : « Cet homme est venu chez
moi pour coucher avec moi, et j'ai appelé à grands

cris. Et quand il a entendu que j'élevais la voix et que je criais, il a laissé son vêtement à côté de moi et s'est enfui au-dehors. » Quand le maître de Joseph eut entendu les paroles de sa femme qui lui parlait en ces termes : « Voilà ce que m'a fait ton serviteur », sa colère s'enflamma. Il prit Joseph et le mit en prison. C'était le lieu où étaient détenus les prisonniers du Roi. Et il fut là, en prison.

Robinson se tait, accablé. Il est sûr que ses yeux ne l'ont pas trompé. Il a bel et bien pris Vendredi en flagrant délit de fornication dans la terre de Speranza. Mais il sait aussi que, depuis longtemps déjà, il lui faut interpréter les faits extérieurs — aussi indiscutables soient-ils — comme autant de *signes* superficiels d'une réalité profonde et encore obscure en voie de gestation. En vérité Vendredi répandant sa semence noire dans les plis de la combe rose par esprit d'imitation ou par facétie, c'est un fait accidentel qui relève de l'anecdote au même titre que les démêlés de la Putiphar avec Joseph. Robinson sent se creuser de jour en jour un hiatus entre les messages bavards que la société humaine lui transmet encore à travers sa propre mémoire, la Bible et l'image que l'une et l'autre projettent sur l'île, et l'univers inhumain, élémentaire, absolu, où il s'enfonce et dont il cherche en tremblant à démêler la vérité. La parole qui est en lui et qui ne l'a jamais trompé lui balbutie à demi-mot qu'il est à un tournant de son histoire, que l'ère de l'île épouse — qui succédait à l'île mère, elle-même postérieure à l'île administrée — vient à son tour de prendre fin, et que le temps est proche de l'avènement de choses absolument nouvelles, inouïes et imprévisibles.

Pensif et silencieux, il fait quelques pas et s'encadre dans la porte de la résidence. Il a un mouvement de recul, et sa colère se ranime quand il aperçoit, à gauche contre le mur de la maison, Vendredi accroupi sur ses talons, dans une immobilité complète, le visage tourné vers l'horizon, le regard perdu. Il sait que l'Araucan est capable de demeurer ainsi des heures durant, dans une posture qu'il ne peut lui-même adopter quelques secondes sans que des crampes fulgurantes s'éveillent dans ses genoux. Il est la proie de sentiments divers puis il prend sur lui d'aller s'asseoir près de Vendredi et de communier avec lui dans la grande attente silencieuse qui enveloppe Speranza et ses habitants.

Dans le ciel d'une pureté impeccable, le soleil étale sa souveraine omnipotence. Il pèse de tout son poids doré sur la mer couchée sous lui dans une soumission totale, sur l'île pâmée et desséchée, sur les constructions de Robinson qui ressemblent pour l'heure à autant de temples dédiés à sa gloire. La parole intérieure lui souffle que peut-être au règne tellurique de Speranza succédera un jour un règne *solaire*, mais c'est une idée encore si vague, si faible, si insaisissable qu'il ne peut la retenir longtemps et qu'il la met en réserve dans sa mémoire pour la laisser mûrir.

En tournant un peu la tête à gauche, il voit le profil droit de Vendredi. Son visage est labouré d'ecchymoses et de coupures, et sur sa pommette proéminente s'écartent les lèvres violacées d'une vilaine plaie. Robinson observe comme sous une loupe ce masque prognathe, un peu bestial, que sa tristesse rend plus buté et plus boudeur qu'à l'ordinaire. C'est alors qu'il remarque dans ce paysage de chair souffrante et laide quelque chose de brillant, de pur et de délicat : l'œil de Vendredi. Sous ces cils longs et recourbés, le globe oculaire parfaitement lisse et limpide est incessamment balayé, rafraîchi et lavé par le battement de la paupière. La pupille palpite sous l'action variable de la lumière, mesurant exactement son diamètre à la luminosité ambiante, afin que la rétine soit toujours également impressionnée. Dans la masse transparente de l'iris est noyée une infime corolle de plumes de verre, une rosace ténue, infiniment précieuse et délicate. Robinson est fasciné par cet organe si finement composé, si parfaitement neuf et brillant aussi. Comment une pareille merveille peut-elle être incorporée à un être aussi grossier, ingrat et vulgaire ? Et si en cet instant précis il découvre par hasard la beauté anatomique stupéfiante de l'œil de Vendredi, ne doit-il pas honnêtement se demander si l'Araucan n'est pas tout entier une addition de choses également admirables qu'il n'ignore que par aveuglement ?

Robinson tourne et retourne cette question en lui-même. Pour la première fois il entrevoit nettement, sous le métis grossier et stupide qui l'irrite, l'existence possible d'un *autre Vendredi* — comme il a soupçonné jadis, bien avant de découvrir la grotte et la combe, une *autre île*, cachée sous l'île administrée.

Mais cette vision ne devait durer qu'un instant fugitif, et la vie devait reprendre encore son cours monotone et laborieux.

*

Elle reprit son cours en effet, mais quoi que fît Robinson, il y avait toujours quelqu'un en lui qui attendait un événement décisif, bouleversant, un commencement radicalement nouveau qui frapperait de nullité toute entreprise passée ou future. Puis le vieil homme protestait, s'accrochait à son œuvre, supputait les prochaines récoltes, projetait vaguement des plantations de bois précieux, d'hévéas ou de coton, dessinait les plans d'un moulin qui capterait l'énergie d'un torrent. Mais jamais plus il ne retourna à la combe rose.

Vendredi ne se posait aucun problème de ce genre. Il avait découvert le barillet à tabac, et il fumait la longue pipe de Van Deyssel en cachette de son maître. La punition s'il était découvert serait sans doute exemplaire, car la provision de tabac touchait à sa fin, et Robinson ne s'accordait plus désormais qu'une pipe tous les deux mois. C'était une fête pour lui à laquelle il songeait longtemps à l'avance, et il redoutait le moment où il devrait renoncer définitivement à ce plaisir.

Ce jour-là, il était descendu inspecter les lignes de fond qu'il avait posées la veille par marée basse et qui devaient être tout juste découvertes par le jusant. Vendredi mit le barillet à tabac sous son bras et alla s'installer dans la grotte. Tout son plaisir était perdu quand il fumait en plein air, mais il savait que s'il avait fumé dans l'une des maisons, l'odeur l'aurait immanquablement trahi. Robinson pouvait fumer n'importe où. Pour lui, seul comptait le fourneau brûlant et vivant, grésillant et culotté. C'était l'enveloppe terrestre d'un petit soleil souterrain, une manière de volcan portatif et domestiqué qui rougeoyait paisiblement sous la cendre à l'appel de sa bouche. Dans cette cornue en miniature le tabac recuit, calciné, sublimé se transmuait en résines, goudrons et sirops bitumeux dont l'âme venait lui piquer agréablement la narine. C'était la chambre nuptiale *possédée*, enfermée dans le creux de sa main, de la terre et du soleil.

Pour Vendredi, au contraire, toute l'opération ne se justifiait que par la fumée libérée en volutes, et le moindre vent ou courant d'air rompait le charme irrémédiablement. Il lui fallait une atmosphère absolument calme, et rien ne convenait mieux à ses jeux éoliens que l'air dormant de la grotte.

À une vingtaine de pas de l'entrée de la grotte, il s'est construit une manière de chaise longue avec des sacs et des tonneaux. À demi renversé en arrière, il tire profondément sur le bec de corne de la pipe. Puis ses lèvres laissent filtrer un filet de fumée qui se divise en deux et se glisse sans aucune perte dans ses narines. La fumée accomplit alors sa fonction majeure : elle meuble et sensibilise ses poumons, elle rend conscient et comme lumineux cet espace caché dans sa poitrine, et qui est ce qu'il y a en lui de plus aérien et de plus spirituel. Enfin il expulse doucement le nuage bleu qui l'habitait. À contre-jour, devant l'ouverture éclairée de la grotte, la fumée déploie une pieuvre mouvante, pleine d'arabesques et de lents tourbillons qui grandit, monte et devient de plus en plus ténue... Vendredi rêve de longues minutes et s'apprête à tirer une nouvelle bouffée de sa pipe, quand l'écho lointain de cris et d'aboiements parvient jusqu'à lui. Robinson est revenu plus tôt que prévu, et il l'appelle d'une voix qui ne présage rien de bon. Tenn jappe, un claquement retentit. La chicote. La voix devient plus proche, plus impérieuse. Dans le cadre clair de l'entrée de la grotte se découpe la silhouette noire de Robinson, poings sur les hanches, jambes écartées, paraphée par la lanière du fouet. Vendredi se lève. Que faire de la pipe? Il la jette de toutes ses forces dans le fond de la grotte. Puis il marche bravement vers le châtiment. Robinson a dû découvrir la disparition du barillet car il écume de fureur. Il lève la chicote. C'est alors que les quarante tonneaux de poudre noire parlent en même temps. Un torrent de flammes rouges jaillit de la grotte. Dans une dernière lueur de conscience, Robinson se sent soulevé, emporté, tandis qu'il voit le chaos rocheux qui surmonte la grotte culbuter comme un jeu de construction.

CHAPITRE IX

En ouvrant les yeux, Robinson vit d'abord un visage noir penché sur lui. Vendredi lui soutenait la tête de la main gauche et tentait de lui faire boire de l'eau fraîche dans le creux de sa main droite. Mais comme Robinson serrait convulsivement les dents, l'eau se répandait autour de sa bouche, dans sa barbe et sur sa poitrine. L'Araucan sourit et se releva en le voyant remuer. Aussitôt une partie de sa chemise et la jambe gauche de son pantalon, déchiquetés et noircis, tombèrent sur le sol. Il éclata de rire et se débarrassa par quelques contorsions du reste de ses vêtements à demi calcinés. Puis, ayant ramassé un fragment de miroir au milieu d'objets domestiques disloqués, il s'y regarda en faisant des grimaces et le présenta à Robinson avec un nouvel éclat de rire. Malgré les traces de suie qui le balafraient, il n'avait aucune blessure au visage, mais sa belle barbe rousse était rongée de taches de pelade et semée de ces petites croûtes vernies que forme le poil en cramant. Il se leva et arracha à son tour les loques carbonisées qui s'attachaient encore à lui.

Il fit quelques pas. Il n'avait que des contusions superficielles sous l'épaisse couche de suie, de poussière et de terre qui le couvrait.

La Résidence brûlait comme une torche. La muraille crénelée de la forteresse s'était effondrée dans le fossé qui en défendait l'approche. Plus légers, le bâtiment de la Paierie, l'Oratoire et le Mât-calendrier avaient été soufflés pêle-mêle. Robinson et Vendredi contemplaient ce spectacle de désolation quand une gerbe de terre monta vers le ciel à cent pieds de là, suivie une seconde plus tard d'une explosion brisante qui les jeta à nouveau sur le sol. Une grêle de cailloux et de souches déchiquetées crépita autour d'eux. Ce devait être la charge de poudre que Robinson avait enfouie sur la piste menant à la baie et qu'un cordon d'étoupe permettait d'enflammer à distance. Robinson dut se convaincre qu'il ne restait désormais plus un gramme de poudre dans l'île pour avoir le courage de se relever et de poursuivre l'inventaire de la catastrophe.

Épouvantées par cette seconde explosion beaucoup plus proche, les chèvres s'étaient ruées toutes ensemble dans la direction opposée et avaient défoncé la clôture du corral. Elles galopaient maintenant en tous sens, comme prises de frénésie. Il leur faudrait moins d'une heure pour se disperser dans l'île, et moins d'une semaine pour retourner à l'état sauvage. À la place de la grotte — dont l'entrée avait disparu — s'élevait un chaos de blocs gigantesques en forme de tours, de pyramides, de prismes, de cylindres. Cet amoncellement était dominé par un piton rocheux qui s'élevait à la verticale et devait fournir un point de vue incomparable sur l'île et la mer. Ainsi l'explosion n'avait-elle pas eu qu'un effet destructeur, et il semblait qu'à l'endroit où la déflagration avait été la plus violente, un génie architectonique en eût profité pour donner libre cours à une verve baroque.

Robinson regardait autour de lui d'un air hébété, et machinalement il se mit à ramasser les objets que la grotte avait vomis avant de se refermer. Il y avait des hardes déchirées, un mousquet au canon tordu, des fragments de poterie, des sacs troués, des couffins crevés. Il examinait chacune de ces épaves et allait la placer délicatement au pied du cèdre géant. Vendredi l'imitait plus qu'il ne l'aidait, car répugnant naturellement à réparer et à conserver, il achevait généralement de détruire les objets endommagés. Robinson n'avait pas la force de s'en irriter, et il ne broncha même pas lorsqu'il le vit disperser à pleines poignées un peu de blé qu'il avait trouvé au fond d'une urne.

Le soir tombait, et ils venaient enfin de trouver un objet intact — la longue-vue — lorsqu'ils découvrirent le cadavre de Tenn au pied d'un arbre. Vendredi le palpa longuement. Il n'avait rien de brisé, il n'avait même rien du tout apparemment, mais il était indiscutablement mort. Pauvre Tenn, si vieux, si fidèle, l'explosion l'avait peut-être fait mourir tout simplement de peur! Ils se promirent de l'enterrer dès le lendemain. Le vent se leva. Ils allèrent ensemble se laver dans la mer, puis ils dînèrent d'un ananas sauvage — et

Robinson se souvint que c'était la première nourriture qu'il eût prise dans l'île le lendemain de son naufrage. Ne sachant où dormir, ils s'étendirent tous deux sous le grand cèdre, parmi leurs reliques. Le ciel était clair, mais une forte brise nord-ouest tourmentait la cime des arbres. Pourtant les lourdes branches du cèdre ne participaient pas au palabre de la forêt, et Robinson, étendu sur le dos, voyait leur silhouette immobile et dentelée se découper à l'encre de Chine au milieu des étoiles.

Ainsi Vendredi avait eu raison finalement d'un état de choses qu'il détestait de toutes ses forces. Certes il n'avait pas provoqué *volontairement* la catastrophe. Robinson savait depuis longtemps combien cette notion de volonté s'appliquait mal à la conduite de son compagnon. Moins qu'une volonté libre et lucide prenant ses décisions de propos délibéré, Vendredi était une *nature* dont découlaient des actes, et les conséquences de ceux-ci lui ressemblaient comme des enfants ressemblent à leur mère. Rien apparemment n'avait pu jusqu'ici influencer le cours de cette génération spontanée. Sur ce point particulièrement profond, il se rendait compte que son influence sur l'Araucan avait été nulle. Vendredi avait imperturbablement — et inconsciemment — préparé puis provoqué le cataclysme qui préluderait à l'avènement d'une ère nouvelle. Quant à savoir ce que serait cette ère nouvelle, c'était sans doute dans la nature même de Vendredi qu'il fallait chercher à en lire l'annonce. Robinson était encore trop prisonnier du vieil homme pour pouvoir prévoir quoi que ce fût. Car ce qui les opposait l'un à l'autre dépassait — et englobait en même temps — l'antagonisme souvent décrit entre l'Anglais méthodique, avare et mélancolique, et le « natif » primesautier, prodigue et rieur. Vendredi répugnait par nature à cet ordre terrestre que Robinson en paysan et en administrateur avait instauré sur l'île, et auquel il avait dû de survivre. Il semblait que l'Araucan appartînt à un autre règne, en opposition avec le règne tellurique de son maître sur lequel il avait des effets dévastateurs pour peu qu'on tentât de l'y emprisonner.

L'explosion n'avait pas tout à fait tué le vieil homme en Robinson, car l'idée l'effleura qu'il pouvait encore assommer son compagnon, endormi à côté de lui — il avait mille fois mérité la mort — et entreprendre de retisser patiemment la toile de son univers dévasté. Or la peur de se retrouver seul à nouveau et l'horreur que lui inspirait cette violence n'étaient pas seules à le retenir. Le cataclysme qui venait d'avoir lieu, il y aspirait secrètement. En vérité l'île administrée lui pesait à la fin presque autant qu'à Vendredi. Vendredi, après l'avoir libéré malgré lui de ses racines terriennes, allait l'entraîner vers *autre chose*. À ce règne tellurique qui lui était odieux, il allait substituer un ordre qui lui était propre, et que Robinson brûlait de découvrir. Un nouveau Robinson se débattait dans sa vieille peau et acceptait à l'avance de laisser crouler l'île administrée pour s'enfoncer à la suite d'un initiateur irresponsable dans une voie inconnue.

Il en était là de ses méditations lorsqu'il sentit quelque chose remuer sous sa main posée à plat sur le sol. Il pensa à un insecte et palpa l'humus du bout des doigts. Mais non, c'était la terre elle-même qui se soulevait en cet endroit. Un mulot ou une taupe allait émerger au bout de sa galerie. Robinson sourit dans la nuit en imaginant l'effarement de la bestiole qui allait se jeter dans une prison de chair en croyant aboutir à l'air libre. La terre remua derechef et quelque chose en sortit. Quelque chose de dur et de froid qui demeurait fortement ancré dans le sol. Une racine. Ainsi donc pour couronner cette journée effrayante, les racines prenaient vie et saillaient d'elles-mêmes hors de terre! Robinson, résigné à toutes les merveilles, fixait toujours les étoiles à travers les branches de l'arbre. C'est alors qu'il vit sans erreur possible toute une constellation glisser d'un coup vers la droite, disparaître derrière un rameau et reparaître de l'autre côté. Puis elle s'immobilisa. Quelques secondes plus tard, un long et déchirant craquement fendit l'air. Vendredi était déjà sur ses pieds et aidait Robinson à se lever à son tour. Ils s'enfuirent à toutes jambes au moment où le sol basculait sous eux. Le grand cèdre glissait lentement parmi les étoiles et s'abattait avec un grondement de tonnerre au milieu des autres arbres, comme un géant qui tombe dans les herbes hautes. La souche dressée verticalement tenait embrassée toute une colline de terre dans ses bras crochus et innombrables. Un silence formidable succéda à ce cataclysme. Miné par l'explosion, le génie tutélaire de Speranza n'avait pas résisté au souffle vigoureux — bien que sans rafales — qui animait les frondaisons.

Après la destruction de la grotte, ce nouveau coup à la terre de Speranza achevait de rompre les derniers liens qui attachaient Robinson à son ancien fondement. Il flottait désormais, libre et apeuré, seul avec Vendredi. Il ne devait plus lâcher cette main brune qui avait saisi la sienne pour le sauver au moment où l'arbre sombrait dans la nuit.

*

La liberté de Vendredi — à laquelle Robinson commença à s'initier les jours suivants — n'était pas que la négation de l'ordre effacé de la surface de l'île par l'explosion. Robinson savait trop bien, par le souvenir de ses premiers temps à Speranza, ce qu'était une vie désemparée, errant à la dérive et soumise à toutes les impulsions du caprice et à toutes les retombées du découragement, pour ne pas pressentir une unité cachée, un principe implicite dans la conduite de son compagnon.

Vendredi ne travaillait à proprement parler jamais. Ignorant toute notion de passé et de futur, il vivait enfermé dans l'instant présent. Il passait des jours entiers dans un hamac de lianes tressées qu'il avait tendu entre deux poivriers, et du fond duquel il abattait parfois à la sarbacane les oiseaux qui venaient se poser sur les branches, trompés par son immobilité. Le soir, il jetait le produit de cette chasse nonchalante aux pieds de Robinson qui ne se demandait plus si ce geste était celui du chien fidèle qui rapporte, ou au contraire celui d'un maître si impérieux qu'il ne daigne même plus exprimer ses ordres. En vérité il avait dépassé dans ses relations avec Vendredi le stade de ces mesquines alternatives. Il l'observait, passionnément attentif à la fois aux faits et gestes de son compagnon et à leur retentissement en lui-même où ils suscitaient une métamorphose bouleversante.

Son aspect extérieur en avait subi la première atteinte. Il avait renoncé à se raser le crâne, et ses cheveux se tordaient en boucles fauves de jour en jour plus exubérantes. En revanche, il avait coupé sa barbe déjà saccagée par l'explosion, et il se passait chaque matin sur les joues la lame de son couteau, longuement affûtée sur une pierre volcanique, légère et poreuse, assez commune dans l'île. Du même coup, il avait perdu son aspect solennel et patriarcal, ce côté « Dieu-le-Père » qui appuyait si bien son ancienne autorité. Il avait ainsi rajeuni d'une génération, et un coup d'œil au miroir lui révéla même qu'il existait désormais — par un phénomène de mimétisme bien explicable — une ressemblance évidente entre son visage et celui de son compagnon. Des années durant, il avait été à la fois le maître et le père de Vendredi. En quelques jours il était devenu son frère — et il n'était pas sûr que ce fût son frère aîné. Son corps s'était lui aussi transformé. Il avait toujours craint les brûlures du soleil, comme l'un des pires dangers qui menacent un Anglais — roux de surcroît — en zone tropicale, et il se couvrait soigneusement toutes les parties du corps avant de s'exposer à ses rayons, sans oublier, par précaution supplémentaire, son grand parasol de peaux de chèvre. Ses séjours au fond de la grotte, puis son intimité avec la terre avaient achevé de donner à sa chair la blancheur laiteuse et fragile des raves et des tubercules. Encouragé par Vendredi, il s'exposait nu désormais au soleil. D'abord apeuré, recroquevillé et laid, il s'était épanoui peu à peu. Sa peau avait pris un ton cuivré. Une fierté nouvelle gonflait sa poitrine et ses muscles. De son corps rayonnait une chaleur à laquelle il lui semblait que son âme puisait une assurance qu'elle n'avait jamais connue. Il découvrait ainsi qu'un corps accepté, voulu, vaguement désiré aussi — par une manière de narcissisme naissant — peut être non seulement un meilleur instrument d'insertion dans la trame des choses extérieures, mais aussi un compagnon fidèle et fort.

Il partageait avec Vendredi des jeux et des exercices qu'il aurait jugés autrefois incompatibles avec sa dignité. C'est ainsi qu'il n'eut de cesse qu'il ne sache marcher sur les mains aussi bien que l'Araucan. Il n'éprouva d'abord aucune difficulté à faire « les pieds au mur » contre un rocher en surplomb. Il était plus délicat de se détacher de ce point d'appui et de progresser sans basculer en arrière et s'éreinter. Ses bras tremblaient sous le poids écrasant de tout le reste du corps, mais ce n'était pas faute de force, c'était plutôt l'assise et aussi la prise adéquate de ce fardeau insolite qui restaient à acquérir. Il s'acharnait, considérant comme un progrès décisif dans la voie nouvelle où il avançait la conquête d'une sorte de *poly-*

valence de ses membres. Il rêvait de la métamorphose de son corps en une main géante dont les
cinq doigts seraient tête, bras et jambes. La jambe
devait pouvoir se dresser comme un index, les
bras devaient marcher comme des jambes, le
corps reposant indifféremment sur tel membre,
puis sur tel autre, telle une main s'appuyant sur
chacun de ses doigts.

*

Parmi ses rares occupations, Vendredi confec-
tionnait des arcs et des flèches avec un soin minu-
tieux, d'autant plus remarquable qu'il s'en servait
peu pour la chasse. Après avoir taillé des arcs
simples dans les bois les plus souples et les plus
réguliers — santal, amarante et copaïba —, il en
vint rapidement à ligaturer sur une âme[83] de buis
des lamelles de cornes de bouc qui en multipliaient la vigueur.

Mais c'était aux flèches qu'il accordait la plus
grande application, car s'il accroissait sans cesse
la puissance des arcs, c'était pour pouvoir augmenter la longueur des flèches qui dépassa bientôt six pieds. L'équilibre délicat de la pointe et de
l'empennage n'était jamais assez exact à son gré,
et on le voyait durant des heures faire osciller le
fût sur l'arête d'une pierre pour en situer le centre
de gravité. En vérité il empennait ses flèches au-
delà de toute limite raisonnable, usant à cette fin
tantôt de plumes de papegais[84], tantôt de feuilles
de palmier, et comme il découpait les pointes en
forme d'ailettes dans des omoplates de chèvres, il

était évident qu'il s'agissait pour lui d'obtenir de ses traits, non qu'ils atteignissent une proie avec force et précision, mais qu'ils volent, qu'ils planent aussi loin, aussi longtemps que possible.

Lorsqu'il bandait son arc, son visage se fermait sous un effort de concentration presque douloureux. Il recherchait longuement l'inclinaison de la flèche qui lui assurerait la trajectoire la plus glorieuse. Enfin la corde sifflait et venait riper sur la manchette de cuir dont il se protégeait l'avant-bras gauche. Tout le corps penché en avant, les deux bras tendus dans un geste d'essor et d'imploration à la fois, il accompagnait la course du trait. Son visage brillait de plaisir aussi longtemps que la force vive l'emportait sur le frottement de l'air et la pesanteur. Mais quelque chose semblait se briser en lui lorsque la pointe basculait vers le sol, à peine freinée dans sa chute par l'empennage.

Robinson se demanda longtemps quelle pouvait être la signification de ces tirs à l'arc, sans gibier, sans cible, où Vendredi se dépensait jusqu'à épuisement. Il crut le comprendre enfin un jour qu'un assez fort vent marin faisait moutonner les vagues qui déferlaient sur la plage. Vendredi essayait des flèches nouvelles, d'une longueur démesurée, empennées sur près de trois pieds par une fine barbe prélevée sur des rémiges d'albatros. Il banda en inclinant la flèche à quarante-cinq degrés en direction de la forêt. La flèche monta jusqu'à une hauteur de cent cinquante pieds au moins. Là, elle parut marquer un instant d'hésitation, mais au lieu de piquer vers la plage, elle s'inclina à l'horizontale et fila vers la forêt avec une énergie nouvelle. Lorsqu'elle eut disparu derrière le rideau des premiers arbres, Vendredi se tourna radieux vers Robinson.

— Elle va tomber dans les branches, tu ne la retrouveras pas, lui dit Robinson.

— Je ne la retrouverai pas, dit Vendredi, mais c'est parce que celle-là ne retombera jamais.

*

Revenues à l'état sauvage, les chèvres ne vivaient plus dans l'anarchie à laquelle la domestication par l'homme contraint les bêtes. Elles s'étaient groupées en troupeaux hiérarchisés que commandaient les boucs les plus forts et les plus sages. Quand un danger menaçait, le troupeau se rassemblait — généralement sur une éminence — et toutes les bêtes du premier rang opposaient à l'agresseur un front de cornes infranchissable. Vendredi se faisait un jeu de défier les boucs qu'il surprenait isolés. Il les forçait à se coucher en empoignant leurs cornes, ou encore il les rattrapait à la course et, pour les marquer de sa victoire, il leur nouait un collier de lianes autour du cou.

Un jour pourtant, il tomba sur une sorte de bouquetin gros comme un ours qui l'envoya rouler dans les rochers d'un simple revers de ses cornes énormes et noueuses qui se dressaient comme deux longues flammes noires sur sa tête. Vendredi dut rester trois jours immobile dans son hamac, mais il parlait sans cesse de retrouver cette bête qu'il avait baptisée *Andoar* et qui paraissait lui inspirer une admiration mêlée de tendresse. Andoar était repérable à deux jets de flèche rien qu'à son épouvantable odeur. Andoar ne fuyait jamais quand on l'approchait. Andoar était toujours à l'écart du troupeau. Andoar ne s'était pas acharné sur lui après l'avoir à moitié assommé, comme l'aurait fait n'importe quel autre bouc... Tout en psalmodiant à mi-voix l'éloge de son adversaire, Vendredi tressait des cordelettes de couleurs vives pour en faire un collier plus solide et plus voyant que les autres : le collier d'Andoar. Lorsqu'il reprit le chemin du chaos rocheux où gîtait la bête, Robinson protesta faiblement, sans espoir de le retenir. La puanteur qui lui collait à la peau après ces chasses à courre d'un genre particulier suffisait à justifier l'opposition de Robinson. Mais en outre le danger était réel, comme le prouvait son récent accident dont il avait à peine surmonté les suites. Vendredi n'en avait cure. Il était aussi prodigue de ses forces et de son courage pour un jeu qui l'exaltait que démesuré dans sa paresse et son indifférence en temps ordinaire. Il avait trouvé en Andoar un partenaire de jeu dont l'obtuse brutalité semblait l'enchanter, et il acceptait d'avance avec bonne humeur la perspective de blessures nouvelles, voire mortelles.

Il n'eut pas longtemps à chercher pour le découvrir. La silhouette du grand mâle se dressait comme un rocher au milieu d'une houle de chèvres et de chevreaux qui refluèrent en désordre à son approche. Ils se retrouvèrent seuls au milieu d'une sorte de cirque dont le fond était limité par une paroi abrupte et qui s'ouvrait sur une cascade d'éboulis semés de cactus. À l'ouest une avancée de terrain surplombait un à-pic d'une centaine de pieds. Vendredi dénoua la cordelette qu'il avait enroulée autour de son poignet et l'agita en manière de défi dans la direction d'Andoar. Le fauve s'arrêta tout à coup de mâcher, gardant une longue graminée entre ses dents. Puis il ricana dans sa barbe et se dressa sur ses pattes de derrière. Il fit ainsi quelques pas vers Vendredi, agitant dans le vide ses sabots de devant, hochant ses immenses cornes, comme s'il saluait une foule au passage. Cette mimique grotesque glaça de surprise Vendredi. La bête n'était plus qu'à quelques pas de lui quand elle se laissa retomber en avant, prenant en même temps un élan de catapulte dans sa direction. Sa tête plongea entre ses pattes de devant, ses cornes pointèrent en fourche, et elle vola vers la poitrine de Vendredi comme une grosse flèche empennée de fourrure. Vendredi se jeta sur la gauche une fraction de seconde trop tard. Une puanteur musquée l'enveloppa au moment où un choc violent à l'épaule droite le faisait tourner sur lui-même. Il tomba durement et demeura plaqué au sol. S'il s'était relevé aussitôt, il aurait été hors d'état d'esquiver une nouvelle charge. Il resta donc aplati sur le dos, observant entre ses paupières mi-closes un morceau de ciel bleu encadré d'herbes sèches. C'est là qu'il vit se pencher sur lui un masque de patriarche sémite, aux yeux verts tapis dans des cavernes de poils, à la barbe annelée, au mufle noir que tordait un rire de faune. Au faible mouvement qu'il fit, son épaule répondit par un élancement douloureux. Il perdit connaissance. Lorsqu'il rouvrit les yeux, le soleil occupait le centre de son champ visuel et le baignait d'une chaleur intolérable. Il prit appui sur la main gauche et ramena ses pieds sous lui. Redressé à demi, il observait dans un vertige la paroi rocheuse qui réverbérait la lumière sur tout le cirque. Andoar était invisible. Il se leva en titubant, et il allait se retourner, quand il entendit derrière lui un crépitement de sabots sur les pierres. Le bruit était si proche qu'il ne prit pas le temps de faire face. Il se laissa basculer sur la gauche, du côté de son bras valide. Pris en écharpe au niveau de la hanche gauche, Vendredi trébucha, les bras en croix. Andoar s'était arrêté, planté sur ses quatre pattes sèches et nerveuses, ayant brisé son élan d'un coup de reins. Vendredi, déséquilibré, s'abattit, comme un mannequin désarticulé, sur le dos du bouc qui plia sous son poids et s'élança à nouveau. Torturé par son épaule, il se cramponnait à la bête. Ses mains avaient empoigné les cornes annelées au plus près du crâne, ses jambes serraient la fourrure des flancs, tandis que ses orteils crochaient dans les génitoires. Le bouc faisait des bonds fantastiques pour se débarrasser de cette torsade de chair nue qui s'enroulait autour de son corps. Il fit plusieurs fois le tour du cirque sans jamais perdre pied au milieu des rochers, malgré le poids qui l'écrasait. S'il était tombé, ou s'il s'était volontairement roulé sur le sol, il n'aurait pu se relever. Vendredi sentait la douleur lui broyer l'estomac et craignait de perdre à nouveau connaissance. Il fallait obliger

Andoar à s'arrêter. Ses mains descendirent le long du crâne bosselé, puis elles se plaquèrent sur les orbites osseuses de la bête. Aveuglée, elle ne s'arrêta pas. Comme si les obstacles devenus invisibles n'existaient plus, elle fonça droit devant elle. Ses sabots sonnèrent sur la dalle de pierre qui s'avançait vers le précipice, et les deux corps toujours noués basculèrent dans le vide.

*

À deux milles de là, Robinson avait été témoin, longue-vue au poing, de la chute des deux adversaires. Il connaissait assez bien cette région de l'île pour savoir que le plateau semé d'épineux où ils avaient dû s'écraser était accessible, soit par un petit sentier escarpé descendant des hauteurs, soit directement, à condition d'escalader la falaise abrupte d'une centaine de pieds qui y conduisait. L'urgence commandait la voie directe, mais Robinson n'envisageait pas sans angoisse l'ascension tâtonnante le long de la paroi irrégulière et par endroits en surplomb qu'il allait falloir affronter. Mais il n'y avait pas que la nécessité de sauver Vendredi — peut-être encore vivant — qui le poussât vers cette épreuve. Converti aux jeux musculaires qui portent le corps à son épanouissement heureux, il ressentait comme l'une de ses dernières tares d'autrefois le vertige intense auquel il était sujet, fût-ce à trois pieds du sol. Il ne doutait pas qu'en affrontant et en surmontant cette faiblesse maladive, il accomplirait un progrès notable dans sa nouvelle voie.

Après avoir couru allégrement entre les blocs

rocheux, puis sauté de l'un à l'autre, comme il avait vu Vendredi le faire cent fois, il arriva bien vite au point où il fallait se coller à la paroi et progresser en grippant de ses vingt doigts dans toutes ses anfractuosités. Là il éprouva un immense mais assez suspect soulagement en retrouvant le contact direct de l'élément tellurique. Ses mains, ses pieds, tout son corps nu *connaissaient* le corps de la montagne, ses lisseurs, ses effritements, ses rugosités. Il se livrait avec une extase nostalgique à une palpation méticuleuse de la substance minérale où le souci de sa sécurité n'entrait que pour une part. Cela — il le savait bien — c'était une replongée dans son passé, et c'eût été une démission lâche et morbide si le vide — auquel il tournait le dos — n'avait constitué l'*autre moitié* de son épreuve. Il y avait la terre et l'air, et entre les deux, collé à la pierre comme un papillon tremblant, Robinson qui luttait douloureusement pour opérer sa conversion de l'une à l'autre. Parvenu à mi-hauteur de la falaise, il s'imposa un arrêt et un demi-tour, rendus possibles par une corniche large d'un pouce sur laquelle ses pieds pouvaient prendre appui. Une sueur froide l'envahit et rendit ses mains dangereusement glissantes. Il ferma les yeux pour ne plus voir tournoyer sous lui le dévalement des blocs rocheux sur lesquels il courait tout à l'heure. Puis il les rouvrit, décidé à maîtriser son malaise. Alors il eut l'idée de regarder vers le ciel qu'embrasaient les dernières lueurs du couchant. Un certain réconfort lui rendit aussitôt une partie de ses moyens. Il comprit que le vertige n'est que l'attraction *terrestre* se portant au cœur de l'homme demeuré obstinément géotropique[85]. L'âme se penche éperdument vers ces fonds de granite ou d'argile, de silice ou de schiste dont l'éloignement l'affole et l'attire en même temps, car elle y pressent la paix de la mort. Ce n'est pas le vide aérien qui suscite le vertige, c'est la fascinante plénitude des profondeurs terrestres. Le visage levé vers le ciel, Robinson éprouva que contre l'appel doucereux des tombes en désordre pouvait prévaloir l'invitation au vol d'un couple d'albatros planant fraternellement entre deux nuages teintés de rose par les derniers rayons du soir. Il reprit son escalade, l'âme confortée, et sachant mieux où le mèneraient ses prochains pas.

Le crépuscule tombait lorsqu'il découvrit le cadavre d'Andoar au milieu des maigres buissons d'alisier qui poussaient entre les pierres. Il se pencha sur le grand corps disloqué et reconnut aussitôt la cordelière de couleur solidement nouée autour de son cou. Il se redressa en entendant rire derrière lui. Vendredi était là, debout, couvert d'égratignures, le bras gauche immobilisé, mais au demeurant indemne.

— Il est mort en me protégeant avec sa fourrure, dit-il. Le grand bouc est mort, mais bientôt je le ferai voler et chanter...

*

Vendredi se remettait de ses fatigues et de ses blessures avec une rapidité qui étonnait toujours Robinson. Dès le lendemain matin, le visage détendu et le corps dispos, il retourna à la dépouille d'Andoar. Il coupa d'abord la tête qu'il déposa au centre d'une fourmilière. Puis incisant la peau autour des pattes et sur toute la longueur de la poitrine et de l'abdomen, il l'étala sur le sol et coupa les dernières adhérences qui y retenaient le grand écorché maigre et rose, fantôme anatomique d'Andoar. Il fendit la poche abdominale, déroula les quarante pieds d'intestin qu'elle contenait, et, après les avoir lavés à grande eau, il les suspendit dans les branches d'un arbre, étrange guirlande, laiteuse et violacée, qui attira bientôt des myriades de mouches. Puis il gagna la plage en chantonnant et en portant sous son bras valide la lourde et grasse toison d'Andoar. Il la rinça dans les vagues, et l'y laissa s'imprégner de sable et de sel. Puis, à l'aide d'un queursoir[86] de fortune — un coquillage ligaturé sur un galet —, il entreprit de dépiler la face extérieure et d'écharner la face intérieure de la peau. Ce travail lui demanda plusieurs jours pendant lesquels il déclina l'aide de Robinson, lui réservant, disait-il, une tâche ultérieure plus noble, plus facile et tout aussi essentielle.

Le mystère fut levé lorsqu'il pria Robinson de bien vouloir uriner sur la peau étendue au fond d'une concavité de rocher où les grandes marées déposaient un miroir d'eau qui s'évaporait en quelques heures. Il le supplia de beaucoup boire les prochains jours et de ne jamais se soulager ailleurs, l'urine devant recouvrir totalement la dépouille d'Andoar. Robinson nota qu'il s'abstint lui-même, et il ne lui demanda pas s'il estimait que sa propre urine était dépourvue de vertus tannantes ou s'il répugnait à l'infâme promiscuité qu'aurait signifiée ce mélange de leurs eaux. La peau avait macéré huit jours dans ce qui était devenu une saumure ammoniacale, lorsqu'il l'en retira, la rinça dans l'eau de mer et l'assujettit sur deux arcs dont l'effort la soumit à une tension souple et constante. Enfin il la laissa sécher trois jours à l'ombre, et commença le palissonnage[87] à la pierre ponce, alors qu'elle conservait un reste d'humidité. C'était désormais un grand parchemin vierge aux tons vieil or qui rendait sous la caresse des doigts une note grave et sonore.

— Andoar va voler, Andoar va voler, répéta-t-il très excité, en refusant toujours de dévoiler ses intentions.

*

Les araucarias[88] de l'île étaient peu nombreux, mais leurs silhouettes pyramidales et noires se dressaient superbement au milieu de taillis qui végétaient dans leur ombre. Vendredi affectionnait particulièrement ces arbres, si caractéristiques de son pays qu'ils en partageaient le nom, et il passait des journées entières tapi dans le berceau de leurs branches maîtresses. Le soir, il rapportait à Robinson une poignée de graines ailées, contenant une amande comestible dont la substance farineuse était puissamment relevée par une âcre odeur de résine. Robinson s'était toujours gardé de suivre son compagnon dans ces escalades qu'il jugeait simiesques.

Ce matin-là pourtant, il se trouvait au pied du

232

plus haut de ces arbres, et plongeant le regard dans la profondeur de sa ramure, il calculait qu'il ne devait pas avoir moins de cent cinquante pieds de haut. Après plusieurs jours de pluie, la fraîcheur du matin annonçait un retour au beau temps. La forêt fumait comme une bête, et dans l'épaisseur des mousses d'invisibles ruisseaux faisaient entendre un ramage inhabituel. Toujours attentif aux changements qu'il observait en lui-même, Robinson avait noté depuis plusieurs semaines qu'il attendait désormais chaque matin le lever du soleil avec une impatience anxieuse et que le déploiement de ses premiers rayons revêtait pour lui la solennité d'une fête qui, pour être quotidienne, n'en gardait pas moins chaque fois une intense nouveauté.

Il empoigna la branche la plus accessible et s'y hissa sur un genou, puis debout, songeant vaguement qu'il jouirait du lever du soleil quelques minutes plus tôt s'il grimpait au sommet de l'arbre. Il gravit sans difficulté les étages successifs de la charpente avec l'impression grandissante de se trouver prisonnier — et comme solidaire — d'une vaste structure, infiniment ramifiée, qui partait du tronc à l'écorce rougeâtre et se développait en branches, branchettes, tiges et tigelles, pour aboutir aux nervures des feuilles triangulaires, piquantes, squamiformes et enroulées en spirale autour des rameaux. Il participait à l'évidente fonction de l'arbre qui est d'embrasser l'air de ses milliers de bras, de l'étreindre de ses millions de doigts. À mesure qu'il s'élevait, il devenait sensible à l'oscillation de l'architecturale membrure dans laquelle le vent passait avec un ronflement d'orgue. Il approchait de la cime quand il se trouva soudain environné de vide. Sous l'effet de la foudre, peut-être, le tronc se trouvait écuissé en cet endroit sur une hauteur de six pieds. Il baissa les yeux pour échapper au vertige. Sous ses pieds, un fouillis de branches disposées en plans superposés s'enfonçait en tournant dans une étourdissante perspective. Une terreur de son enfance lui revint en mémoire. Il avait voulu monter dans le clocher de la cathédrale d'York. Ayant longtemps progressé dans l'escalier raide et étroit, vissé autour d'une colonnette de pierre sculptée, il avait brusquement quitté la rassurante pénombre des murs et avait émergé en plein ciel, au milieu d'un espace rendu plus vertigineux encore par la lointaine silhouette des toits de la ville. Il avait fallu le redescendre comme un paquet, la tête enveloppée dans sa capeline d'écolier...

Il ferma les yeux et appuya sa joue contre le tronc, seul point ferme dont il disposât. Dans cette vivante mâture, le travail du bois, surchargé de membres et cardant le vent[89], s'entendait comme une vibration sourde que traversait parfois un long gémissement. Il écouta longuement cette apaisante rumeur. L'angoisse desserrait son étreinte. Il rêvait. L'arbre était un grand navire ancré dans l'humus et il luttait, toutes voiles dehors, pour prendre enfin son essor. Une chaude caresse enveloppa son visage. Ses paupières devinrent incandescentes. Il comprit que le soleil s'était levé, mais il retarda encore un peu le moment d'ouvrir les yeux. Il était attentif à la montée en lui d'une allégresse nouvelle. Une vague chaleureuse le recouvrait. Après la misère de l'aube, la lumière fauve fécondait souverainement toutes choses. Il ouvrit les yeux à demi. Entre ses cils, des poignées de paillettes luminescentes étincelèrent. Un souffle tiède fit frémir les frondaisons. *La feuille poumon de l'arbre, l'arbre poumon lui-même, et donc le vent sa respiration*, pensa Robinson. Il rêva de ses propres poumons, déployés au-dehors, buisson de chair purpurine[90], polypier de corail vivant, avec des membranes roses, des éponges muqueuses... Il agiterait dans l'air cette exubérance délicate, ce bouquet de fleurs charnelles, et une joie pourpre le pénétrerait par le canal du tronc gonflé de sang vermeil...

Du côté du rivage, un grand oiseau de couleur vieil or, de forme losangée, se balançait fantasquement dans le ciel. Vendredi exécutant sa mystérieuse promesse faisait voler Andoar.

*

Ayant ligaturé trois baguettes de jonc en forme de croix à deux croisillons inégaux et parallèles, il avait creusé une gorge dans chacune de leurs sections et y avait fait passer un boyau. Ensuite il avait assujetti ce cadre léger et solide à la peau d'Andoar en rabattant et en cousant ses bords sur le boyau. L'une des extrémités de la baguette la plus longue sous-tendait la partie antérieure de la peau, l'autre bout était recouvert par sa partie caudale qui pendait en forme de trèfle. Ces deux extrémités étaient réunies par une bride assez lâche à laquelle était nouée la corde de retenue en un point soigneusement calculé afin que le cerf-volant adoptât l'inclinaison propre à lui donner la plus grande force ascensionnelle. Vendredi avait travaillé dès les premières blancheurs de l'aube à ces assemblages délicats, et une forte brise sud-ouest annonciatrice de temps sec et lumineux soufflant par rafales, le grand oiseau de parchemin à peine terminé s'agitait entre ses mains, comme impatient de prendre son vol. Sur la grève, l'Araucan avait crié de joie au moment où le monstre fragile, ployé comme un arc, était monté en fusée, claquant de toutes ses parties molles et entraînant une guirlande de plumes alternativement blanches et noires.

Lorsque Robinson vint le rejoindre, il était couché sur le sable, les mains croisées sous la nuque, et la corde du cerf-volant était nouée à sa cheville gauche. Robinson s'étendit près de lui, et tous deux regardèrent longtemps Andoar qui vivait au milieu des nuages, cédant à de brusques et invisibles attaques, tourmenté par des courants contradictoires, débilité par un calme soudain, mais regagnant bientôt d'un bond vertigineux toute l'altitude perdue. Vendredi qui participait intensément à toutes ces péripéties éoliennes se leva enfin et, les bras en croix, il mima en riant la danse d'Andoar. Il s'accroupissait en boule sur le sable, puis s'essorait[91], projetant vers le ciel sa jambe gauche, tournoyait, chancelait comme soudain privé de ressort, hésitait, s'élançait à nouveau, et la corde attachée à sa cheville était comme l'axe de cette chorégraphie aérienne, car Andoar, fidèle et lointain cavalier, répondait à chacun de ses mouvements par des hochements, des voltes et des piqués.

L'après-midi fut consacré à la pêche aux belones[92]. La corde d'Andoar fut attachée à l'arrière de la pirogue, tandis qu'une ligne de même longueur — cent cinquante pieds environ — partant de la queue du cerf-volant se terminait par une boucle de toile d'araignée qui frôlait en scintillant la crête des vagues.

Robinson pagayait lentement contre le vent, au large de la côte orientale laguneuse, tandis que Vendredi, assis à l'arrière, et lui tournant le dos, surveillait les évolutions d'Andoar. Quand une belone se jetait sur l'appât et refermait inextricablement son bec pointu, hérissé de petites dents, sur les toiles d'araignée, le cerf-volant, tel un bouchon de canne à pêche, accusait la prise par des mouvements désordonnés. Robinson faisait alors demi-tour et, ramant dans le sens du vent, il rejoignait assez vite le bout de la ligne que Vendredi saisissait. Au fond de la pirogue s'entassaient les corps cylindriques aux dos verts et aux flancs argentés des belones.

Le soir venu, Vendredi ne put se résoudre à ramener Andoar à terre pour la nuit. Il l'attacha à l'un des poivriers auquel était suspendu son hamac. Tel un animal domestique à la longe, Andoar passa ainsi la nuit aux pieds de son maître, et il l'accompagna encore tout le jour suivant. Mais au cours de la deuxième nuit, le vent tomba tout à fait, et il fallut aller cueillir le grand oiseau d'or au milieu d'un champ de magnolias où il s'était doucement posé. Après plusieurs essais infructueux, Vendredi renonça à le remettre à vent. Il parut l'oublier, et se réfugia dans l'oisiveté pendant huit jours. C'est alors qu'il sembla se souvenir de la tête du bouc qu'il avait abandonnée dans une fourmilière.

*

Les actives petites ouvrières rouges avaient bien travaillé. Des longs poils blancs et bruns, de la barbe et de la chair, il ne restait rien. Les orbites et l'intérieur de la tête avaient été eux-mêmes parfaitement nettoyés, et les muscles et les cartilages si bien ingérés que le maxillaire inférieur se détacha du reste de la tête, dès que Vendredi y toucha. C'était un très noble massacre[93] au crâne ivoirin, aux fortes cornes noires, annelées et en forme de lyre, qu'il brandit à bout de bras, comme un trophée. Ayant retrouvé dans le sable la cordelette de couleurs vives qui avait été nouée au cou de l'animal, il l'attacha à la base des cornes, contre le bourrelet que forme la gaine cornée autour de son axe osseux.

— Andoar va chanter! promit-il mystérieusement à Robinson qui le regardait faire.

Il tailla d'abord deux petites traverses de longueurs inégales dans du bois de sycomore. Avec la plus longue, grâce à deux trous percés latéralement à ses extrémités, il réunit les pointes des deux cornes. La plus courte fut fixée parallèlement à la première à mi-hauteur du chanfrein. À un pouce plus haut environ, entre les orbites, il logea une planchette de sapin dont l'arête supérieure portait douze étroits sillons. Enfin il décrocha les boyaux d'Andoar qui se balançaient toujours dans les branches d'un arbre, mince et sèche lanière tannée par le soleil, et il la coupa en segments égaux de trois pieds de long environ.

Robinson l'observait toujours sans comprendre, comme il aurait observé le comportement d'un insecte aux mœurs compliquées et inintelligibles à un cerveau humain. La plupart du temps, Vendredi ne faisait rien — et jamais l'ennui ne venait troubler le ciel de son immense et naïve paresse. Puis, tel un lépidoptère invité par un souffle printanier à s'engager dans le processus complexe de la reproduction, il se levait tout à coup, visité par une idée, et s'absorbait sans désemparer dans des occupations dont le sens demeurait longtemps caché, mais avait presque toujours quelque rapport aux choses aériennes. Dès lors sa peine et son temps ne comptaient plus, sa patience et ses soins n'avaient plus de limite. C'est ainsi que Robinson le vit plusieurs jours durant tendre entre les deux traverses, à l'aide de chevilles, les douze boyaux qui pouvaient garnir les cornes et le front d'Andoar. Avec un sens inné de la musique, il les accordait, non à la tierce ou à la quinte comme les cordes d'un instrument ordinaire, mais tantôt à l'unisson, tantôt à l'octave afin qu'elles puissent retentir toutes ensemble sans discordance. Car il ne s'agissait pas d'une lyre ou d'une cithare dont il aurait lui-même pincé, mais d'un instrument *élémentaire*, d'une harpe éolienne, dont le vent serait le seul exécutant. Les orbites tenaient lieu d'ouïes, ouvertes dans la caisse de résonance du crâne. Afin que le plus faible souffle fût rabattu sur les cordes, Vendredi fixa de part et d'autre du massacre les ailes d'un vautour dont Robinson se demanda où il avait pu les trouver, ces animaux lui ayant toujours paru invulnérables et immortels. Puis la harpe éolienne trouva place dans les branches d'un cyprès mort qui dressait sa maigre silhouette au milieu du chaos, en un endroit exposé à toute la rose des vents. À peine installée d'ailleurs, elle émit un son flûté, grêle et plaintif, bien que le temps fût tout à fait calme. Vendredi s'absorba longtemps dans l'audition de cette musique funèbre et pure. Enfin, avec une moue de dédain, il leva deux doigts en direction de Robinson, voulant lui faire remarquer par là que deux cordes seulement étaient entrées en vibration.

Vendredi était retourné à ses siestes et Robinson à ses exercices solaires depuis de longues semaines, quand Andoar donna enfin toute sa mesure. Une nuit, Vendredi vint tirer par les pieds Robinson qui avait finalement élu domicile dans les branches de l'araucaria où il avait aménagé un abri à l'aide d'auvents d'écorce. Une tourmente s'était levée, apportant dans son souffle un orage de chaleur qui chargeait l'air d'électricité sans promettre la pluie. Lancée comme un disque, la pleine lune traversait des lambeaux de nuages blêmes. Vendredi entraîna Robinson vers la silhouette squelettique du cyprès mort. Bien avant d'arriver en vue de l'arbre, Robinson crut entendre un concert céleste où se mêlaient des flûtes et des violons. Ce n'était pas une mélodie dont les notes successives entraînent le cœur dans leur ronde et lui impriment l'élan qui est en elle. C'était une note unique — mais riche d'harmoniques infinis — qui refermait sur l'âme une emprise définitive, un accord formé de composantes innombrables dont la puissance soutenue avait quelque chose de fatal et d'implacable qui fascinait. Le vent redoublait de violence quand les deux compagnons parvinrent à proximité de l'arbre chantant. Ancré court à sa plus haute branche, le cerf-volant vibrait comme une peau de tambour, tantôt fixé dans une trépidante immobilité, tantôt lancé dans de furieuses embardées. Andoar-volant hantait Andoar-chantant, et il paraissait à la fois veiller sur lui et le menacer. Sous la lumière changeante de la lune, les deux ailes de vautour s'ouvraient et se refermaient spasmodiquement de part et d'autre du massacre et lui prêtaient une vie fantastique, accordée à la tempête. Et il y avait surtout ce brame puissant et mélodieux, musique véritablement *élémentaire*, inhumaine, qui était à la fois la voix ténébreuse de la terre, l'harmonie des sphères célestes et la plainte rauque du grand bouc sacrifié. Serrés l'un contre l'autre à l'abri d'une roche en surplomb, Robinson et Vendredi perdirent bientôt conscience d'eux-mêmes dans la grandeur du mystère où communiaient les éléments bruts. La terre, l'arbre et le vent célébraient à l'unisson l'apothéose[94] nocturne d'Andoar.

*

Les relations entre Robinson et Vendredi s'étaient approfondies et humanisées, mais elles s'étaient aussi compliquées, et il s'en fallait qu'elles fussent sans nuages. Autrefois — avant l'explosion —, il ne pouvait pas y avoir vraiment de dispute entre eux. Robinson était le maître, Vendredi n'avait qu'à obéir. Robinson pouvait réprimander ou même battre Vendredi. Maintenant que Vendredi était libre et l'égal de Robinson, ils pouvaient se fâcher l'un contre l'autre.

C'est ce qui arriva un jour que Vendredi prépara dans un grand coquillage des rondelles de serpent avec une garniture de sauterelles. Depuis quelques semaines d'ailleurs, il agaçait Robinson. Rien de plus dangereux que l'agacement quand on doit vivre seul avec quelqu'un. C'est une dynamite qui disloque les couples les plus unis. Robinson avait eu la veille une indigestion de filets de tortue aux myrtilles. Et voilà que Vendredi lui mettait sous le nez cette fricassée de python et d'insectes! Robinson eut un haut-le-cœur et envoya d'un coup de pied la grande coquille rouler dans le sable avec son contenu. Vendredi furieux la ramassa et la brandit à deux mains au-dessus de la tête de Robinson. Les deux amis allaient-ils se battre? Non! Vendredi se sauva.

Deux heures plus tard, Robinson le vit revenir en traînant sans douceur une sorte de mannequin. La tête était faite dans une noix de coco, les bras et les jambes dans des tiges de bambou. Surtout, il était habillé avec des vieux vêtements de

Robinson, comme un épouvantail à oiseaux. Sur la noix de coco, coiffée d'un chapeau de marin, Vendredi avait dessiné le visage de son ancien maître. Il planta le mannequin debout en face de Robinson.

— Je te présente Robinson Crusoé, gouverneur de l'île de Speranza, lui dit-il.

Puis il ramassa la coquille sale et vide qui était toujours là, et avec un rugissement, il la brisa sur la noix de coco qui s'écroula au milieu des tubes de bambou brisés. Enfin il éclata de rire et alla embrasser Robinson.

Robinson comprit la leçon de cette étrange comédie. Un jour que Vendredi mangeait des gros vers de palmier vivants roulés au préalable dans des œufs de fourmis, Robinson exaspéré alla sur la plage. Dans le sable mouillé, il sculpta une sorte de statue couchée à plat ventre avec une tête dont les cheveux étaient des algues. On ne voyait pas la figure, cachée dans l'un des bras replié, mais le corps brun et nu ressemblait à Vendredi. Robinson avait à peine terminé son œuvre quand son compagnon vint le rejoindre, la bouche encore pleine de vers de palmier.

— Je te présente Vendredi, le mangeur de serpents et de vers, lui dit Robinson en lui montrant la statue de sable.

Puis il cueillit une branche de coudrier qu'il débarrassa de ses rameaux et de ses feuilles, et il se mit à cingler le dos, les fesses et les cuisses du Vendredi de sable qu'il avait façonné dans ce but.

Dès lors ils vécurent à quatre sur l'île. Il y avait le vrai Robinson et la poupée de bambou, le vrai

Vendredi et la statue de sable. Et tout ce que les deux amis auraient pu se faire de mal — les injures, les coups, les colères — ils le faisaient à la copie de l'autre. Entre eux, ils n'avaient que des gentillesses.

Pourtant Vendredi trouva moyen d'inventer un autre jeu, encore plus passionnant et plus curieux que celui des deux copies.

Un après-midi, il réveilla assez rudement Robinson qui faisait la sieste sous un eucalyptus. Il s'était fabriqué un déguisement dont Robinson ne comprit pas tout de suite le sens. Il avait enfermé ses jambes dans des guenilles nouées en pantalon. Une courte veste couvrait ses épaules. Il portait un chapeau de paille, ce qui ne l'empêchait pas de s'abriter sous une ombrelle de palmes. Mais surtout il s'était fait une fausse barbe en se collant des touffes de poils roux de cocotier sur les joues.

— Sais-tu qui je suis? demanda-t-il à Robinson en déambulant majestueusement devant lui.

— Non.

— Je suis Robinson Crusoé, de la ville d'York en Angleterre, le maître du sauvage Vendredi!

— Et moi alors, qui suis-je? demanda Robinson stupéfait.

— Devine!

Robinson connaissait trop bien maintenant son compagnon pour ne pas comprendre à demi-mot ce qu'il voulait. Il se leva et disparut dans la forêt.

Si Vendredi était Robinson, le Robinson de jadis, maître de l'esclave Vendredi, il ne restait à Robinson qu'à devenir Vendredi, le Vendredi esclave d'autrefois. En réalité, il n'avait plus sa barbe carrée et ses cheveux ras d'avant l'explosion, et il ressemblait tellement à Vendredi qu'il n'avait pas grand-chose à faire pour jouer son rôle. Il se contenta de se frotter le visage et le corps avec du jus de noix pour se brunir, et d'attacher autour de ses reins le pagne de cuir des Araucans que portait Vendredi le jour où il débarqua dans l'île. Puis il se présenta à Vendredi et lui dit :

— Voilà, je suis Vendredi !

Alors Vendredi s'efforça de faire de longues phrases dans son meilleur anglais, et Robinson lui répondit avec les quelques mots d'araucan qu'il avait appris du temps que Vendredi ne parlait pas du tout l'anglais.

— Je t'ai sauvé de tes congénères qui voulaient te sacrifier pour neutraliser ton pouvoir maléfique, dit Vendredi.

Et Robinson s'agenouilla par terre, il inclina sa tête jusqu'au sol en grommelant des remerciements éperdus. Enfin prenant le pied de Vendredi, il le posa sur sa nuque.

Ils jouèrent souvent à ce jeu. C'était toujours Vendredi qui en donnait le signal. Dès qu'il apparaissait avec sa fausse barbe et son ombrelle, Robinson comprenait qu'il avait en face de lui Robinson, et que lui-même devait jouer le rôle de Vendredi. Ils ne jouaient d'ailleurs jamais des scènes inventées, mais seulement des épisodes de leur vie passée, alors que Vendredi était un esclave apeuré et Robinson un maître exigeant. Ils représentaient l'histoire des cactus habillés, celle de la rizière asséchée, celle de la pipe fumée en cachette près des tonneaux de poudre. Mais aucune scène ne plaisait autant à Vendredi que celle du début, quand il fuyait les Araucans qui voulaient le sacrifier, et quand Robinson le sauvait.

Robinson avait compris que ce jeu faisait du bien à Vendredi parce qu'il le libérait du mauvais souvenir qu'il gardait de sa vie d'esclave. Mais à lui aussi Robinson, ce jeu faisait du bien, parce qu'il avait toujours un peu de remords de son passé de gouverneur et de général.

*

À quelque temps de là, Robinson retrouva par hasard la fosse où il avait purgé jadis de nombreux jours de détention, et qui était devenue par la force des choses une manière de cabinet d'écriture à ciel ouvert. Il eut même la surprise de découvrir, sous une épaisse couche de sable et de poussière, un livre empli par les notes et observations du *log-book* et deux volumes vierges. Dans le petit pot de terre qui lui avait servi d'encrier, le jus de diodon avait séché, et les plumes de vautour avec lesquelles il écrivait avaient disparu. Robinson croyait que tout cela avait été détruit avec le reste dans l'incendie de la Résidence. Il fit part de sa découverte à Vendredi et décida de reprendre la rédaction de son *log-book*, témoin intéressant de son cheminement. Il y pensait chaque jour et allait se décider à glaner des plumes de vautour et à partir à la pêche au diodon quand, un soir, Vendredi déposa devant lui un bouquet de plumes d'albatros soigneusement taillées et un petit pot de teinture bleue qu'il avait obtenue en broyant des feuilles d'isatis.

— Maintenant, lui dit-il simplement, l'albatros est mieux que le vautour, et le bleu est mieux que le rouge.

CHAPITRE X

Log-book. — Ce matin, debout avant le jour, chassé de ma couche par une angoisse lancinante, j'ai erré parmi les choses désolées par la trop longue absence du soleil. Une lumière grise tombant également d'un ciel livide effaçait les reliefs, décomposait les couleurs. Je suis monté jusqu'au sommet du chaos en luttant de tout mon esprit contre la faiblesse de ma chair. Il faudra prendre garde désormais à ne m'éveiller que le plus tard possible avant le lever du soleil. Seul le sommeil permet d'endurer le long exil de la nuit, et sans doute est-ce là sa raison d'être.

Suspendue au-dessus des dunes du levant, une chapelle ardente rougeoyait où se préparaient mystérieusement les fastes de l'héliophanie[95]. J'ai mis un genou à terre et je me suis recueilli, attentif à la métamorphose de la nausée qui m'habitait en une attente mystique à laquelle participaient les animaux, les plantes et même les pierres. Quand j'ai levé les yeux la chapelle ardente avait éclaté, et c'était maintenant un grand reposoir[96] qui encombrait la moitié du ciel de sa masse ruisselante d'or et de pourpre. Le premier rayon qui a jailli s'est posé sur mes cheveux rouges, telle la main tutélaire et bénissante d'un père. Le second rayon a purifié mes lèvres, comme avait fait jadis un charbon ardent celles du prophète Isaïe. Ensuite deux épées de feu ayant touché mes épaules, je me suis relevé, chevalier solaire. Aussitôt une volée de flèches brûlantes ont percé ma face, ma poitrine et mes mains, et la pompe grandiose de mon sacre s'est achevée tandis que mille diadèmes et mille sceptres de lumière couvraient ma statue surhumaine.

– –

Log-book. — Assis sur un rocher, il trempe patiemment un fil dans le remous des vagues pour tenter de capturer des trigles[97]. Ses pieds nus qui ne reposent sur la roche que par les talons pendent vers le flot dans le prolongement de ses jambes. On songe à des nageoires palmées, longues et fines qui s'accorderaient bien avec son corps de triton brun. Je m'avise qu'à l'opposé des Indiens qui ont le pied petit et le mollet proéminent, Vendredi présente le pied long et le mollet effacé, caractéristique de la race noire.

249

Peut-être y a-t-il toujours un rapport inverse entre ces deux organes? Les muscles du mollet prennent appui sur l'os du talon, comme sur un bras de levier. Et plus le levier est long, moins le mollet travaille pour faire hocher le pied. Ainsi s'expliqueraient le fort mollet et le petit pied des Jaunes, et l'inverse chez les Noirs.

- - - - - - - - - - - - - - - - - - - -

Log-book. — Soleil, délivre-moi de la gravité. Lave mon sang de ses humeurs épaisses qui me protègent certes de la prodigalité et de l'imprévoyance, mais qui brisent l'élan de ma jeunesse et éteignent ma joie de vivre. Quand j'envisage au miroir ma face pesante et triste d'hyperboréen, je comprends que les deux sens du mot *grâce*[98] — celui qui s'applique au danseur et celui qui concerne le saint — puissent se rejoindre sous un certain ciel du Pacifique. Enseigne-moi l'ironie. Apprends-moi la légèreté, l'acceptation riante des dons immédiats de ce jour, sans calcul, sans gratitude, sans peur.

Soleil, rends-moi semblable à Vendredi. Donne-moi le visage de Vendredi, épanoui par le rire, taillé tout entier pour le rire. Ce front très haut, mais fuyant en arrière et couronné d'une guirlande de boucles noires. Cet œil toujours allumé par la dérision, fendu par l'ironie, chaviré par la drôlerie de tout ce qu'il voit. Cette bouche sinueuse aux coins relevés, gourmande et animale. Ce balancement de la tête sur l'épaule pour mieux rire, pour mieux frapper de risibilité toutes choses qui sont au monde, pour mieux dénoncer et dénouer ces deux crampes, la bêtise et la méchanceté...

Mais si mon compagnon éolien m'attire ainsi à lui, n'est-ce pas pour me tourner vers toi? Soleil, es-tu content de moi? Regarde-moi. Ma métamorphose va-t-elle assez dans le sens de ta flamme? Ma barbe a disparu dont les poils végétaient en direction de la terre, comme autant de radicelles géotropiques. En revanche ma chevelure tord ses boucles ardentes comme un brasier dressé vers le ciel.

Je suis une flèche dardée vers ton foyer, un pendule dont le profil perpendiculaire définit ta souveraineté sur la terre, le style du cadran solaire sur lequel une aiguille d'ombre inscrit ta marche.

Je suis ton témoin debout sur cette terre, comme une épée trempée dans ta flamme.

- -

Log-book. — Ce qui a le plus changé dans ma vie, c'est l'écoulement du temps, sa vitesse et même son orientation. Jadis chaque journée, chaque heure, chaque minute était *inclinée* en quelque sorte vers la journée, l'heure ou la minute suivante, et toutes ensemble étaient aspirées par le dessein du moment dont l'inexistence provisoire créait comme un *vacuum*[99]. Ainsi le temps passait vite et utilement, d'autant plus vite qu'il était plus utilement employé, et il laissait derrière lui un amas de monuments et de détritus qui s'appelait mon histoire. Peut-être cette chronique dans laquelle j'étais embarqué aurait-elle fini après des millénaires de péripéties par « boucler » et par revenir à son origine. Mais cette circularité du temps demeurait le secret des dieux, et ma courte vie était pour moi un segment rectiligne dont les deux bouts pointaient absurdement vers l'infini, de même que rien dans un jardin de quelques arpents ne révèle la sphéricité de la terre. Pourtant certains indices nous enseignent qu'il y a des clefs pour l'éternité : l'almanach, par exemple, dont les saisons sont un éternel retour à l'échelle humaine, et même la modeste ronde des heures.

Pour moi désormais, le cycle s'est rétréci au point qu'il se confond avec l'instant. Le mouvement circulaire est devenu si rapide qu'il ne se distingue plus de l'immobilité. On dirait, par suite, que mes journées se sont redressées. Elles ne basculent plus les unes sur les autres. Elles se tiennent debout, verticales, et s'affirment fièrement dans leur valeur intrinsèque. Et comme elles ne sont plus différenciées par les étapes successives d'un plan en voie d'exécution, elles se ressemblent au point qu'elles se superposent exactement dans ma mémoire et qu'il me semble revivre sans cesse la même journée. Depuis que l'explosion a détruit le mât-calendrier, je n'ai pas éprouvé le besoin de tenir le compte de mon temps. Le souvenir de cet accident mémorable et de tout ce qui l'a préparé demeure dans mon esprit avec une vivacité et une fraîcheur inaltérables, preuve supplémentaire que le temps s'est figé au moment où la clepsydre volait en éclats. Dès lors n'est-ce pas dans l'éternité que nous sommes installés, Vendredi et moi?

Je n'ai pas fini d'éprouver toutes les implications de cette étrange découverte. Il convient d'abord de rappeler que cette révolution — pour soudaine, et littéralement *explosive* qu'elle fût — avait été annoncée et peut-être anticipée par quelques prodromes[100]. Par exemple cette habitude que j'avais prise, pour échapper au calendrier tyrannique de l'île administrée, d'arrêter la clepsydre. Ce fut d'abord pour descendre dans les entrailles de l'île, comme on plonge dans l'intemporel. Mais n'est-ce pas cette éternité lovée dans les profondeurs de la terre que l'explosion a chassée au-dehors, et qui étend maintenant sa bénédiction sur tous nos rivages? Ou mieux, l'explosion n'est-elle pas l'épanouissement volcanique de la paix des profondeurs, d'abord prisonnière du roc, comme une graine enfouie, et maintenant maîtresse de toute l'île, tel un grand arbre qui étend son ombre sur une aire de plus en plus vaste? Plus j'y songe, plus il me paraît que les tonneaux de poudre, la pipe de Van Deyssel et la maladroite désobéissance de Vendredi ne forment qu'un manteau d'anecdotes qui recouvre une nécessité fatidique en marche depuis le naufrage de la *Virginie*.

Par exemple encore, ces brefs éblouissements que j'avais parfois et que j'appelais — non sans intuition divinatrice — « mes moments d'innocence ». Il me semblait alors entrevoir pendant un bref instant une *autre île* cachée sous le chantier de construction et l'exploitation agricole dont j'avais couvert Speranza. Cette autre Speranza, j'y suis transporté désormais, je suis installé à demeure dans un « moment d'innocence ». Speranza n'est plus une terre inculte à faire fructifier, Vendredi n'est plus un sauvage qu'il est de mon devoir de morigéner. L'un et l'autre requièrent toute mon attention, une attention contemplative, une vigilance émerveillée, car il me semble — non, j'ai la certitude — que je les découvre à chaque instant pour la première fois et que rien ne ternit jamais leur magique nouveauté.

Log-book. — Sur le miroir mouillé de la lagune, je vois Vendredi venir à moi, de son pas calme et régulier, et le désert de ciel et d'eau est si vaste autour de lui que plus rien ne donne l'échelle, de telle sorte que c'est peut-être un Vendredi de trois pouces placé à portée de ma main qui est là, ou au contraire un géant de six toises distant d'un demi-mille...

Le voici. Saurai-je jamais marcher avec une aussi naturelle majesté? Puis-je écrire sans ridicule qu'il semble drapé dans sa nudité? Il va, portant sa chair avec une ostentation souveraine, se portant en avant comme un ostensoir de chair. Beauté évidente, brutale, qui paraît faire le néant autour d'elle.

Il quitte la lagune et s'approche de moi, assis sur la plage. Aussitôt qu'il a commencé à fouler le sable semé de coquillages concassés, dès qu'il est passé entre cette touffe d'algues mauves et ce rocher, réintégrant ainsi un paysage familier, sa beauté change de registre: elle devient grâce. Il me sourit et fait un geste vers le ciel — comme certains anges sur des peintures religieuses — pour me signaler sans doute qu'une brise sud-ouest chasse les nuées accumulées depuis plusieurs jours et va restaurer pour longtemps la royauté absolue du soleil. Il esquisse un pas de danse qui fait chanter l'équilibre des pleins et des déliés de son corps. Arrivé près de moi, il ne dit rien, taciturne compagnon. Il se retourne et regarde la lagune où il marchait tout à l'heure. Son âme flotte parmi les brumes qui enveloppent la fin d'un jour incertain, laissant son corps planté dans le sable sur ses jambes écarquillées. Assis près de lui, j'observe cette partie de la jambe située derrière le genou — et qui est exactement le jarret — sa pâleur nacrée, le H majuscule qui s'y dessine. Gonflée et pulpeuse quand la jambe est tendue, cette gorge de chair se creuse et s'attendrit lorsqu'elle fléchit.

J'applique mes mains sur ses genoux. Je fais de mes mains deux genouillères attentives à éprouver leur forme et à recueillir leur vie. Le genou par sa dureté, sa sécheresse — qui contraste avec la tendresse de la cuisse et du jarret — est la clé de voûte de l'édifice charnel qu'il porte en vivant équilibre jusqu'au ciel. Il n'est pas de frémissement, d'impulsion, d'hésitation qui ne partent de ces tièdes et mouvants galets, et qui n'y reviennent. Pendant plusieurs secondes, mes mains ont connu que l'immobilité de mon compagnon n'était pas celle d'une pierre, ni d'une souche, mais tout au contraire la résultante instable, sans cesse compromise et recréée de tout un jeu d'actions et de réactions de tous ses muscles.

Log-book. — Je marche au crépuscule au bord des marais dont les quenouilles s'entre-choquent à l'infini, quand je vois trottinant à ma rencontre un quadrupède qui me rappelle de loin notre pauvre Tenn. Je reconnais bientôt une grosse femelle d'agouti[101]. Le vent est pour moi, et la bestiole — naturellement myope — s'avance paisiblement sans soupçonner ma présence. Je deviens souche, rocher, arbre, espérant qu'elle va me croiser et poursuivre son chemin. Mais non. À cinq pas, elle se fige, les oreilles dressées, la tête tournée pour m'observer de son gros œil brumeux. Puis comme l'éclair, elle fait volte-face et détale follement, non dans les roseaux où elle aurait pu disparaître aussitôt, mais sur ce sentier d'où elle vient, et elle n'est plus qu'une ombre bondissante que j'entends encore ses griffes crisser sur les cailloux.

J'essaie de me figurer l'univers de cet animal dont le flair prodigieux joue le rôle prédominant qui revient à la vision chez l'homme. La force et la direction du vent — qui importent si peu à l'homme — jouent ici un rôle fondamental. L'animal se trouve toujours à la charnière de deux zones inégalement connaissables — ou en langage humain inégalement « éclairées ». L'une est plongée dans une obscurité d'autant plus épaisse que

257

l'autre — celle d'où le vent souffle — est plus foisonnante d'odeurs. En l'absence de vent, ces deux moitiés du monde baignent dans un crépuscule confus, mais au moindre souffle, l'une des deux s'illumine d'une traînée de lumière qui devient traînée d'encre dès qu'elle a atteint et dépassé l'animal. Ces odeurs de la zone claire, un pouvoir séparateur formidable — comparable au pouvoir séparateur de l'œil humain — les identifie à des miles de distance, comme celle de tel arbre, de tel pécari ou papegai, de Vendredi revenant à ses poivriers en mâchant une graine d'araucaria, et tout cela avec la profondeur incomparable propre à la connaissance olfactive. Je revois notre pauvre Tenn lorsque Vendredi creusait des trous dans la terre. Le nez collé au plus profond de la glèbe, il était proprement ivre, courant et titubant autour de mon compagnon en poussant des petits jappements effrayés et voluptueux. Il était si passionnément absorbé par cette chasse aux odeurs que rien d'autre ne semblait plus exister pour lui.

- -

Log-book. — Rien d'étonnant quand j'y songe que l'attention presque maniaque avec laquelle je l'observe. Ce qui est incroyable, c'est que j'aie pu vivre si longtemps avec lui, pour ainsi dire sans le voir. Comment concevoir cette indifférence, cette cécité alors qu'il est pour moi toute l'humanité rassemblée en un seul individu, mon fils et mon père, mon frère et mon voisin, mon prochain, mon lointain... Tous les sentiments qu'un homme projette sur ceux et celles qui vivent autour de lui, je suis bien obligé de les faire converger vers ce seul « autrui », sinon que deviendraient-ils ? Que ferais-je de ma pitié et de ma haine, de mon admiration et de ma peur, si Vendredi ne m'inspirait pas en même temps pitié, haine, admiration et peur ? Cette fascination qu'il exerce sur moi est d'ailleurs en grande partie réciproque, j'en ai eu plusieurs fois la preuve. Avant-hier notamment, je somnolais étendu sur la grève, quand il s'est approché de moi. Il est resté debout un long moment à me regarder, flexible et noire silhouette sur le ciel lumineux. Puis il s'est agenouillé et a entrepris de m'examiner avec une intensité extraordinaire. Ses doigts ont erré sur mon visage, palpant mes joues, apprenant la courbe de mon menton, éprouvant l'élasticité du bout de mon nez. Il m'a fait lever les bras au-dessus de ma tête, et, penché sur mon corps, il l'a reconnu pouce par pouce avec l'attention d'un anatomiste qui s'apprête à disséquer un cadavre. Il paraissait avoir oublié que j'avais un regard, un souffle, que des questions pouvaient naître dans mon esprit, que l'impatience pouvait me prendre. Mais j'ai trop bien compris cette *soif de l'humain* qui le poussait vers moi pour contrarier son manège. À la fin il a souri, comme s'il sortait d'un rêve et s'avisait soudain de ma présence, et prenant mon poignet, il a posé son doigt sur une veine violette visible sous la peau nacrée et m'a dit d'un ton de faux reproche : « Oh! On voit ton sang! »

- - - - -   - - - - - - - - - - - -

Log-book. — Suis-je en train de revenir au culte du soleil auquel s'adonnaient certains païens ? Je ne crois pas, et d'ailleurs je ne sais rien de précis sur les croyances et les rites véritables de ces légendaires « païens » qui n'ont peut-être jamais existé que dans l'imagination de nos pasteurs. Mais il est certain que flottant dans une solitude intolérable qui ne me donnait le choix qu'entre la folie et le suicide, j'ai cherché instinctivement le point d'appui que ne me fournissait plus le corps social. En même temps, des structures construites et entretenues en moi par le commerce de mes semblables tombaient en ruine et disparaissaient. Ainsi étais-je amené par tâtonnements successifs à chercher mon salut dans la communion avec des éléments, étant devenu moi-même *élémentaire*. La terre de Speranza m'a apporté une première solution durable et viable, bien qu'imparfaite et

260

non sans danger. Puis Vendredi est survenu et, tout en se pliant apparemment à mon règne tellurique, il l'a miné de toutes les forces de son être. Pourtant il y avait une voie de salut, car si Vendredi répugnait absolument à la terre, il n'en était pas moins aussi élémentaire de naissance que je l'étais moi-même devenu par hasard. Sous son influence, sous les coups successifs qu'il m'a assenés, j'ai avancé sur le chemin d'une longue et douloureuse métamorphose. L'homme de la terre arraché à son trou par le génie éolien n'est pas devenu lui-même génie éolien. Il y avait trop de densité en lui, trop de pesanteurs et de lentes maturations. Mais le soleil a touché de sa baguette de lumière cette grosse larve blanche et molle cachée dans les ténèbres souterraines, et elle est devenue phalène[102] au corselet métallique, aux ailes miroitantes de poussière d'or, un être de soleil, dur et inaltérable, mais d'une effrayante faiblesse quand les rayons de l'astre-dieu ne le nourrissent plus.

- -

Log-book. — <u>Andoar, c'était moi</u>. Ce vieux mâle solitaire et têtu avec sa barbe de patriarche et ses toisons suant la lubricité, ce faune tellurique âprement enraciné de ses quatre sabots fourchus dans sa montagne pierreuse, c'était moi. Vendredi s'est pris d'une étrange amitié pour lui, et un jeu cruel s'est engagé entre eux. « Je vais faire voler et chanter Andoar », répétait mystérieusement l'Araucan. Mais pour opérer la conversion éolienne du vieux bouc, par quelles épreuves n'a-t-il pas fait passer sa dépouille!

La harpe éolienne. Toujours enfermé dans l'instant présent, absolument réfractaire aux patientes élaborations qui procèdent par agencement de pièces successives, Vendredi avec une intuition infaillible a trouvé le seul instrument de musique qui répondît à sa nature. Car la harpe éolienne n'est pas seulement un instrument *élémentaire* qui fait chanter la rose des vents. C'est aussi le seul instrument dont la musique au lieu de se développer dans le temps s'inscrit tout entière dans l'instant. Il est loisible d'en multiplier les cordes et de faire rendre à chacune telle ou telle note qu'on voudra. Ce faisant, on compose une *symphonie instantanée* qui éclate de la première à la dernière note dès que le vent attaque l'instrument.

- -

Log-book. — Je le regarde s'arracher en riant à l'écume des vagues qui le baignent, et un mot me vient à l'esprit : la *vénusté*[103]. La vénusté de Vendredi. Je ne sais pas exactement ce que signifie ce substantif assez rare, mais cette chair luisante et ferme, ces gestes de danse alentis par l'étreinte de l'eau, cette grâce naturelle et gaie l'appellent irrésistiblement sur mes lèvres.

Ceci n'est que l'un des fils d'un écheveau de significations dont Vendredi est le centre, et que je cherche à démêler. Un autre indice est le sens étymologique de Vendredi. Le vendredi, c'est, si je ne me trompe, le jour de Vénus. J'ajoute que pour les chrétiens, c'est le jour de la mort du Christ. Naissance de Vénus, mort du Christ. Je ne peux m'empêcher de pressentir dans cette rencontre, évidemment fortuite, une portée qui me dépasse et qui effraie ce qui demeure en moi du dévot puritain que je fus.

Un troisième fil m'est fourni par le souvenir des dernières paroles humaines qu'il me fut donné d'entendre avant le naufrage de la *Virginie*. Ces paroles qui sont en quelque sorte le viatique spirituel que m'accordait l'humanité avant de m'abandonner aux éléments, elles auraient dû s'imprimer en lettres de feu dans ma mémoire. Hélas, il ne m'en revient que des bribes confuses et incomplètes! C'était, n'est-ce pas, les prédictions que le capitaine Pieter Van Deyssel lisait — ou prétendait lire — sur les cartes d'un tarot. Or le nom de Vénus est revenu plusieurs fois dans ses propos si déconcertants pour le jeune homme que j'étais. N'avait-il pas annoncé que devenu ermite dans une grotte, j'en serais arraché par la survenue de Vénus? Et cet être sorti des eaux ne devait-il pas se transformer en archer tirant ses flèches vers le soleil? Mais ce n'est pas ce qui m'importe le plus. Je revois confusément sur une carte deux enfants — des jumeaux, des innocents — se tenant par la main devant un mur qui symbolise la Cité solaire. Van Deyssel avait commenté cette image en parlant de sexualité circulaire, close sur elle-même, et il avait évoqué le symbole du serpent qui se mord la queue.

Or s'agissant de ma sexualité, je m'avise que pas une seule fois Vendredi n'a éveillé en moi une tentation sodomite. C'est d'abord qu'il est arrivé *trop tard* : ma sexualité était déjà devenue *élémentaire*, et c'était vers Speranza qu'elle se tournait. Mais c'est surtout que Vénus n'est pas sortie des eaux et n'a pas foulé mes rivages pour me séduire, mais pour me tourner de force vers son père *Ouranos*. Il ne s'agissait pas de me faire régresser vers des amours humaines, mais sans sortir de l'élémentaire de me faire *changer d'élément*. C'est chose faite aujourd'hui. Mes amours avec Speranza s'inspiraient encore fortement des modèles humains. En somme, je fécondais cette terre comme j'aurais fait une épouse. Vendredi m'a contraint à une conversion plus radicale. Le coup de volupté brutale qui transperce les reins de l'amant s'est transformé pour moi en une jubilation douce qui m'enveloppe et me transporte des pieds à la tête, aussi longtemps que le soleil-dieu me baigne de ses rayons. Et il ne s'agit plus d'une perte de substance qui laisse l'animal triste *post coitum*. Mes amours ouraniennes[104] me gonflent au contraire d'une énergie vitale qui me donne des forces pour tout un jour et toute une nuit. S'il fallait nécessairement traduire en termes humains ce coït solaire, c'est sous les espèces féminines, et comme l'épouse du ciel qu'il conviendrait de me définir. Mais cet anthropomorphisme est un contresens. En vérité, au suprême degré où nous avons accédé, Vendredi et moi, la différence de sexe est dépassée, et Vendredi peut s'identifier à Vénus, tout de même qu'on peut dire en langage humain que je m'ouvre à la fécondation de l'Astre Majeur.

- - - - - - - - - - - - - - - - - - - -

Log-book. — La pleine lune répand une lumière si vive que je puis écrire ces lignes sans le secours d'une lampe. Vendredi dort, couché en boule à mes pieds. L'atmosphère irréelle, l'abolition de toutes choses familières autour de moi, tout ce dénuement donnent à mes idées une légèreté, une gratuité qu'elles rachètent par leur fugacité. Cette méditation ne sera qu'un souper de lune[105]. *Ave spiritu*, les idées qui vont mourir te saluent[106]!

Dans le ciel désastré par son rayonnement, le Grand Luminaire Halluciné flotte comme une goutte gigantesque et glaireuse. Sa forme géométrique est impeccable, mais sa matière est agitée d'un tourbillonnement qui évoque une création intestine en plein travail. Dans sa blancheur albumineuse de vagues figures se dessinent pour disparaître lentement, des membres épars se joignent, des visages sourient un instant, puis tout se résout en remous laiteux. Bientôt les tourbillons accélèrent leur rotation au point de paraître immobiles. La gelée lunaire semble prendre, par l'excès même de sa trémulation[107]. Peu à peu les lignes enchevêtrées qui s'y dessinent se précisent. Deux foyers occupent les pôles opposés de l'œuf. Un jeu d'arabesques court de l'un à l'autre. Les foyers deviennent des têtes, l'arabesque la conjonction de deux corps. Des êtres semblables, des jumeaux sont en gestation dans la lune, des gémeaux naissent de la lune. Noués l'un à l'autre, ils remuent doucement, comme s'éveillant d'un séculaire sommeil. Leurs mouvements qui paraissent d'abord de molles et rêveuses caresses prennent un sens tout opposé : ils travaillent maintenant à s'arracher l'un à l'autre. Chacun lutte avec son ombre, épaisse et obsédante, comme un enfant avec les humides ténèbres maternelles. Bientôt ils choient l'un de l'autre, ils se dressent ravis et solitaires, et ils reprennent à tâtons le chemin de leur intimité fraternelle. Dans l'œuf de Léda fécondé par le Cygne jupitérien, les Dioscures[108] sont nés, gémeaux de la Cité solaire. Ils sont plus intimement frères que les jumeaux humains, parce qu'ils se partagent la même âme. Les jumeaux humains sont *pluranimes*[109]. Les Gémeaux sont *unanimes*. Il en résulte une densité inouïe de leur chair — deux fois moins pénétrée d'esprit, deux fois moins poreuse, deux fois plus lourde et plus chair que celle des jumeaux. Et c'est de là que viennent leur éternelle jeunesse, leur inhumaine beauté. Il y a en eux du verre, du métal, des surfaces brillantes, vernissées, un éclat qui n'est pas vivant. C'est qu'ils ne sont pas les chaînons d'une lignée qui rampe de génération en génération à travers les vicissitudes de l'histoire. Ce sont des Dioscures, êtres tombés du ciel comme des météores[110], issus d'une génération verticale, abrupte. Leur père le Soleil les bénit, et sa flamme les enveloppe et leur confère l'éternité.

Un petit nuage né de l'occident vient obnubiler l'œuf de Léda. Vendredi dresse vers moi un visage égaré, et prononce plusieurs phrases incohérentes d'une voix extraordinairement rapide, puis il retombe dans son sommeil, les jambes peureusement repliées vers son ventre, les poings fermés, posés de part et d'autre de sa tête noire. Vénus, le Cygne, Léda[111], les Dioscures... je tâtonne à la recherche de moi-même dans une forêt d'allégories.

CHAPITRE XI

Vendredi récoltait des fleurs de myrte pour en faire de l'eau d'ange, lorsqu'il aperçut un point blanc à l'horizon, du côté du levant. Aussitôt il sauta de branche en branche jusqu'au sol et courut d'une traite prévenir Robinson qui achevait de se raser la barbe. Si la nouvelle l'émut, Robinson n'en laissa rien paraître.

— Nous allons avoir de la visite, dit-il simplement, raison de plus pour que j'achève ma toilette.

Au comble de l'excitation, Vendredi monta au sommet du chaos. Il avait emporté la longue-vue qu'il mit au point sur le navire devenu nettement visible. C'était une goélette à hunier, svelte et haut mâtée. Chargée de toiles, elle devait emporter ses douze ou treize nœuds sous une forte brise de sud-est qui la chassait vertement sur la côte marécageuse de Speranza. Vendredi se hâta d'aller donner ces précisions à Robinson qui mettait de l'ordre dans sa crinière dorée à l'aide d'un gros peigne d'écaille. Puis il regagna son observatoire. Le commandant avait dû se rendre compte que la

269

côte n'était pas abordable de ce côté de l'île, car le navire changeait d'amures[112]. La bôme balaya le pont, et il repartit tribord amures[113]. Puis il mit à la cape et courut à petites voiles le long du rivage.

Vendredi alla avertir Robinson que le visiteur doublait les dunes du Levant et, très probablement, mouillerait dans la Baie du Salut. Il importait avant toute chose de reconnaître sa nationalité. Robinson s'avança avec Vendredi jusqu'au dernier rideau d'arbres bordant la plage et braqua la longue-vue sur le navire qui virait de bord et stoppait, bout au vent, à deux encablures du rivage. Quelques instants plus tard on entendait le clair tintement de la chaîne d'ancre ripant sur l'écubier.

Robinson ne connaissait pas ce type de bâtiment qui devait être récent, mais il identifia des compatriotes au pavillon de l'*Union Jack* hissé à la corne d'artimon. Dès lors il fit quelques pas sur la plage, comme il sied à un souverain venant accueillir des étrangers en visite sur son sol. Là-bas, une chaloupe chargée d'hommes se balançait au bout de ses bossoirs, puis touchait l'eau dans une gerbe irisée. Ensuite les avirons frappèrent le flot.

Robinson mesura tout à coup le poids extraordinaire des quelques instants qui restaient avant que l'homme de proue croche dans les rochers avec sa gaffe. Comme un mourant avant de rendre l'âme, il embrassait d'une vision panoramique toute sa vie dans l'île, l'*Évasion*, la souille, l'organisation frénétique de Speranza, la grotte, la combe, la survenue de Vendredi, l'explosion, et surtout cette vaste plage de temps, vierge de toute mesure, où sa métamorphose solaire s'était accomplie dans un calme bonheur.

Dans la chaloupe s'amoncelaient des tonnelets, destinés à renouveler l'aiguade[114] du navire, et à l'arrière on voyait, debout, le chapeau de paille incliné sur une barbe noire, un homme botté et armé, le commandant, sans doute. Il allait être le premier de la communauté humaine qui envelopperait Robinson dans le filet de ses paroles et de ses gestes, et le ferait entrer à nouveau dans le grand système. Et tout l'univers patiemment élaboré et tissé par le solitaire allait connaître une redoutable épreuve au moment où sa main toucherait celle du plénipotentiaire de l'humanité.

Il y eut un raclement et l'étrave de l'embarcation se souleva avant de s'immobiliser. Les hommes sautèrent dans le déferlement des vagues et entreprirent de déhaler la chaloupe hors de portée de la marée montante. La barbe noire tendit la main à Robinson.

— William Hunter, de Blackpool, commandant de la goélette le *Whitebird*.

— Quel jour sommes-nous ? lui demanda Robinson.

Le commandant surpris par la question se tourna vers l'homme qui le suivait et qui devait être son second.

— Quel jour sommes-nous, Joseph ?

— Le mercredi 19 décembre 1787, sir, répondit-il.

— Le mercredi 19 décembre 1787, répéta le commandant à l'adresse de Robinson.

Le cerveau de Robinson travailla à vive allure. Le naufrage de la *Virginie* avait eu lieu le 30 septembre 1759. Il y avait exactement vingt-huit ans, deux mois et dix-neuf jours. Quel que soit le nombre des événements et la profondeur de l'évolution qu'il avait connus depuis qu'il était dans l'île, cette durée parut fantastique à Robinson. Il n'osa pourtant pas demander au second de lui confirmer cette date qui persistait à appartenir pour lui à un avenir encore lointain. Il résolut même de cacher aux nouveaux venus la date du naufrage de la *Virginie*, par une sorte de pudeur, par crainte de passer à leurs yeux soit pour un imposteur, soit pour un phénomène.

— J'ai été jeté sur cette côte alors que je voyageais à bord de la galiote la *Virginie* commandée par Pieter Van Deyssel, de Flessingue. Je suis le seul rescapé de ce naufrage. Le choc a malheureusement oblitéré plus d'un souvenir dans mon esprit, et notamment, je n'ai jamais pu retrouver la date du sinistre.

— Je n'ai entendu parler de ce bâtiment dans aucun port, et moins encore de sa disparition, observa Hunter, mais il est vrai que la guerre avec les Amériques a bouleversé toutes les relations maritimes.

Robinson ne savait pas de quelle guerre il s'agissait, mais il comprit qu'il devait observer la plus grande réserve s'il voulait dissimuler son ignorance du cours des choses.

Cependant Vendredi aidait les hommes à décharger les tonnelets, et il s'acheminait avec eux vers le plus proche point d'eau. Robinson fut frappé de l'extrême facilité avec laquelle il avait trouvé le contact avec ces hommes inconnus, alors que lui-même se sentait si éloigné du commandant Hunter. Il était vrai que si Vendredi s'empressait autour des matelots, c'était visiblement dans l'espoir qu'ils l'emmèneraient le plus tôt possible à bord du *Whitebird*. Lui-même ne pouvait se dissimuler qu'il brûlait d'envie de visiter ce fin voilier, merveilleusement effilé, taillé pour voler à la surface des flots. Au demeurant, ces hommes et l'univers qu'ils apportaient avec eux lui causaient un insupportable malaise, qu'il s'acharnait à surmonter. Il n'était pas mort. Il avait vaincu la folie au cours de ses années de solitude. Il était parvenu à un équilibre — ou à une série d'équilibres — où Speranza et lui-même, puis Speranza, Vendredi et lui-même, formaient une constellation viable et même suprêmement heureuse. Il avait souffert, il avait traversé des crises meurtrières, il se sentait capable désormais avec Vendredi à ses côtés de défier le temps et — tels ces météores lancés dans un espace sans frottement — de poursuivre sa trajectoire indéfiniment, sans jamais connaître ni baisse de tension ni lassitude. Pourtant une confrontation avec d'autres hommes demeurait une épreuve suprême d'où pouvaient sortir de nouveaux progrès. Qui sait si, en revenant en Angleterre, Robinson ne parviendrait pas, non seulement à sauvegarder le bonheur solaire auquel il avait accédé, mais même à l'élever à une puissance supérieure au milieu de la cité humaine ? Ainsi Zoroastre [115], après avoir longuement forgé son âme au soleil du désert avait-il plongé à nouveau dans l'impur grouillement des hommes pour leur dispenser sa sagesse.

En attendant, le dialogue avec Hunter s'engageait laborieusement et menaçait à tout instant de se perdre dans un silence pesant. Robinson avait entrepris de lui faire connaître les ressources de Speranza en gibier et en aliments frais, propres à prévenir le scorbut, comme le cresson et le pourpier. Déjà des hommes grimpaient le long des troncs à écailles pour faire tomber d'un coup de sabre les choux palmistes, et on entendait le rire de ceux qui poursuivaient les chèvres à la course. Robinson pensait, non sans orgueil, aux souffrances qu'il aurait endurées, à l'époque où il entretenait l'île comme une cité-jardin, de la voir livrée ainsi à cette bande fruste et avide. Car si le spectacle de ces brutes déchaînées accaparait toute son attention, ce n'étaient ni les arbres stupidement mutilés ni les bêtes massacrées au hasard qui le retenaient, c'était le comportement de ces hommes, *ses semblables*, à la fois si familier et si étrange. À l'emplacement où s'était élevée autrefois la Paierie générale de Speranza, de hautes herbes se creusaient sous le vent avec un murmure soyeux. Un matelot y trouva coup sur coup deux pièces d'or. Il ameuta aussitôt ses compagnons à grands cris et, après des disputes hagardes, on décida d'incendier toute la prairie pour faciliter les recherches. L'idée effleura à peine Robinson que cet or était à lui, en somme, et que les bêtes allaient être privées de la seule pâture de l'île que la saison des pluies ne rendait jamais marécageuse. Les bagarres que ne manquait pas de susciter chaque nouvelle trouvaille le fascinaient, et c'était d'une oreille distraite qu'il écoutait les propos du commandant qui lui racontait comment il avait coulé un transport de troupes français envoyé en renfort aux insurgés américains. De son côté, le second s'employait à l'initier au mécanisme si fructueux de la traite des esclaves africains, échangés contre du coton, du sucre, du café et de l'indigo, marchandises qui constituaient un fret de retour idéal et qui s'écoulaient avantageusement au passage dans les ports européens. Aucun de ces hommes, murés dans leurs préoccupations particulières, ne songeait à l'interroger sur les péripéties qu'il avait traversées depuis son naufrage. La présence même de Vendredi ne semblait soulever aucun problème à leurs yeux. Et Robinson savait qu'il avait été semblable à eux, mû par les mêmes ressorts — la cupidité, l'orgueil, la violence —, qu'il était encore des leurs par toute une part de lui-même. Mais en même temps il les voyait avec le détachement intéressé d'un entomologiste penché sur une communauté d'insectes, des abeilles ou des fourmis, ou ces rassemblements suspects de cloportes qu'on surprend en soulevant une pierre.

Chacun de ces hommes était un monde *possible*, assez cohérent, avec ses valeurs, ses foyers d'attraction et de répulsion, son centre de gravité. Pour différents qu'ils fussent les uns des autres, ces *possibles* avaient actuellement en commun une petite image de Speranza — combien sommaire et superficielle! — autour de laquelle ils s'organisaient, et dans un coin de laquelle se trouvaient un naufragé nommé Robinson et son serviteur métis. Mais pour centrale que fût cette image, elle était chez chacun marquée du signe du provisoire, de l'éphémère, condamnée à retourner à bref délai dans le néant d'où l'avait tirée le déroutage accidentel du *Whitebird*. Et chacun de ces mondes possibles proclamait naïvement sa réalité. C'était cela autrui : un possible qui s'acharne à passer pour réel. Et qu'il soit cruel, égoïste, immoral de débouter cette exigence, c'est ce que toute son éducation avait inculqué à Robinson, mais il l'avait oublié pendant ces années de solitude, et il se demandait maintenant s'il parviendrait jamais à reprendre le pli perdu. Il mêlait en outre l'aspiration à l'être de ces mondes possibles et l'image d'une Speranza vouée à disparaître que chacun d'eux enveloppait, et il lui semblait qu'en octroyant à ces hommes la dignité qu'ils revendiquaient, il vouait du même coup Speranza à l'anéantissement.

Une première fois la chaloupe avait regagné le bord du *Whitebird* pour y déposer tout un chargement de fruits, de légumes et de gibier au milieu desquels se débattaient des chevreaux entravés, et les hommes attendaient les ordres du commandant avant d'effectuer un second voyage.

— Vous me ferez bien l'honneur de partager ma table, dit-il à Robinson, et sans attendre sa réponse, il ordonna qu'on embarque l'eau douce et qu'on revienne ensuite pour le mener à bord avec son invité. Puis, sortant de la réserve qu'il observait depuis son arrivée dans l'île, il parla, non sans amertume, de la vie qu'il menait depuis quatre ans.

Jeune officier de la *Royal Navy*, il s'était jeté dans la Guerre d'Indépendance avec toute la fougue de son âge. Il faisait partie des équipages de la flotte de l'amiral Howe, et il s'était distingué lors de la bataille de Brooklyn et de la prise de New York. Rien ne l'avait préparé aux revers qui avaient suivi cette campagne triomphale.

— On élève les jeunes officiers dans la certitude de victoires à l'avance enivrantes, dit-il. Il serait plus sage de leur inculquer la conviction qu'ils seront d'abord vaincus, et de leur apprendre l'art infiniment difficile de se relever et de reprendre la lutte avec une ardeur décuplée. Battre en retraite, regrouper les fuyards, réparer en haute mer les gréements d'un navire à demi désemparé par l'artillerie ennemie, et retourner au combat, voilà ce qu'il y a de plus difficile, et à quoi on estime qu'il serait honteux de préparer nos élèves officiers! Pourtant l'histoire nous apprend assez que les plus grandes victoires sont sorties de défaites surmontées, et n'importe quel palefrenier sait bien que le cheval qui mène la course se fait toujours coiffer sur le poteau.

Les défaites de la Dominique et de Sainte-Lucie, puis la perte de Tobago surprirent Hunter et lui inspirèrent une haine définitive des Français. La capitulation de Saratoga, puis celle de Yorktown, préparant le lâche abandon par la métropole du plus beau fleuron de la Couronne d'Angleterre, brisèrent l'âpre passion de l'honneur qui avait été jusque-là le ressort de sa vie. Peu après le traité de Versailles qui consommait la honteuse démission de l'Angleterre, il avait rendu son uniforme du *Corps des Officiers royaux* et s'était tourné vers la marine marchande.

Mais il était trop exclusivement marin pour s'accommoder des servitudes de ce métier qu'il avait cru un métier d'homme libre. Dissimuler aux armateurs le mépris qu'on a pour ces terriens avides et peureux, disputer sur le prix du nolis[116], signer des connaissements[117], établir des factures, endurer les visites douanières, mettre sa vie tout entière dans des sacs, des ballots, des barriques, c'en était trop pour lui. À cela s'ajoutait qu'il avait juré de ne pas remettre le pied sur le sol anglais et qu'il confondait dans la même haine les États-Unis et la France. Il était à bout de ressources quand il avait eu la chance — la seule que le sort lui eût jamais réservée, soulignait-il — de se faire confier le commandement de ce *Whitebird* que les dimensions réduites de ses soutes et ses qualités voilières éminentes prédestinaient à des frets de faible volume — thé, épices, métaux rares, pierres précieuses ou opium — dont le commerce impliquait en outre des risques et des mystères qui flattaient son caractère aventureux et romanesque. Sans doute la traite ou le métier de corsaire auraient mieux convenu encore à sa situation, mais son éducation militaire lui avait laissé une répulsion instinctive pour ces activités de mauvais aloi.

*

Lorsque Robinson sauta sur le pont du *White-bird*, il y fut accueilli par un Vendredi radieux que la chaloupe avait amené lors de son précédent voyage. L'Araucan avait été adopté par l'équipage et connaissait apparemment le navire comme s'il y était né. Robinson avait eu l'occasion d'observer que les primitifs n'admirent que les objets de l'industrie humaine se trouvant pour ainsi dire à leur échelle, couteau, vêtement, à la rigueur pirogue. Mais, au-delà de cette échelle, tout leur échappe, et ils cessent d'admirer, considérant sans doute un palais ou un vaisseau comme des produits de la nature, ni plus ni moins étonnants qu'une grotte ou un iceberg. Il en allait tout autrement de Vendredi, et Robinson mit d'abord sur le compte de sa propre influence la compréhension immédiate qu'il manifesta à bord. Puis il le vit s'élancer dans les haubans, se hisser sur la hune et repartir de là sur les marchepieds de la vergue, se balançant à cinquante pieds au-dessus des flots avec un grand rire heureux. Il songea alors aux attributs aériens dont Vendredi s'était entouré successivement — la flèche, le cerf-volant, la harpe éolienne — et il comprit qu'un grand voilier, svelte et audacieusement gréé comme celui-ci, était l'aboutissement triomphal et comme l'apothéose de cette conquête de l'éther. Il en conçut un peu de tristesse, d'autant plus qu'il sentait grandir en lui-même un mouvement d'opposition à cet univers dans lequel on l'entraînait, lui semblait-il, contre sa volonté.

Son malaise s'accrut lorsqu'il distingua, attachée au pied du mât de misaine, une petite forme humaine, à demi nue et lovée sur elle-même. C'était un enfant qui pouvait avoir douze ans, d'une maigreur de chat écorchée. On ne pouvait voir son visage, mais ses cheveux formaient une masse rouge opulente qui faisait paraître plus chétives encore ses minces épaules, ses omoplates qui saillaient comme des ailes d'angelot, son dos le long duquel coulait une traînée de taches de rousseur et que striaient des marques sanglantes. Robinson avait ralenti le pas en le voyant.

— C'est Jaan, notre mousse, lui dit le commandant.

Puis il se tourna vers le second.

— Qu'a-t-il encore fait ?

Une trogne rougeaude coiffée d'un bonnet de maître coq émergea aussitôt de l'écoutille de la cambuse[118], comme un diable qui sort d'une boîte.

— Je ne peux rien en tirer ! Ce matin, il m'a gâté un pâté de poule en le salant trois fois par distraction. Il a eu ses douze coups de garcettes[119]. Il en aura d'autres s'il ne s'amende pas.

Et la tête disparut aussi soudainement qu'elle avait surgi.

— Détache-le, dit le commandant au second. nous en avons besoin au carré.

Robinson déjeuna avec le commandant et le second. Il n'entendit plus parler de Vendredi qui devait se restaurer avec l'équipage. Il n'eut pas besoin de se mettre en frais pour alimenter la conversation. Ses hôtes semblaient avoir admis une fois pour toutes qu'il avait tout à apprendre d'eux et rien à révéler sur lui-même et Vendredi, et il s'accommodait fort bien de cette convention qui le laissait observer et méditer à loisir. Au demeurant il était bien vrai en un certain sens qu'il eût tout à apprendre, ou plutôt qu'il eût tout à assimiler, tout à digérer, mais ce qu'il entendait était aussi lourd et indigeste que les terrines et les viandes en sauce qui défilaient dans son assiette, et il fallait craindre qu'un réflexe de refus ne lui fasse tout à coup vomir en bloc le monde et les mœurs qu'il découvrait peu à peu.

Pourtant ce qui le rebutait principalement, ce n'était point tant la brutalité, la haine et la rapacité que ces hommes civilisés et hautement honorables étalaient avec une naïve tranquillité. Il restait toujours facile d'imaginer — et sans doute serait-ce possible de trouver — d'autres hommes à la place de ceux-ci qui fussent, eux, doux, bienveillants et généreux. Pour Robinson le mal était bien plus profond. Il le dénonçait par-devers lui-même dans l'irrémédiable *relativité* des fins qu'il les voyait tous poursuivre fiévreusement. Car ce qu'ils avaient tous en but, c'était telle acquisition, telle richesse, telle satisfaction, mais pourquoi cette acquisition, cette richesse, cette satisfaction? Certes aucun n'aurait su le dire. Et Robinson imaginait sans cesse le dialogue qui finirait bien par l'opposer à l'un de ces hommes, le commandant par exemple. « Pourquoi vis-tu? » lui demanderait-il. Hunter ne saurait évidemment que répondre, et son seul recours serait alors de retourner la question au Solitaire. Alors Robinson lui montrerait la terre de Speranza de sa main gauche, tandis que sa main droite s'élèverait vers le soleil. Après un moment de stupeur, le commandant éclaterait forcément de rire, du rire de la folie devant la sagesse, car comment concevrait-il que l'Astre Majeur est autre chose qu'une flamme gigantesque, qu'il y a de l'esprit en lui et qu'il a le pouvoir d'irradier d'éternité les êtres qui savent s'ouvrir à lui ?

C'était le mousse Jaan qui servait à table, à demi englouti dans un immense tablier blanc. Son petit visage osseux, semé de taches de son, s'amenuisait encore sous la masse de ses cheveux fauves, et Robinson cherchait vainement le regard de ses yeux si clairs qu'on croyait voir le jour à travers sa tête. Lui non plus ne prêtait guère attention au naufragé, tout absorbé par sa peur panique de commettre quelque impair. Après quelques phrases rapides où perçait une véhémence contenue, le commandant s'enfermait régulièrement dans un silence qui semblait hostile ou méprisant — et Robinson songeait à un assiégé qui, après avoir longtemps enduré sans réagir le harcèlement de l'ennemi, se décide enfin à effectuer une sortie et court aussitôt s'enfermer à nouveau dans sa forteresse après lui avoir infligé des pertes sévères. Ces silences étaient comblés par le bavardage du second, Joseph, tout entier tourné vers la vie pratique et les progrès techniques de la navigation, et qui éprouvait visiblement à l'égard de son supérieur une admiration renforcée par l'incompréhension la plus totale. Après le déjeuner, ce fut lui qui entraîna Robinson sur la passerelle, tandis que le commandant se retirait dans sa cabine. Il voulait lui faire les honneurs d'un instrument récemment introduit dans la navigation, le sextant[120], grâce auquel, par un système de double réflexion, on pouvait mesurer la hauteur du soleil au-dessus de l'horizon avec une exactitude incomparablement plus approchée que celle dont était capable le traditionnel *quart de nonante*[120]. Tout en suivant avec intérêt la démonstration enthousiaste de Joseph, et en maniant avec satisfaction le bel objet de cuivre, d'acajou et d'ivoire qui avait été extrait de son coffret, Robinson admirait la vivacité d'esprit de cet homme par ailleurs si borné. Il s'avisait que l'intelligence et la bêtise peuvent habiter dans la même tête sans s'influencer le moins du monde, comme l'eau et l'huile se superposent sans se mêler. Parlant alidade[120], limbe[121], vernier[120] et miroirs, Joseph brillait d'intelligence. Pourtant c'était lui qui expliquait un instant auparavant, avec force clins d'œil en direction de Jaan, que l'enfant aurait tort de se plaindre d'être dressé aux garcettes, ayant pour mère une garce à matelots.

*

Le soleil commençait à décliner. C'était l'heure où Robinson avait accoutumé de s'exposer à ses rayons pour faire son plein d'énergie chaleureuse avant que les ombres s'allongent et que la brise marine fasse chuchoter entre eux les eucalyptus de la plage. À l'invitation de Joseph, il s'étendit sur le couronnement de la dunette, à l'ombre du penon[122], et regarda longtemps la flèche du mât de hune écrire des signes invisibles dans le ciel bleu où s'était égaré un fin croissant de lune en porcelaine translucide. En tournant un peu la tête, il voyait Speranza, ligne de sable blond au ras des flots, déferlement de verdure et chaos rocheux. C'est là qu'il prit conscience de la décision qui mûrissait inexorablement en lui de laisser repartir le *Whitebird* et de demeurer dans l'île avec Vendredi. Plus encore que tout ce qui le séparait des hommes de ce navire, il y était poussé par son refus panique du tourbillon de temps, dégradant et mortel, qu'ils sécrétaient autour d'eux et dans lequel ils vivaient. 19 décembre 1787 Vingt-huit ans, deux mois et dix-neuf jours. Ces données indiscutables ne cessaient de le remplir de stupeur. Ainsi s'il n'avait pas fait naufrage sur les récifs de Speranza, il serait presque quinquagénaire. Ses cheveux seraient gris, et ses articulations craqueraient. Ses enfants seraient plus vieux qu'il n'était lui-même quand il les avait quittés, et il serait peut-être même grand-père. Car rien de tout cela ne s'était produit. Speranza se dressait à deux encablures de ce navire plein de miasmes, comme la lumineuse négation de toute cette sinistre dégradation. En vérité il était plus jeune aujourd'hui que le jeune homme pieux et avare qui s'était embarqué sur la *Virginie*. Car il n'était pas jeune d'une jeunesse biologique, putrescible et portant en elle comme un élan vers la décrépitude. Il était d'une jeunesse minérale, divine, solaire. Chaque matin était pour lui un premier commencement, le commencement absolu de l'histoire du monde. Sous le soleil-dieu,

Speranza vibrait dans un présent perpétuel, sans passé ni avenir. Il n'allait pas s'arracher à cet éternel instant, posé en équilibre à la pointe d'un paroxysme de perfection, pour choir dans un monde d'usure, de poussière et de ruines!

Lorsqu'il fit part de sa décision de demeurer sur l'île, seul Joseph manifesta de la surprise. Hunter n'eut qu'un sourire glacé. Peut-être était-il bien aise au fond de n'avoir pas à embarquer deux passagers supplémentaires sur un bâtiment somme toute modeste, où la place était rigoureusement mesurée. Il eut la courtoisie de considérer tout ce qui avait été embarqué dans la journée comme autant d'effets de la générosité de Robinson, maître de l'île. En échange, il lui offrit la petite yole de repérage arrimée sur la dunette et qui s'ajoutait aux deux chaloupes de sauvetage réglementaires. C'était un canot léger et de bonne tenue, idéal pour un ou deux hommes par temps calme ou même médiocre, et qui remplacerait avantageusement la vieille pirogue de Vendredi. C'est dans cette embarcation que Robinson et son compagnon regagnèrent l'île comme le soir tombait.

La joie qu'éprouva Robinson en reprenant possession de cette terre qu'il avait crue perdue à jamais était accordée aux rougeoiements du couchant. Immense était certes son soulagement, mais il y avait quelque chose de funèbre dans la paix qui l'entourait. Plus encore que blessé il se sentait vieilli, comme si la visite du *Whitebird* avait marqué la fin d'une très longue et heureuse jeunesse. Mais qu'importait? Aux premières lueurs de l'aube le navire anglais lèverait l'ancre et reprendrait sa course errante, emporté par la fantaisie de son ténébreux commandant. Les eaux de la Baie du Salut se refermeraient sur le sillage du seul navire ayant approché Speranza en vingt-huit ans. À mots couverts, Robinson avait laissé entendre qu'il ne souhaitait pas que l'existence et la position de cet îlot fussent révélées par l'équipage du *Whitebird*. Ce vœu était trop conforme au caractère du mystérieux Hunter pour qu'il ne le fasse pas respecter. Ainsi serait définitivement close cette parenthèse qui avait introduit vingt-quatre heures de tumulte et de désagrégation dans l'éternité sereine des Dioscures.

CHAPITRE XII

L'aube était blême encore lorsque Robinson descendit de l'araucaria. Il avait accoutumé de dormir jusqu'aux dernières minutes qui précèdent le lever du soleil, afin de réduire autant que possible cette période atone, la plus déshéritée de la journée, parce que la plus éloignée du couchant. Mais les viandes inhabituelles, les vins, et aussi une sourde angoisse lui avaient donné un sommeil fiévreux, haché par de brusques réveils et des brèves, mais arides insomnies. Couché, enveloppé de ténèbres, il avait été la proie sans défense d'idées fixes et d'obsessions torturantes. Il avait eu hâte de se lever pour secouer cette meute imaginaire.

Il fit quelques pas sur la plage. Comme il s'y attendait, le *Whitebird* avait disparu. L'eau était grise sous le ciel décoloré. Une rosée abondante alourdissait les plantes qui se courbaient éplorées sous cette lumière pâle, sans éclat et sans ombre, d'une lucidité navrée. Les oiseaux observaient un silence glacé. Robinson sentit une caverne de désespoir se creuser en lui, une citerne sonore et

287

noire d'où montait — comme un esprit délétère — une nausée qui lui emplit la bouche de salive fielleuse. Sur la grève une vague s'étirait mollement, jouait un peu avec un crabe mort, et se retirait, déçue. Dans quelques minutes, dans une heure au plus, le soleil se lèverait et regonflerait de vie et de joie toutes choses et Robinson lui-même. Il n'était que de tenir jusque-là et de résister à la tentation d'aller réveiller Vendredi.

Il était indiscutable que la visite du *Whitebird* avait gravement compromis l'équilibre délicat du triangle Robinson-Vendredi-Speranza. Speranza était couverte de blessures manifestes mais, somme toute, superficielles, qui disparaîtraient en quelques mois. Mais combien de temps faudrait-il à Vendredi pour oublier ce beau lévrier des mers qui s'inclinait si gracieusement sous la caresse de tous les vents ? Robinson se reprochait d'avoir pris la décision de demeurer dans l'île sans en avoir parlé auparavant à son compagnon. Il ne manquerait pas ce matin même de lui rapporter les sinistres détails qu'il tenait de Joseph sur la traite des Noirs et leur sort dans les anciennes colonies d'Amérique. Ainsi ses regrets — s'il en avait — seraient-ils diminués.

Pensant à Vendredi, il se rapprochait machinalement des deux poivriers entre lesquels le métis avait tendu le hamac où il passait ses nuits et une partie de ses journées. Il ne le réveillerait certes pas, mais il le regarderait dormir, et cette présence paisible et innocente le réconforterait.

Le hamac était vide. Ce qui était plus surprenant, c'était la disparition des menus objets dont

Vendredi agrémentait ses siestes — miroirs, sarbacanes, flageolets, plumes, etc. Une brusque angoisse frappa Robinson comme un coup de poing. Il s'élança vers la plage : la yole et la pirogue étaient là, déhalées sur le sec. Si Vendredi avait voulu rejoindre le bord du *Whitebird*, il aurait emprunté l'une des deux embarcations et l'aurait abandonnée en mer, ou hissée sur le navire. Il était peu croyable qu'il se fût risqué aussi loin à la nage.

Alors Robinson commença à battre toute l'île en clamant le nom de son compagnon. De la Baie de l'Évasion aux dunes du Levant, de la grotte à la Combe Rose, de la forêt de la côte occidentale jusqu'aux lagunes orientales, il courut, trébuchant et criant, désespérément convaincu au fond de lui-même que ses recherches étaient vaines. Il ne comprenait pas comment Vendredi avait pu le trahir, mais il ne pouvait plus reculer devant l'évidence qu'il était seul dans l'île, seul comme aux premiers jours. Cette quête hagarde acheva de le briser en le ramenant en des lieux chargés de souvenirs où il n'était plus revenu depuis des lustres. Il sentit sous ses doigts fuir la sciure rouge de l'*Évasion* et, sous ses pieds, glisser la boue tiède de la souille. Il retrouva dans la forêt la peau de chagrin racornie de sa bible. Toutes les pages avaient brûlé, sauf un fragment du Ier livre des Rois, et il lut dans un brouillard de faiblesse :

« *Le Roi David était vieux, avancé en âge. On le couvrait de vêtements sans qu'il pût se réchauffer. Ses serviteurs lui dirent : Que l'on cherche pour mon Seigneur, le Roi, une jeune Vierge. Qu'elle se tienne devant le Roi et le soigne, et qu'elle couche dans ton sein, et mon Seigneur, le Roi, se réchauffera. »*

Robinson comprit que ces vingt-huit années qui n'existaient pas la veille encore venaient de s'abattre sur ses épaules. Le *Whitebird* les avait apportées avec lui — comme les germes d'une maladie mortelle — et il était devenu tout à coup un vieil homme. Il comprit aussi qu'il n'est pas de pire malédiction pour un vieillard que la solitude. *Qu'elle se couche dans ton sein et mon Seigneur, le Roi, se réchauffera.* En vérité il grelottait de froid sous la rosée du matin, mais plus personne, jamais, ne le réchaufferait. Une dernière relique se présenta sous ses doigts : le collier de Tenn, rongé de moisissures. Toutes ses années passées qui semblaient définitivement effacées se rappelaient donc à lui par des vestiges sordides et déchirants. Il appuya sa tête contre le tronc d'un cyprès. Son visage se crispa, mais les vieillards ne pleurent pas. Son estomac se souleva, et il vomit dans l'humus des déjections vineuses, tout ce repas infâme qu'il avait absorbé en face de Hunter et de Joseph. Lorsqu'il releva la tête, il rencontra les regards d'un aréopage de vautours, rassemblés à quelques mètres, qui le surveillaient de leurs petits yeux roses. Ainsi ils étaient venus, eux aussi, à ce rendez-vous avec le passé !

Allait-il falloir tout recommencer, les plantations, l'élevage, les constructions, en attendant la survenue d'un nouvel Araucan qui balaierait tout cela d'un souffle de flamme et l'obligerait à se hausser à un niveau supérieur ? Quelle dérision !

En vérité il n'y avait plus d'alternative qu'entre le temps et l'éternité. L'éternel retour, enfant bâtard de l'un et de l'autre, n'était qu'une vésanie[123]. Il n'y avait qu'un seul salut pour lui : retrouver le chemin de ces limbes intemporelles et peuplées d'innocents où il s'était élevé par étapes et dont la visite du *Whitebird* l'avait fait choir. Mais, vieux et sans forces, comment recouvrerait-il cet état de grâce si longuement et durement conquis ? N'était-ce pas tout simplement en mourant ? La mort en cette île dont plus personne ne violerait sans doute la solitude avant des décennies n'était-elle pas la seule forme d'éternité qui lui convenait désormais ? Mais il importait de déjouer la vigilance des charognards mystérieusement avertis et prêts à remplir leur office funèbre. Son squelette devrait blanchir sous les pierres de Speranza, comme un jeu de jonchets dont personne ne devrait pouvoir déranger l'édifice. Ainsi serait close l'histoire extraordinaire et inconnue du grand solitaire de Speranza.

Il s'achemina à petits pas vers le chaos rocheux qui s'élevait à la place de la grotte. Il était sûr qu'il trouverait le moyen, en se glissant entre les blocs, de s'enfoncer assez avant pour se mettre à l'abri des animaux. Peut-être même au prix d'une patience d'insecte retrouverait-il un accès jusqu'à l'alvéole. Là il lui suffirait de se mettre en posture fœtale et de fermer les yeux pour que la vie l'abandonne, si total était son épuisement, si profonde sa tristesse.

Il trouva un passage en effet, un seul, à peine plus large qu'une chatière, mais il se sentait si amoindri, si tassé sur lui-même qu'il ne doutait pas de pouvoir s'y insérer. Il en scrutait l'ombre pour tenter d'apprécier sa profondeur quand il crut y percevoir un remuement. Une pierre roula à l'intérieur et un corps obstrua le faible espace noir. Quelques contorsions le libérèrent de l'étroit orifice, et voici qu'un enfant se tenait devant Robinson, le bras droit replié sur son front, pour se protéger de la lumière ou en prévision d'une gifle. Robinson recula, abasourdi.

— Qui es-tu? Qu'est-ce que tu fais là? lui demanda-t-il.

— Je suis le mousse du *Whitebird*, répondit l'enfant. Je voulais m'enfuir de ce bateau où j'étais malheureux. Hier, pendant que je servais dans le carré, vous m'avez regardé avec bonté. Alors, quand j'ai entendu que vous ne partiez pas, j'ai décidé de me cacher dans l'île et de rester avec vous. Cette nuit, je m'étais glissé sur le pont et j'allais me mettre à l'eau pour essayer de nager jusqu'à la plage, quand j'ai vu un homme aborder en pirogue. C'était votre serviteur métis. Il a repoussé du pied la pirogue, et il est entré chez le second qui paraissait l'attendre. J'ai compris qu'il resterait à bord. Alors j'ai nagé jusqu'à la pirogue et je me suis hissé dedans. Et j'ai pagayé jusqu'à la plage, et je me suis caché dans les rochers. Maintenant, le *Whitebird* est parti sans moi, conclut-il avec une nuance de triomphe dans la voix.

— Viens avec moi, lui dit Robinson.

Il prit l'enfant par la main, et, contournant les blocs, il commença à gravir la pente menant au sommet du piton rocheux qui dominait le chaos.

Il s'arrêta à mi-chemin et le regarda au visage. Les yeux verts aux cils blancs d'albinos se tournèrent vers lui. Un pâle sourire les éclaira. Il ouvrit sa main et regarda la main qui y était blottie. Il eut le cœur serré de la trouver si mince, si faible, et pourtant labourée par tous les travaux du bord.

— Je vais te montrer quelque chose, dit-il pour surmonter son émotion, sans bien savoir lui-même à quoi il faisait allusion.

*

L'île qui s'étendait à leurs pieds était en partie noyée dans la brume, mais du côté du levant le ciel gris devenait incandescent. Sur la plage, la yole et la pirogue commençaient à s'émouvoir iné-galement des sollicitations de la marée montante. Au nord un point blanc fuyait vers l'horizon.

Robinson tendit le bras dans sa direction.

— Regarde-le bien, dit-il. Tu ne verras peut-être plus jamais cela : un navire au large des côtes de Speranza.

Le point s'effaçait peu à peu. Enfin le lointain l'absorba. C'est alors que le soleil lança ses pre-mières flèches. Une cigale grinça. Une mouette tournoya dans l'air et se laissa choir sur le miroir d'eau. Elle rebondit à sa surface et s'éleva à grands coups d'ailes, un poisson d'argent en tra-vers du bec. En un instant le ciel devint céruléen. Les fleurs qui inclinaient vers l'ouest leurs corolles closes pivotèrent toutes ensemble sur leurs tiges en écarquillant leurs pétales du côté du levant. Les oiseaux et les insectes emplirent l'espace d'un concert unanime. Robinson avait oublié l'enfant. Redressant sa haute taille, il faisait face à l'extase solaire avec une joie presque douloureuse. Le rayonnement qui l'enveloppait le lavait des souillures mortelles de la journée précédente et de la nuit. Un glaive de feu entrait en lui et transverbérait tout son être. Speranza se dégageait des voiles de la brume, vierge et intacte. En vérité cette longue agonie, ce noir cauchemar n'avaient jamais eu lieu. L'éternité, en reprenant possession de lui, effaçait ce laps de temps sinistre et dérisoire. Une profonde inspiration l'emplit d'un sentiment d'assouvissement total. Sa poitrine bombait comme un bouclier d'airain. Ses jambes prenaient appui sur le roc, massives et inébranlables comme des colonnes. La lumière fauve le revêtait d'une armure de jeunesse inaltérable et lui forgeait un masque de cuivre d'une régularité implacable où étincelaient des yeux de diamant. Enfin l'astre-dieu déploya tout entière sa couronne de cheveux rouges dans des explosions de cymbales et des stridences de trompettes. Des reflets métalliques s'allumèrent sur la tête de l'enfant.

— Comment t'appelles-tu ? lui demanda Robinson.

— Je m'appelle Jaan Neljapäev. Je suis né en Estonie, ajouta-t-il comme pour excuser ce nom difficile.

— Désormais, lui dit Robinson, tu t'appelleras Jeudi. C'est le jour de Jupiter, dieu du Ciel. C'est aussi le dimanche des enfants.

MICHEL TOURNIER
ET LE MONDE SANS AUTRUI

« Le fauve s'arrêta tout à coup de mâcher, gardant une longue graminée entre ses dents... »

Ces pages très belles racontent la lutte de Vendredi avec le bouc. Vendredi sera blessé, mais le bouc mourra, « le grand bouc est mort ». Et Vendredi annonce son projet mystérieux : le bouc mort volera et chantera, bouc volant et musical. Pour le premier point du projet, il se sert de la peau, épilée, lavée, poncée, étalée sur une structure de bois. Relié à une canne à pêche, le bouc amplifie le moindre mouvement de la ligne, assumant la fonction d'un gigantesque bouchon céleste, transcrivant les eaux sur le ciel. Quant au second point, Vendredi se sert de la tête et des boyaux, en fait un instrument qu'il pose dans un arbre mort, pour produire une symphonie instantanée dont le vent doit être le seul exécutant : c'est ainsi que la rumeur de la terre est à son tour transportée dans le ciel et devient un son céleste organisé, pansonorité, « musique véritablement élémentaire ». De ces deux manières le grand bouc mort libère les Éléments. On remarquera que la terre et l'air jouent moins le rôle d'éléments parti-

295

culiers que celui de deux figures complètes opposées, chacune pour son compte réunissant les quatre éléments. Mais la terre, c'est ce qui les renferme et les astreint, les contient dans la profondeur des corps, tandis que le ciel, avec la lumière et le soleil, les porte à l'état libre et pur, délivrés de leurs limites pour former une énergie cosmique de surface, une et pourtant propre à chaque élément. Il y a donc un feu, une eau, un air et une terre terrestres, mais aussi une terre, une eau, un feu, un air aériens ou célestes. Il y a un combat de la terre et du ciel, dont l'enjeu est l'emprisonnement ou la libération de tous les éléments. L'île est la frontière ou le lieu de ce combat. C'est pourquoi il est si important de savoir de quel côté elle basculera, si elle est capable de déverser dans le ciel son feu, sa terre et ses eaux, et de devenir elle-même solaire. Le héros du roman, c'est l'île autant que Robinson, autant que Vendredi. L'île change de figure au cours d'une série de dédoublements, non moins que Robinson change lui-même de forme au cours d'une série de métamorphoses. La série subjective de Robinson est inséparable de la série des états de l'île.

Le terme final, c'est Robinson devenu élémentaire dans son île rendue elle-même aux éléments : un Robinson de soleil dans l'île devenue solaire, uranien dans Uranus. Ce n'est donc pas l'origine qui compte ici, mais au contraire l'issue, le but final, découverts à travers toutes sortes d'avatars. C'est la première grande différence avec le Robinson de Defoe. On a souvent remarqué que le thème de Robinson chez Defoe n'était pas seulement une histoire, mais « l'instrument d'une recherche » :

recherche qui part de l'île déserte, et qui prétend reconstituer les origines et l'ordre rigoureux des travaux et des conquêtes qui en découlent avec le temps. Mais il est clair que la recherche est deux fois faussée. D'une part l'image de l'origine présuppose ce qu'elle prétend engendrer (cf. tout ce que Robinson a tiré de l'épave). D'autre part le monde reproduit à partir de cette origine est l'équivalent du monde réel, c'est-à-dire économique, ou du monde tel qu'il serait, tel qu'il devrait être s'il n'y avait pas la sexualité (cf. l'élimination de toute sexualité dans le Robinson de Defoe). Faut-il en conclure que la sexualité est le seul principe fantastique capable de faire dévier le monde de l'ordre économique rigoureux assigné par l'origine ? Bref, chez Defoe, l'intention était bonne : qu'advient-il à un homme seul, sans Autrui, sur l'île déserte ? Mais le problème était mal posé. Car, au lieu de ramener un Robinson asexué à une origine qui reproduit un monde économique analogue au nôtre, archétype du nôtre, il fallait porter un Robinson sexué à des fins tout à fait différentes et divergentes des nôtres, dans un monde fantastique ayant lui-même dévié. En posant le problème en termes de fin et non d'origine, Tournier s'interdit de laisser Robinson quitter l'île. La fin, le but final de Robinson, c'est la « déshumanisation », la rencontre de la libido avec les éléments libres, la découverte d'une énergie cosmique ou d'une grande Santé élémentaire, qui ne peut surgir que dans l'île, et encore dans la mesure où l'île est devenue aérienne ou solaire. Henry Miller parlait de ces « vagissements de nouveau-nés des éléments fondamentaux hélium, oxygène, silice,

297

fer ». *Et sans doute il y a du Miller et même du Lawrence dans ce Robinson d'hélium et d'oxygène : le bouc mort organise déjà le vagissement des éléments fondamentaux.*

Mais le lecteur a aussi l'impression que cette grande Santé du Robinson de Tournier cache quelque chose, qui n'est pas du tout millerien ni lawrencien. Ne serait-ce pas cette déviation *tout à fait essentielle qu'elle implique, inséparable de la sexualité désertique ? Le Robinson de Tournier s'oppose à celui de Defoe par trois traits qui s'enchaînent avec rigueur : il est rapporté à des fins, à des buts, au lieu de l'être à une origine; il est sexué; ces fins représentent une déviation fantastique de notre monde, sous l'influence d'une sexualité transformée, au lieu d'une reproduction économique de notre monde sous l'action d'un travail continué. Ce Robinson ne fait rien de pervers à proprement parler; et pourtant comment se débarrasser de l'impression qu'il est pervers lui-même, c'est-à-dire suivant la définition de Freud, celui qui dévie quant aux buts ? C'était la même chose, chez Defoe, de rapporter Robinson à l'origine, et de lui faire produire un monde conforme au nôtre; c'est la même chose chez Tournier de le rapporter à des buts, et de le faire dévier, diverger quant aux buts. Rapporté aux origines, Robinson doit nécessairement reproduire notre monde, mais, rapporté aux buts, il dévie nécessairement. Étrange déviation qui n'est pourtant pas de celles dont parle Freud, puisqu'elle est solaire et prend pour objets les éléments : tel est le sens d'Uranus. « S'il fallait nécessairement traduire en termes humains ce coït solaire, c'est sous les espèces féminines, et comme l'épouse du ciel qu'il conviendrait de me définir. Mais cet anthropomorphisme est un contresens. En vérité, au suprême degré où nous avons accédé, Vendredi et moi, la différence de sexe est dépassée, et Vendredi peut s'identifier à Vénus, tout de même qu'on peut dire en langage humain que je m'ouvre à la fécondation de l'Astre Majeur. »* S'il est vrai que la névrose est le négatif de la perversion, la perversion de son côté ne serait-elle pas l'élémentaire de la névrose ?

*

Le concept de perversion est bâtard, mi-juridique, mi-médical. Mais ni la médecine ni le droit n'y gagnent. Dans l'intérêt renouvelé aujourd'hui pour un tel concept, il semble qu'on cherche dans une structure de la perversion même la raison de son rapport éventuel très ambigu, tant avec la justice qu'avec la médecine. Le point de départ est celui-ci : la perversion ne se définit pas par la force d'un désir dans le système des pulsions ; le pervers n'est pas quelqu'un qui désire, mais qui introduit le désir dans un tout autre système et lui fait jouer, dans ce système, le rôle d'une limite intérieure, d'un foyer virtuel ou d'un point zéro (la fameuse apathie sadique). Le pervers n'est pas plus un moi qui désire, que l'Autre, pour lui, n'est un objet désiré doué d'existence réelle. Le roman de Tournier n'est pourtant pas une thèse sur la perversion. Ce n'est pas un roman à thèse. Ni un roman à personnages, puisqu'il n'y a pas d'autrui. Ni un roman d'analyse intérieure, Robinson ayant fort peu d'intériorité.

C'est un étonnant roman d'aventures comique, et un roman cosmique d'avatars. Au lieu d'une thèse sur la perversion, c'est un roman qui développe la thèse même de Robinson : l'homme sans autrui sur son île. Mais la « thèse » trouve d'autant plus de sens qu'au lieu de se rapporter à une origine supposée elle annonce des aventures : que va-t-il arriver dans le monde insulaire sans autrui ? On cherchera donc d'abord ce que signifie autrui par ses effets : on cherchera les effets de l'absence d'autrui sur l'île, on induira les effets de la présence d'autrui dans le monde habituel, on conclura ce qu'est autrui, et en quoi consiste son absence. Les effets de l'absence d'autrui sont donc les vraies aventures de l'esprit : un roman expérimental inductif. Alors, la réflexion philosophique peut recueillir ce que le roman montre avec tant de force et de vie.

Le premier effet d'autrui, c'est, autour de chaque objet que je perçois ou de chaque idée que je pense, l'organisation d'un monde marginal, d'un manchon, d'un fond, où d'autres objets, d'autres idées peuvent sortir suivant des lois de transition qui règlent le passage des uns aux autres. Je regarde un objet, puis je me détourne, je le laisse rentrer dans le fond, en même temps que sort du fond un nouvel objet de mon attention. Si ce nouvel objet ne me blesse pas, s'il ne vient pas me heurter avec la violence d'un projectile (comme lorsqu'on se cogne contre quelque chose qu'on n'a pas vu), c'est parce que le premier objet disposait de toute une marge où je sentais déjà la préexistence des suivants, de tout un champ de virtualités et de potentialités que je savais déjà capable de s'actualiser. Or un tel

savoir ou sentiment de l'existence marginale n'es
possible que par autrui. « Autrui est pour nous un
puissant facteur de distraction, non seulement
parce qu'il nous dérange sans cesse et nous arrache
à notre pensée intellectuelle, mais aussi parce que la
seule possibilité de sa survenue jette une vague
lueur sur un univers d'objets situés en marge de
notre attention, mais capable à tout instant d'en
devenir le centre. » La partie de l'objet que je ne vois
pas, je la pose en même temps comme visible pour
autrui; si bien que, lorsque j'aurai fait le tour pour
atteindre à cette partie cachée, j'aurai rejoint autrui
derrière l'objet pour en faire une totalisation prévi-
sible. Et les objets derrière mon dos, je les sens qui
bouclent et forment un monde, précisément parce
que visibles et vus par autrui. Et cette profondeur
pour moi, d'après laquelle les objets empiètent ou
mordent les uns sur les autres, et se cachent les uns
derrière les autres, je la vis aussi comme étant une
largeur possible *pour autrui, largeur où ils*
s'alignent et se pacifient (du point de vue d'une
autre profondeur). Bref, autrui assure les marges et
transitions dans le monde. Il est la douceur des
contiguïtés et des ressemblances. Il règle les trans-
formations de la forme et du fond, les variations de
profondeur. Il empêche les assauts par-derrière. Il
peuple le monde d'une rumeur bienveillante. Il fait
que les choses se penchent les unes vers les autres,
et de l'une à l'autre trouvent des compléments natu-
rels. Quand on se plaint de la méchanceté d'autrui,
on oublie cette autre méchanceté plus redoutable
encore, celle qu'auraient les choses s'il n'y avait pas
d'autrui. Il relativise le non-su, le non-perçu; car

autrui pour moi introduit le signe du non-perçu dans ce que je perçois, me déterminant à saisir ce que je ne perçois pas comme perceptible pour autrui. En tous ces sens, c'est toujours par autrui que passe mon désir, et que mon désir reçoit un objet. Je ne désire rien qui ne soit vu, pensé, possédé par un autrui possible. C'est là le fondement de mon désir. C'est toujours autrui qui rabat mon désir sur l'objet.

Que se passe-t-il quand autrui fait défaut dans la structure du monde ? Seule règne la brutale opposition du soleil et de la terre, d'une lumière insoutenable et d'un abîme obscur : « la loi sommaire du tout ou rien ». Le su et le non-su, le perçu et le non-perçu s'affrontent absolument, dans un combat sans nuances ; « ma vision de l'île est réduite à elle-même, ce que je n'en vois pas est un inconnu absolu, partout où je ne suis pas actuellement règne une nuit insondable ». Monde cru et noir, sans potentialités ni virtualités : c'est la catégorie du possible qui s'est écroulée. Au lieu de formes relativement harmonieuses sortant d'un fond pour y rentrer suivant un ordre de l'espace et du temps, plus rien que des lignes abstraites, lumineuses et blessantes, plus rien qu'un sans-fond, rebelle et happant. Rien que des Éléments. Le sans-fond et la ligne abstraite ont remplacé le modelé et le fond. Tout est implacable. Ayant cessé de se tendre et de se ployer les uns vers les autres, les objets se dressent menaçants ; nous découvrons alors des méchancetés qui ne sont plus celles de l'homme. On dirait que chaque chose, ayant déposé son modelé, réduite à ses lignes les plus dures, nous gifle ou nous frappe par-derrière. L'absence d'autrui, c'est quand on se cogne, et que nous est révélée la vitesse stupéfiante de nos gestes. Il n'y a plus de transitions ; finie la douceur des contiguïtés et des ressemblances qui nous permettaient d'habiter le monde. Plus rien ne subsiste que des profondeurs infranchissables, des distances et des différences absolues, ou bien au contraire d'insupportables répétitions, comme des longueurs exactement superposées.

En comparant les premiers effets de sa présence et ceux de son absence, nous pouvons dire ce qu'est autrui. Le tort des théories philosophiques, c'est de le réduire tantôt à un objet particulier, tantôt à un autre sujet (et même une conception comme celle de Sartre se contentait, dans L'Être et le Néant, de réunir les deux déterminations, faisant d'autrui un objet sous mon regard, quitte à ce qu'il me regarde à son tour et me transforme en objet). Mais autrui n'est ni un objet dans le champ de ma perception ni un sujet qui me perçoit : c'est d'abord une structure du champ perceptif, sans laquelle ce champ dans son ensemble ne fonctionnerait pas comme il le fait. Que cette structure soit effectuée par des personnages réels, par des sujets variables, moi pour vous, et vous pour moi, n'empêche pas qu'elle préexiste, comme condition d'organisation en général, aux termes qui l'actualisent dans chaque champ perceptif organisé — le vôtre, le mien. Ainsi Autrui-a priori comme structure absolue fonde la relativité des autruis comme termes effectuant la structure dans chaque champ. Mais quelle est cette structure? C'est celle du possible. Un visage effrayé, c'est l'expression d'un monde possible effrayant, ou de quelque chose d'effrayant dans le monde, que je ne vois pas encore. Comprenons que le possible n'est pas ici une catégorie abstraite désignant quelque chose qui n'existe pas : le monde possible exprimé existe parfaitement, mais il n'existe pas (actuellement) hors de ce qui l'exprime. Le visage terrifié ne ressemble pas à la chose terrifiante, il l'implique, il l'enveloppe comme quelque chose d'autre, dans une sorte de torsion qui met l'exprimé dans l'exprimant. Quand je saisis à mon tour et pour mon compte la réalité de ce qu'autrui exprimait, je ne fais rien qu'expliquer autrui, développer et réaliser le monde possible correspondant. Il est vrai qu'autrui donne déjà une certaine réalité aux possibles qu'il enveloppe : en parlant, précisément. Autrui, c'est l'existence du possible enveloppé. Le langage, c'est la réalité du possible en tant que tel. Le moi, c'est le développement, l'explication des possibles, leur processus de réalisation dans l'actuel. D'Albertine aperçue, Proust dit qu'elle enveloppe ou exprime la plage et le déferlement des flots : « Si elle m'avait vu, qu'avais-je pu lui représenter? Du sein de quel univers me distinguait-elle? » L'amour, la jalousie seront la tentative de développer, de déplier ce monde possible nommé Albertine. Bref, autrui comme structure, c'est l'expression d'un monde possible, c'est l'exprimé saisi comme n'existant pas encore hors de ce qui l'exprime. « Chacun de ces hommes était un monde possible, assez cohérent, avec ses

304

valeurs, ses foyers d'attraction et de répulsion, son centre de gravité. Pour différents qu'ils fussent les uns des autres, ces possibles avaient actuellement en commun une petite image de l'île — combien sommaire et superficielle! — autour de laquelle ils s'organisaient, et dans un coin de laquelle se trouvaient un naufragé nommé Robinson et son serviteur métis. Mais, pour centrale que fût cette image, elle était chez chacun marquée du signe du provisoire, de l'éphémère, condamnée à retourner à bref délai dans le néant d'où l'avait tirée le déroutage accidentel du White-bird. Et chacun de ces mondes possibles proclamait naïvement sa réalité. C'était cela autrui: un possible qui s'acharne à passer pour réel. »

Nous pouvons mieux comprendre les effets de la présence d'autrui. La psychologie moderne a élaboré une riche série de catégories qui rendent compte du fonctionnement du champ perceptif et des variations d'objet dans ce champ: forme-fond, profondeur-longueur, thème-potentialité, profils-unité d'objet, frange-centre, texte-contexte, thétique-non thétique, états transitifs-parties substantives, etc. Mais le problème philosophique correspondant n'est peut-être pas bien posé: on demande si ces catégories appartiennent au champ perceptif lui-même et lui sont immanentes (monisme), ou bien si elles renvoient à des synthèses subjectives s'exerçant sur une matière de la perception (dualisme). On aurait tort de récuser l'interprétation dualiste sous le prétexte que la perception ne se fait pas par une synthèse intellectuelle jugeante; on peut évidemment concevoir des synthèses passives sensibles d'un tout autre type s'exerçant sur une matière (Husserl en ce sens ne renonça jamais à un certain dualisme). Mais, même ainsi, nous doutons que le dualisme soit bien défini, tant qu'on l'établit entre une matière du champ perceptif et des synthèses préréflexives du moi. Le vrai dualisme est tout à fait ailleurs : entre les effets de la « structure Autrui » dans le champ perceptif, et les effets de son absence (ce que serait la perception s'il n'y avait pas autrui). Il faut comprendre qu'autrui n'est pas une structure parmi d'autres dans le champ de perception (au sens où, par exemple, on lui reconnaîtrait une différence de nature avec les objets). Il est la structure qui conditionne l'ensemble du champ, *et le fonctionnement de cet ensemble, en rendant possible la constitution et l'application des catégories précédentes. Ce n'est pas le moi, c'est autrui comme structure qui rend la perception possible. Ce sont donc les mêmes auteurs qui interprètent mal le dualisme, et qui ne sortent pas de l'alternative d'après laquelle autrui serait ou bien un objet particulier dans le champ, ou bien un autre sujet de champ. En définissant autrui, d'après Tournier, comme l'expression d'un monde possible, nous en faisons au contraire le principe a* priori *de l'organisation de tout champ perceptif d'après les catégories, nous en faisons la structure qui permet le fonctionnement comme la « catégorisation » de ce champ. Le vrai dualisme alors apparaît avec l'absence d'autrui : que se passe-t-il en ce cas pour le champ perceptif ? Est-il structuré d'après d'autres catégories ? ou au* contraire s'ouvre-t-il sur une matière très spéciale, nous faisant pénétrer dans un informel particulier ? Voilà l'aventure de Robinson.

La thèse, l'hypothèse-Robinson, a un grand avantage : on nous présente comme dû aux circonstances de l'île déserte l'effacement progressif de la structure Autrui. Bien sûr, elle survit et fonctionne encore, longtemps après que Robinson sur l'île ne rencontre plus de termes actuels ou de personnages pour l'effectuer. Mais vient le moment où c'est fini : « Les phares ont disparu de mon champ. Nourrie par ma fantaisie, leur lumière est encore longtemps parvenue jusqu'à moi. Maintenant, c'en est fait, les ténèbres m'environnent. » Et quand Robinson rencontrera Vendredi, nous le verrons, ce n'est plus comme un autrui qu'il le saisira. Et quand un navire abordera à la fin, Robinson saura qu'il ne peut plus restaurer les hommes dans leur fonction d'autrui, puisque la structure qu'ils rempliraient ainsi a elle-même disparu : « C'était cela autrui : un possible qui s'acharne à passer pour réel. Et qu'il soit cruel, égoïste, immoral de débouter cette exigence, c'est ce que toute son éducation avait inculqué à Robinson, mais il l'avait oublié pendant ces années de solitude, et il se demandait maintenant s'il parviendrait jamais à reprendre le pli perdu. » Or cette dissolution progressive mais irréversible de la structure, n'est-ce pas ce que le pervers atteint par d'autres moyens, dans son « île » intérieure ? Pour parler comme Lacan, la « forclusion » d'autrui fait que les autres ne sont plus appréhendés comme des autruis, puisque manque *la structure qui pourrait leur donner cette place et cette fonction. Mais n'est-ce pas aussi bien tout notre monde perçu qui s'écroule ? Au profit d'autre chose ?...*

Revenons donc aux effets de la présence d'autrui, tels qu'ils découlent de la définition « autrui-expression d'un monde possible ». L'effet fondamental, c'est la distinction de ma conscience et de son objet. Cette distinction découle en effet de la structure Autrui. Peuplant le monde de possibilités, de fonds, de franges, de transitions, — inscrivant la possibilité d'un monde effrayant quand je ne suis pas encore effrayé, ou bien au contraire la possibilité d'un monde rassurant quand, moi, je suis réellement effrayé par le monde, — enveloppant sous d'autres aspects le même monde qui se tient tout autrement développé devant moi, — constituant dans le monde autant de cloques qui contiennent des mondes possibles : voilà ce qu'est autrui *. Dès

---

* La conception de Tournier comporte évidemment des échos leibniziens (la monade comme expression de monde), mais aussi des échos sartriens. La théorie de Sartre dans *L'Être et le Néant* est la première grande théorie d'autrui, parce qu'elle dépasse l'alternative : autrui est-il un objet (fût-ce un objet particulier dans le champ perceptif) ou bien est-il sujet (fût-ce un autre sujet pour un autre champ perceptif) ? Sartre est ici le précurseur du structuralisme, car il est le premier à avoir considéré autrui comme structure propre ou spécificité irréductible à l'objet et au sujet. Mais, comme il définissait cette structure par le « regard », il retombait dans les catégories d'objet et de sujet, en faisant d'autrui celui qui me constitue comme objet quand il me regarde, quitte à devenir objet lui-même quand je parviens à le regarder. Il semble que la structure Autrui précède le regard ; celui-ci marque plutôt l'instant où *quelqu'un* vient remplir la

lors, autrui fait que ma conscience bascule néces-
sairement dans un « j'étais », dans un passé qui
ne coïncide plus avec l'objet. Avant qu'autrui ne
paraisse, il y avait par exemple un monde rassu-
rant, dont on ne distinguait pas ma conscience ;
autrui surgit, exprimant la possibilité d'un monde
effrayant, qui n'est pas développé sans faire passer
le précédent. Moi, je ne suis rien d'autre que mes
objets passés, mon moi n'est fait que d'un monde
passé, précisément celui qu'autrui fait passer. Si
autrui, c'est un monde possible, moi je suis un
monde passé. Et toute l'erreur des théories de la
connaissance, c'est de postuler la contempora-
néité du sujet et de l'objet, alors que l'un ne se
constitue que par l'anéantissement de l'autre. « Le
sujet est un objet disqualifié. Mon œil est le
cadavre de la lumière, de la couleur. Mon nez est
tout ce qui reste des odeurs quand leur irréalité a
été démontrée. Ma main réfute la chose tenue. Dès
lors le problème de la connaissance naît d'un ana-
chronisme. Il implique la simultanéité du sujet et
de l'objet dont il voudrait éclairer les mystérieux
rapports. Or le sujet et l'objet ne peuvent coexis-
ter, puisqu'ils sont la même chose, d'abord inté-
grée au monde réel, puis jetée au rebut. » Autrui
assure donc la distinction de la conscience et de
son objet, comme distinction temporelle. Le pre-
mier effet de sa présence concernait l'espace et la
distribution des catégories de la perception ; mais
le deuxième effet, peut-être plus profond, concerne

---

structure ; le regard ne fait qu'effectuer, actualiser une structure
qui doit être définie indépendamment.

le temps et la distribution de ses dimensions, du precédent et du suivant dans le temps. Comment y aurait-il encore un passé quand autrui ne fonctionne plus ?

En l'absence d'autrui, la conscience et son objet ne font plus qu'un. Il n'y a plus de possibilité d'erreur : non pas simplement parce qu'autrui n'est plus là, constituant le tribunal de toute réalité, pour discuter, infirmer ou vérifier ce que je crois voir, mais parce que, manquant dans sa structure, il laisse la conscience coller ou coïncider avec l'objet dans un éternel présent. « On dirait, par suite, que mes journées se sont redressées. Elles ne basculent plus les unes sur les autres. Elles se tiennent debout, verticales, et s'affirment fièrement dans leur valeur intrinsèque. Et comme elles ne sont plus différenciées par les étapes successives d'un plan en voie d'exécution, elles se ressemblent au point qu'elles se superposent exactement dans ma mémoire et qu'il me semble revivre sans cesse la même journée. » La conscience cesse d'être une lumière sur les objets, pour devenir une pure phosphorescence des choses en soi. Robinson n'est que la conscience de l'île, mais la conscience de l'île, c'est la conscience que l'île a d'elle-même, et c'est l'île en elle-même. On comprend alors le paradoxe de l'île déserte : le naufragé, s'il est unique, s'il a perdu la structure-autrui, ne rompt en rien le désert de l'île, il le consacre plutôt. L'île s'appelle Speranza, mais qui est Je ? « La question est loin d'être oiseuse, elle n'est même pas insoluble, car si ce n'est lui, c'est donc Speranza. » Voilà que progressivement Robinson s'approche d'une révélation : la perte d'autrui, il l'avait d'abord éprouvée comme un trouble fondamental du monde ; plus rien ne subsistait que l'opposition de la lumière et de la nuit, tout se faisait blessant, le monde avait perdu ses transitions et ses virtualités. Mais il découvre (lentement) que c'est plutôt autrui qui troublait le monde. C'était lui, le trouble. Autrui disparu, ce ne sont pas seulement les journées qui se redressent. Ce sont les choses aussi, n'étant plus par autrui rabattues les unes sur les autres. C'est le désir aussi, n'étant plus rabattu sur un objet ou un monde possible exprimé par autrui. L'île déserte entre dans un redressement, dans une érection généralisée.

La conscience n'est pas seulement devenue une phosphorescence intérieure aux choses, mais un feu dans leurs têtes, une lumière au-dessus de chacune, un « Je volant ». Dans cette lumière apparaît autre chose : un double aérien de chaque chose. « Il me semblait entrevoir pendant un bref instant une autre île cachée... Cette autre Speranza, j'y suis transporté désormais, je suis installé à demeure dans un moment d'innocence. » C'est cela que le roman excelle à décrire : dans chaque cas, l'extraordinaire naissance du double érigé. Or, quelle est exactement la différence entre la chose telle qu'elle apparaît en présence d'autrui et le double qui tend à se dégager en son absence ? C'est qu'autrui présidait à l'organisation du monde en objets, et aux relations transitives entre ces objets. Les objets n'existaient que par les possibilités dont autrui peuplait le monde ; chacun ne se fermait sur soi, ne s'ouvrait sur d'autres objets, qu'en fonction des mondes possibles exprimés par autrui. Bref : c'est autrui qui emprisonnait les éléments dans la limite des corps, et au plus loin dans les limites de la terre. Car la terre elle-même n'est que le grand corps qui retient les éléments. La terre n'est terre que peuplée d'autruis. C'est autrui qui fabrique les corps avec des éléments, les objets avec des corps, comme il fabrique son propre visage avec les mondes qu'il exprime. Le double libéré, quand autrui s'effondre, n'est donc pas une réplique des choses. Le double, au contraire, c'est l'image redressée où les éléments se libèrent et se reprennent, tous les éléments devenus célestes, et formant mille figures capricieuses élémentaires. Et d'abord la figure d'un Robinson solaire et déshumanisé. Tout se passe comme si la terre entière tentait de s'échapper par l'île, non seulement restituant les autres éléments qu'elle retenait indûment sous l'influence d'autrui, mais traçant d'elle-même son propre double aérien qui la rend à son tour céleste, qui la fait concourir avec les autres éléments dans le ciel et pour les figures solaires. Bref autrui, c'est ce qui, enveloppant les mondes possibles, empêchait les doubles de se redresser. Autrui, c'était le grand rabatteur. Si bien que la destructuration d'autrui n'est pas une désorganisation du monde, mais une organisation-debout par opposition à l'organisation couchée, le redressement, le dégagement d'une image enfin verticale et sans épaisseur; puis d'un élément pur enfin libéré.

Il a fallu des catastrophes pour cette production des doubles et des éléments : non seulement les rites du grand bouc mort, mais une formidable explosion, où l'île rendît tout son feu et se vomît elle-même à travers une de ses grottes. Mais, à travers les catastrophes, le désir redressé apprend quel est son véritable objet. La nature et la terre ne nous disaient-elles pas déjà que l'objet du désir n'est pas le corps ni la chose, mais seulement l'Image ? Et quand nous désirions autrui lui-même, sur quoi portait notre désir sinon sur ce petit monde possible exprimé, qu'autrui avait le tort d'envelopper en lui, au lieu de le laisser flotter et voler au-dessus du monde, développé comme un double glorieux ? Et quand nous contemplons ce papillon qui butine une fleur reproduisant exactement l'abdomen de sa femelle, et qui en sort portant sur sa tête deux cornes de pollen, il apparaît que les corps ne sont que des détours pour atteindre aux Images, et que la sexualité réalise d'autant mieux et plus promptement son but qu'elle économise ce détour, qu'elle s'adresse directement aux Images, et finalement aux Éléments libérés des corps. La conjugaison de la libido avec les éléments, telle est la déviation de Robinson; mais toute l'histoire de cette déviation quant aux buts, c'est aussi bien le « redressement » des choses, de la terre et du désir.

Que de peines il a fallu pour en arriver là, combien d'aventures romanesques. Car la première réaction de Robinson fut le désespoir. Elle exprime exactement ce moment de la névrose où la structure Autrui fonctionne encore, bien qu'il n'y ait plus personne pour la remplir, l'effectuer. D'une certaine manière elle fonctionne d'autant plus rigoureusement qu'elle n'est plus occupée par des êtres réels. Les autres ne sont plus ajustés à la structure ; celle-ci fonctionne à vide, d'autant plus exigeante. Elle ne cesse de refouler Robinson dans un passé personnel non reconnu, dans les pièges de la mémoire et les douleurs de l'hallucination. Ce moment de la névrose (où c'est Robinson tout entier qui se trouve « refoulé ») s'incarne dans la souille, que Robinson partage avec les pécaris : « Seuls ses yeux, son nez et sa bouche affleuraient dans le tapis flottant des lentilles d'eau et des œufs de crapaud. Libéré de toutes ses attaches terrestres, il suivait dans une rêverie hébétée des bribes de souvenirs qui, remontant de son passé, dansaient au ciel dans l'entrelacs des feuilles immobiles. »

Le second moment, pourtant, montre que la structure Autrui commence à s'effriter. S'arrachant à la souille, Robinson cherche un substitut d'autrui, capable de maintenir malgré tout le pli qu'autrui donnait aux choses : l'ordre, le travail. L'ordonnance du temps par la clepsydre, l'instauration d'une production surabondante, l'établissement d'un code de lois, la multiplicité des titres et fonctions officielles dont Robinson se charge, tout cela témoigne d'un effort pour repeupler le monde d'autruis qui sont encore lui-même, et pour maintenir les effets de la présence d'autrui quand la structure défaille. Mais l'anomalie se fait sentir : alors que le Robinson de Defoe s'interdit de produire au-delà de son besoin, pensant que le mal commence avec l'excès de la production, celui de Tournier se lance dans une production « frénétique », le seul mal étant de consommer, puisqu'on consomme toujours seul et pour soi. Et, parallèlement à cette activité de travail, comme corrélat nécessaire, se développe une étrange passion de détente et de sexualité. Arrêtant parfois sa clepsydre, s'habituant à la nuit sans fond d'une grotte, enduisant tout son corps de lait, Robinson s'enfonce jusqu'au centre intérieur de l'île, et trouve un alvéole où il arrive à se recroqueviller, qui est comme l'enveloppe larvaire de son propre corps. Régression plus fantastique que celle de la névrose, puisqu'elle remonte à la Terre-Mère, à la Mère primordiale : « Il était cette pâte molle saisie dans une poigne de pierre toute-puissante, il était cette fève, prise dans la chair massive et inébranlable de Speranza. » Tandis que le travail conservait la forme d'objets comme autant de vestiges accumulés, l'involution renonce à tout objet formé au profit d'un intérieur de la Terre et d'un principe d'enfouissement. Mais on a l'impression que les deux conduites si différentes sont singulièrement complémentaires. De part et d'autre, il y a frénésie, double frénésie définissant le moment de la psychose, et qui apparaît évidemment dans le retour à la Terre et la généalogie cosmique du schizophrène, mais non moins déjà dans le travail, dans la production d'objets schizophréniques inconsommables, procédant par entassement et accumulation. Ici, c'est donc la structure Autrui qui tend elle-même à se dissoudre : le psychotique tente de pallier l'absence des autruis réels en instaurant un ordre de vestiges humains, et la dissolution de la structure en organisant une filiation surhumaine.

Névrose et psychose, c'est l'aventure de la profondeur. La structure Autrui organise la profondeur et la pacifie, la rend vivable. Aussi bien les troubles de cette structure impliquent un dérèglement, un affolement de la profondeur, comme un retour agressif du sans-fond qu'on ne peut plus conjurer. Tout a perdu son sens, tout devient simulacre et vestige, même l'objet du travail, même l'être aimé, même le monde en lui-même et le moi dans le monde... À moins pourtant qu'il n'y ait un salut de Robinson. À moins que Robinson n'invente une nouvelle dimension ou un troisième sens pour l'expression « perte d'autrui ». À moins que l'absence d'autrui et la dissolution de sa structure ne désorganisent pas simplement le monde, mais ouvrent au contraire une possibilité de salut. Il faut que Robinson revienne à la surface, qu'il découvre les surfaces. La surface pure, c'est peut-être ce qu'autrui nous cachait. C'est peut-être à la surface, comme une vapeur, qu'une image inconnue des choses se dégage et, de la terre, une nouvelle figure énergique, une énergie superficielle sans autrui possible. Car le ciel ne signifie pas du tout une hauteur qui serait seulement l'inverse de la profondeur. Dans leur opposition avec la terre profonde, l'air et le ciel sont la description d'une surface pure, et le survol du champ de cette surface. Le ciel solipsiste n'a pas de profondeur : « Étrange parti pris qui valorise aveuglément la profondeur aux dépens de la superficie, et qui veut que superficiel signifie non pas de vaste dimension, mais de peu de profondeur, tandis que profond signifie au contraire de grande profondeur et non pas de faible superficie. Et pourtant un sentiment comme l'amour se mesure bien mieux il me semble, si tant est qu'il se mesure, à l'importance de sa superficie qu'à son degré de profondeur... » À la surface d'abord se lèvent ces doubles ou ces Images aériennes; puis, dans le survol céleste du champ, ces Éléments purs et libérés. L'érection généralisée, c'est celle des surfaces, leur rectification, autrui disparu. Alors les simulacres montent, et deviennent phantasmes, à la surface de l'île et au survol du ciel. Doubles sans ressemblance et éléments sans contrainte sont les deux aspects du phantasme. Cette restructuration du monde, c'est la grande Santé de Robinson, la conquête de la grande Santé, ou le troisième sens de « perte d'autrui ».

C'est là qu'intervient Vendredi. Car le personnage principal, comme dit le titre, c'est Vendredi, le jeune garçon. Seul il peut guider et achever la métamorphose commencée par Robinson, et lui en révéler le sens, le but. Tout cela, innocemment, superficiellement. C'est Vendredi qui détruit l'ordre économique et moral instauré par Robinson sur l'île. C'est lui qui dégoûte Robinson de la combe, ayant fait pousser sous son propre plaisir une autre espèce de mandragore. C'est lui qui fait sauter l'île, en fumant le tabac défendu près d'un baril de poudre, et restitue au ciel aussi bien la terre que les eaux et le feu. C'est lui qui fait voler et chanter le bouc mort (= Robinson). Mais c'est *lui surtout qui présente à Robinson l'image du double personnel, comme complément nécessaire de l'image de l'île.* « Robinson tourne et retourne cette question en lui-même. Pour la première fois il entrevoit nettement, sous le métis grossier et stupide qui l'irrite, l'existence possible d'un autre Vendredi — comme il a soupçonné jadis, bien avant de découvrir la grotte et la combe, une autre île, cachée sous l'île administrée. » *Enfin c'est lui qui conduit Robinson à la découverte des Éléments libres, plus radicaux que les Images ou les Doubles puisqu'ils les forment. Que dire de Vendredi, sinon qu'il est espiègle et gamin, tout en surface ? Robinson ne cessera d'avoir des sentiments ambivalents à son égard, ne l'ayant sauvé que par hasard, dans une erreur de tir, alors qu'il voulait le tuer.*

Mais l'essentiel est que Vendredi ne fonctionne pas du tout comme un autrui retrouvé. C'est trop tard, la structure ayant disparu. Tantôt il fonctionne comme un objet insolite, tantôt comme un étrange complice. Robinson le traite tantôt comme un esclave qu'il tente d'intégrer à l'ordre économique de l'île, pauvre simulacre, tantôt comme le détenteur d'un secret nouveau qui menace l'ordre, mystérieux phantasme. Tantôt presque comme un objet ou un animal, tantôt comme si Vendredi était un au-delà de lui-même, un au-delà de Vendredi, le double ou l'image de soi. Tantôt en deçà d'autrui, tantôt au-delà. La différence est essentielle. Car autrui, dans son fonctionnement normal, exprime un monde possible ; mais ce monde possible existe dans notre monde et, s'il n'est pas développé ou réalisé sans changer la qualité de notre monde, c'est du moins d'après des lois qui constituent l'ordre du réel en général et la succession du temps. Vendredi fonctionne tout autrement, lui qui indique un autre monde supposé vrai, un double irréductible seul véritable, et sur cet autre monde un double de l'autrui qu'il n'est plus, qu'il ne peut pas être. Non pas un autrui, mais un tout autre qu'autrui. Non pas une réplique, mais un Double : le révélateur des éléments purs, celui qui dissout les objets, les corps et la terre. « Il semblait que [Vendredi] appartînt à un autre règne, en opposition avec le règne tellurique de son maître sur lequel il avait des effets dévastateurs pour peu qu'on tente de l'y emprisonner. » C'est pourquoi il n'est même pas pour Robinson objet de désir. Robinson a beau lui entourer les genoux, contempler ses yeux, c'est seulement pour en appréhender le double lumineux qui ne retient plus qu'à peine les éléments libres échappés de son corps. Autrui rabat : il rabat les éléments en terre, la terre en corps, les corps en objets. Mais Vendredi innocemment redresse les objets et les corps, il porte la terre dans le ciel, il libère les éléments. Redresser, rectifier, c'est aussi bien raccourcir. Autrui est un étrange détour, il rabat mes désirs sur les objets, mes amours sur les mondes. La sexualité n'est liée à la génération que dans un tel détour qui fait passer par autrui d'abord la différence des sexes. C'est d'abord en autrui, par autrui, que la différence des sexes est fondée, établie. Instaurer le monde sans autrui, redresser le monde (comme

Vendredi le fait, ou plutôt comme Robinson per-
çoit que Vendredi le fait), c'est éviter le détour.
C'est séparer le désir de son objet, *de son détour*
par un corps, pour le rapporter à une cause *pure :*
les Éléments. « A disparu l'échafaudage d'institu-
tions et de mythes qui permet au désir de prendre
corps, au double sens du mot, c'est-à-dire de se
donner une forme définie et de fondre sur un
corps féminin. » Robinson ne peut plus s'appré-
hender lui-même, ou appréhender Vendredi, du
point de vue d'un sexe différencié. Libre à la psy-
chanalyse de voir dans cette abolition du détour,
dans cette séparation de la cause du désir avec
l'objet, dans ce retour aux éléments, le signe d'un
instinct de mort — instinct devenu solaire.

*

Tout est romanesque ici, y compris la théorie,
qui se confond avec une fiction nécessaire : une
certaine théorie d'autrui. D'abord nous devons
attacher la plus grande importance à la concep-
tion d'autrui comme structure : non pas du tout
« forme » particulière dans un champ perceptif
(distincte de la forme « objet » ou de la forme
« animal »), mais système conditionnant le fonc-
tionnement de l'ensemble du champ perceptif en
général. Nous devons donc distinguer Autrui-a
priori, *qui désigne cette structure, et* cet
autrui-ci, cet autrui-là, *qui désignent les termes*
réels effectuant la structure dans tel ou tel champ.
Si cet autrui-ci est toujours quelqu'un, moi pour
vous, vous pour moi, c'est-à-dire dans chaque

champ perceptif le sujet d'un autre champ,
Autrui-a priori, en revanche, ce n'est personne,
puisque la structure est transcendante aux termes
qui l'effectuent. Comment la définir ? L'expressi-
vité qui définit la structure Autrui est constituée
par la catégorie du possible. Autrui-a priori, c'est
l'existence du possible en général : en tant que le
possible existe seulement comme exprimé, c'est-à-
dire dans un exprimant qui ne lui ressemble pas
(torsion de l'exprimé dans l'exprimant). Quand le
héros de Kierkegaard réclame « du possible, du
possible, sinon j'étouffe », quand James réclame
« l'oxygène de la possibilité », ils ne font rien
qu'invoquer Autrui-a priori. Nous avons essayé
de montrer en ce sens comment autrui condition-
nait l'ensemble du champ perceptif, l'application
à ce champ des catégories de l'objet perçu et des
dimensions du sujet percevant, enfin la distribu-
tion des autruis-ci dans chaque champ. En effet
les lois de la perception pour la constitution
d'objets (forme-fond, etc.), pour la détermination
temporelle du sujet, pour le développement suc-
cessif des mondes, nous ont paru dépendre du
possible comme structure Autrui. Même le désir,
qu'il soit désir d'objet ou désir d'autrui, dépend de
la structure. Je ne désire d'objet que comme
exprimé par autrui sur le mode du possible ; je ne
désire en autrui que les mondes possibles qu'il
exprime. Autrui apparaît comme ce qui organise
les Éléments en Terre, la terre en corps, les corps
en objets, et qui règle et mesure à la fois l'objet, la
perception et le désir.

Quel est le sens de la fiction « Robinson » ?

Qu'est-ce qu'une robinsonade? Un monde sans autrui. Tournier suppose qu'à travers beaucoup de souffrances Robinson découvre et conquiert une grande Santé, dans la mesure où les choses finissent par s'organiser tout autrement qu'avec autrui, parce qu'elles libèrent une image sans ressemblance, un double d'elles-mêmes ordinairement refoulé, et que ce double à son tour libère de purs éléments ordinairement prisonniers. Ce n'est pas le monde qui est troublé par l'absence d'autrui, au contraire c'est le double glorieux du monde qui se trouve caché par sa présence. Voilà la découverte de Robinson : découverte de la surface, de l'au-delà élémentaire, de l'Autre qu'Autrui. Alors pourquoi l'impression que cette grande Santé est perverse, que cette « rectification » du monde et du désir est aussi bien déviation, perversion? Robinson pourtant n'a aucun comportement pervers. Mais toute étude de la perversion, tout roman de la perversion s'efforce de manifester l'existence d'une « structure perverse » comme principe dont les comportements pervers découlent éventuellement. En ce sens la structure perverse peut être considérée comme celle qui s'oppose à la structure Autrui et se substitue à elle. Et de même que les autruis concrets sont des termes actuels et variables effectuant cette structure Autrui, les comportements du pervers, toujours présupposant une absence fondamentale d'autrui, sont seulement des termes variables effectuant la structure perverse.

Pourquoi le pervers a-t-il tendance à s'imaginer comme un ange radieux, d'hélium et de feu?

Pourquoi a-t-il à la fois contre la terre, contre la fécondation et les objets de désir, cette haine qu'on trouve déjà systématisée chez Sade ? Le roman de Tournier ne se propose pas d'expliquer, mais montre. Par là il rejoint, avec de tout autres moyens, les études psychanalytiques récentes qui semblent devoir renouveler le statut du concept de perversion, et d'abord le sortir de cette incertitude moralisante où il était maintenu par la psychiatrie et le droit réunis. Lacan et son école insistent profondément : sur la nécessité de comprendre les comportements pervers à partir d'une structure, et de définir cette structure qui conditionne les comportements eux-mêmes ; sur la manière dont le désir subit une sorte de déplacement dans cette structure, et dont la Cause du désir se détache ainsi de l'objet ; sur la façon dont la différence des sexes est désavouée par le pervers, au profit d'un monde androgyne des doubles ; sur l'annulation d'autrui dans la perversion, sur la position d'un « au-delà de l'Autre » ou d'un Autre qu'autrui, comme si autrui dégageait aux yeux du pervers sa propre métaphore ; sur la « désubjectivation » perverse — car il est certain que ni la victime ni le complice ne fonctionnent comme des autruis. Par exemple, ce n'est pas parce qu'il a envie, parce qu'il désire faire souffrir l'autre que le sadique le dépossède de sa qualité d'autrui. C'est l'inverse, c'est parce qu'il manque de la structure Autrui, et vit sous une tout autre structure servant de condition à son monde vivant, qu'il appréhende les autres soit comme des victimes soit comme des complices, mais dans aucun des deux cas ne les appréhende comme des autruis, toujours au contraire comme des Autres qu'autrui. Là encore, il est frappant de voir chez Sade à quel point les victimes et les complices, avec leur réversibilité nécessaire, ne sont pas du tout saisis comme autrui : mais tantôt comme des corps détestables, tantôt comme des doubles ou des Éléments alliés (non pas surtout des doubles du héros, mais des doubles d'eux-mêmes, toujours sortis de leur corps à la conquête des éléments atomiques).

Le contresens fondamental sur la perversion consiste en raison d'une phénoménologie hâtive des comportements pervers, en vertu aussi des exigences du droit, à rapporter la perversion à certaines offenses faites à autrui Et tout nous persuade, du point de vue du comportement, que la perversion n'est rien sans la présence d'autrui : le voyeurisme, l'exhibitionnisme, etc. Mais, du point de vue de la structure, il faut dire le contraire : c'est parce que la structure Autrui manque, remplacée par une tout autre structure, que les « autres » réels ne peuvent plus jouer le rôle de termes effectuant la première structure disparue, mais seulement, dans la seconde, le rôle de corps-victimes (au sens très particulier que le pervers attribue aux corps) ou le rôle de complices-doubles, de complices-éléments (là encore au sens très particulier du pervers). Le monde du pervers est un monde sans autrui, donc un monde sans possible. Autrui, c'est ce qui possibilise. Le monde pervers est un monde où la catégorie du nécessaire a complètement remplacé celle du possible :

étrange spinozisme où l'oxygène manque, au profit d'une énergie plus élémentaire et d'un air raréfié (le Ciel-Nécessité). Toute perversion est un autruicide, un altrucide, donc un meurtre des possibles. Mais l'altrucide n'est pas commis par le comportement pervers, il est supposé dans la structure perverse. Ce qui n'empêche que le pervers est pervers non pas constitutionnellement, mais à l'issue d'une aventure qui a sûrement passé par la névrose, et frôlé la psychose. C'est ce que suggère Tournier dans ce roman extraordinaire : il faut imaginer Robinson pervers ; la seule robinsonade est la perversion même.

Gilles Deleuze *.

* Extrait de *Logique du Sens* (Éd. de Minuit, 1969).

NOTES

Les notes suivantes éclairent les difficultés qu'un bon dictionnaire usuel ne résout pas toujours. Les définitions de Michel Tournier que nous citons sont extraites du *Pied de la lettre* (Mercure de France, 1994) et du *Miroir des idées* (Mercure de France, 1994).

1 *(p. 7)*. *La gîte* : inclinaison du navire sous l'influence du vent.

2 *(p. 7)*. *Tarot* : il s'agit du tarot de Marseille, jeu de cartes très ancien, aux figures symboliques, utilisées en cartomancie pour deviner l'avenir.

3 *(p. 7)*. *Démiurge* : créateur et maître du monde.

4 *(p. 7)*. *Arcanes majeurs* : vingt-deux cartes dont les thèmes sont empruntés au monde chrétien, à la mythologie, à l'astrologie et qui représentent des chemins initiatiques. Tournier ne donne pas toujours leur nom traditionnel à ces cartes. Ainsi il appelle le Chariot l'arcane 7, dont le vrai nom est Mars, l'Étoile l'arcane 17 dont le nom est Vénus, le Sagittaire l'arcane 6 dont le nom est l'Amoureux, les Gémeaux l'arcane 15 dont le nom est le Diable. Mais le Bateleur, l'Érmite et le Pendu sont les vrais noms des arcanes 1, 9 et 12.

5 *(p. 8)*. *Auloffée* : mouvement du bateau qui loffe, revient à la ligne du vent.

6 *(p. 11)*. *Feux Saint-Elme* : lueurs qui entourent le sommet des mâts en période d'orage.

7 *(p. 12)*. *Mettre à la cape* : manœuvre d'un navire qui, par gros temps, réduit sa vitesse.

8 *(p. 12)*. *Fiasque de genièvre* : bouteille à col long et à large panse, garnie de paille, en usage en Italie, contenant une eau-de-vie obtenue par distillation de moûts fermentés de céréales.

9 *(p. 12)*. *Galette de pumpernickel* : galette de pain de seigle, noir, complet, d'origine wesphalienne.

10 *(p. 12)*. *Gémeaux* : Castor et Pollux, jumeaux de Zeus et Léda, devenus une constellation appelée les Gémeaux.

11 *(p. 13)*. *Cagnard* : sur les bateaux, abri en toile, pour officier de quart.

12 *(p. 13)*. *Capelé au cabestan* : entouré d'une boucle de cordage à un treuil à arbre vertical sur lequel peut s'enrouler un câble qui sert à tirer des fardeaux.

13 *(p. 15)*. *Affalaient une embarcation sur ses bossoirs* : faisaient descendre une embarcation des arcs-boutants servant à la suspendre.

14 *(p. 18)*. *Atterrages* : premières terres, hauts-fonds qu'un bateau venant du large reconnaît avant la côte.

15 *(p. 25)*. *Choux palmistes* : bourgeons terminaux du palmier.

16 *(p. 25)*. *Aréopage* : tribunal d'Athènes qui siégeait sur la colline d'Arès ; d'où le sens d'assemblée de juges, de savants, d'hommes de lettres.

17 *(p. 27)*. *Écubier* : ouverture ménagée à l'avant d'un navire pour le passage des câbles ou des chaînes.

18 *(p. 27)*. *Dames-jeannes* : sortes de bonbonnes.

19 *(p. 28)*. *Guano* : matière constituée par les amas de déjections d'oiseaux marins.

20 *(p. 28)*. *Odeur caséeuse* : qui évoque le fromage.

21 *(p. 29)*. *Herminette* : hachette à tranchant recourbé (comme le museau de l'hermine).

22 *(p. 30)*. *La secte des Quakers* : secte protestante, « la Société des Amis » prêche le pacifisme, la philanthropie et la simplicité des mœurs.

23 *(p. 31)*. *L'Ouse* : nom de plusieurs rivières de Grande-Bretagne dans le Yorkshire.

24 *(p. 36)*. *Coruscant* : brillant, éclatant.

25 *(p. 38)*. *Baux* : traverse qui maintient l'écartement des murailles.

26 *(p. 40)*. *Tavelures* : taches.

27 *(p. 42)*. *Obnubilé* : « Du latin *nubes* : nuage. Couvrir de nuages. Ce beau mot n'est guère utilisé dans son sens propre. Sens figuré : obscurcir l'esprit » (M. Tournier).

28 *(p. 43)*. *Souille* : bourbier où se vautrent les sangliers.

29 *(p. 44)*. *Délétère* : qui met la vie ou la santé en danger, nuisible.

30 *(p. 46)*. *Marigot* : dans les régions tropicales, bras mort d'un fleuve.

31 *(p. 46)*. *Viole de gambe* : instrument à corde et à archet utilisé en Europe; ancêtre du violoncelle.

32 *(p. 47)*. *Œuvres vives* : partie de la coque qui est au-dessous de la ligne de flottaison.

33 *(p. 47)* *Galion* : grand bâtiment destiné au commerce de l'Amérique, au transport de l'or que l'Espagne tirait de ses colonies.

34 *(p. 48)*. *Sabords* : hublots.

35 *(p. 49)*. *Lustre* : cinq années.

36 *(p. 50)*. *Cénotaphe* : tombeau élevé à la mémoire d'un mort mais qui ne contient pas son corps.

37 *(p. 51)*. *Épissoir* : poinçon qui sert à écarter les fils d'un cordage pour les assembler en les entrelaçant.

38 *(p. 52)*. *Log-book* : journal de bord (terme de marine).

39 *(p. 55)*. *Vampire* : grande chauve-souris de l'Amérique du Sud.

40 *(p. 57)*. *Méphitique* : se dit d'une exhalaison toxique et puante.

41 *(p. 57)*. *Bercelonnette* : berceau léger monté sur deux pieds, en forme de croissant.

42 *(p. 57)*. *Liliale* : qui rappelle le lys par sa blancheur, sa pureté.

43 *(p. 59)*. *Virtus* : vigueur morale, énergie virile, courage vaillance.

44 *(p. 60)*. *Monoxyle* : fait d'une seule pièce de bois.

45 *(p. 67)*. *Andain* : ligne régulière formée par les herbes que le faucheur coupe et rejette sur sa gauche.

46 *(p. 69)*. *Cosmos végétal* : dans *Le Miroir des idées*, Tournier écrit à « cosmique et cosmétique » : « Ces deux mots doivent leur ressemblance à une racine grecque commune qui signifie ordre, organisation, arrangement. » C'est le sens ici de *cosmos* (voir l'emploi de ce mot à nouveau p. 136).

47 *(p. 75)*. *Squames* : écailles.

48 *(p. 81)*. *Picotin* : mesure de capacité pour la ration d'avoine d'un cheval (quart du boisseau).

49 *(p. 81)*. *Grain* : poids équivalant à 0,002 once.

50 *(p. 81)*. *Drachme* : poids équivalant à 3,24 grammes.

51 *(p. 81)*. *Avoirdupois* : système de mesure de masse des pays anglo-saxons, dans lequel la livre vaut 453,592 grammes

et qui s'applique à toutes les marchandises autres que les métaux et les médicaments.

52 *(p. 84). Pétuner* : fumer, priser du tabac. Terme ancien.

53 *(p. 86). Une oraison jaculatoire* : une prière courte et fervente.

54 *(p. 86). Déhalées* : déplacées au moyen des amarres (en parlant d'un navire).

55 *(p. 89). Géhenne* : séjour des réprouvés, enfer (extrait de Matthieu, 29-30).

56 *(p. 96). Tellurique* : qui concerne la terre.

57 *(p. 104). Le Nazaréen* : désigne Jésus par la ville de Galilée où, selon les Évangiles, se passa sa vie cachée.

58 *(p. 104). La violence mosaïque* : de Moïse.

59 *(p. 104). Rémanente* : qui subsiste après l'excitation.

60 *(p. 107). Combe* : dépression, vallée profonde.

61 *(p. 107). Gloriette* : pavillon de verdure dans un jardin.

62 *(p. 107). Gabion* : abri pour les chasseurs de gibier d'eau.

63 *(p. 120). Chétodon* : poisson des coraux aux couleurs vives et contrastées.

64 *(p. 120). Phosphène* : sensation qui résulte de l'excitation des globes rétiniens par un agent autre que la lumière (choc ou dépression).

65 *(p. 127). Ludion* : appareil formé d'une sphère creuse percée d'un trou à sa partie inférieure et qui monte et descend dans un bocal quand on en modifie la pression.

66 *(p. 128). Avatar* : transformation du modèle initial.

67 *(p. 143). Bajoyer* : paroi latérale d'une chambre d'écluse

68 *(p. 146). Remugle* : odeur de moisi, de renfermé.

69 *(p. 147). Lombes* : région postérieure du tronc située à l'arrière de la cavité abdominale.

70 *(p. 152). Turgescent* : qui augmente de volume par rétention de sang.

71 *(p. 157). Mandragore* : plante aux vertus analgésiques et aphrodisiaques dont la racine allongée, blanche et bifurquée évoque le tronc et les jambes du corps humain. La littérature allemande a exploité ce thème selon lequel la plante pouvait être amenée à la vie par des pratiques magiques.

72 *(p. 158). Lancéolé* : en forme de fer de lance.

73 *(p. 158). Sauvagine* : propre à certains oiseaux sauvages.

74 *(p. 160). Les « almanachs » de Benjamin Franklin* : Benjamin Franklin (1706-1790) a été élevé dans une atmosphère

puritaine. D'abord imprimeur journaliste, il édite un almanach dans lequel il écrit, sous le pseudonyme de bonhomme Richard, des adages, des maximes et toutes sortes de conseils.

75 *(p. 169). Araucanien costinos* : l'Araucanie est l'ancien nom du Chili central, pays des Indiens Araucans. *Costinos* veut dire : des côtes, qui habite près de la mer.

76 *(p. 172). Arrérages* : toute redevance périodique dont l'échéance est passée.

77 *(p. 173). Parousie* : second avènement attendu du Christ glorieux.

78 *(p. 180). Dame blanche* : oiseau nocturne, sorte de chouette.

79 *(p. 185). Arène* : étendue sableuse.

80 *(p. 196). Bolas* : boules reliées entre elles par une lanière en cuir et servant d'arme de chasse (cf. p. 175).

81 *(p. 200). Chicote* : sorte de fouet.

82 *(p. 203). Noue* : terrain périodiquement inondé.

83 *(p. 222). Âme (de buis)* : partie essentielle, vitale.

84 *(p. 222). Papegais* : perroquets d'Amérique.

85 *(p. 230). Géotropique* : soumis à la pesanteur.

86 *(p. 231). Queursoir* : couteau que l'on emploie pour le travail des peaux. On dit aussi *cœurse* ou *cuerse*.

87 *(p. 232). Palissonnage* : action de lisser et d'assouplir les peaux.

88 *(p. 232). Araucaria* : arbre d'Amérique du Sud appelé en anglais « le désespoir du singe », car aucun animal ne peut y grimper en raison de ses piquants.

89 *(p. 234). Cardant le vent* : qui peigne, démêle le vent (s'applique d'ordinaire aux fibres textiles).

90 *(p. 235). Purpurine* : une des matières colorantes extraite de la garance.

91 *(p. 236). S'essorait* : s'élançait dans l'air (terme vieux ou littéraire).

92 *(p. 237). Belones* : appelées encore *orphies* ou *bécasses de mer*. Grands poissons osseux, serpentiformes (1 mètre de long), au bec pointu, aux os verts, peu comestibles.

93 *(p. 238). Massacre* : bois de cerf muni de l'os frontal qui le supporte (ici, appliqué au bouc).

94 *(p. 241). Apothéose* : déification des empereurs romains, des héros après leur mort. Épanouissement sublime.

95 *(p. 248). Héliophanie* : « **Lever du soleil considéré**

comme une divinité. » Mot créé par Michel Tournier dans *Vendredi ou les limbes du Pacifique*.

96 *(p. 249)*. *Reposoir* : support en forme d'autel où les prêtres déposent le saint sacrement au cours d'une procession.

97 *(p. 249)*. *Trigles* : grondins ou rougets.

98 *(p. 250)*. *Grâce* . au double sens d'attrait, charme et aide surnaturelle accordée par Dieu pour parvenir au salut.

99 *(p. 252)*. *Vacuum* : vide.

100 *(p. 253)*. *Prodromes* : ce qui annonce un événement.

101 *(p. 257)*. *Agouti* : petit mammifère rongeur de la taille d'un lièvre.

102 *(p. 261)*. *Phalène* : grand papillon nocturne et crépusculaire.

103 *(p. 262)*. *Vénusté* : « **beauté, grâce, élégance digne de Vénus** ».

104 *(p. 265)*. *Mes amours ouraniennes* : avec Ouranos, dieu du ciel. Robinson se dit plus loin : « l'épouse du ciel ».

105 *(p. 266)*. *Un souper de lune* : expression créée par Michel Tournier à partir de l'expression « déjeuner de soleil » qui se dit d'une étoffe dont la couleur ne tiendra pas contre l'action décolorante du soleil. *Souper de lune* signifie donc « qui ne dure pas, qui n'existe pas », avec toutes les connotations qu'implique le mot *lune* : rêverie, folies, imagination loin de toute réalité.

106 *(p. 266)*. *Ave spiritu, les idées qui vont mourir te saluent* : parodie de la phrase que prononçaient les gladiateurs devant l'empereur au début des combats dans l'amphithéâtre : « *Ave César, morituri te salutant* » (« Salut César, ceux qui vont mourir te saluent »).

107 *(p. 266)*. *Trémulation* : tremblement à secousses rapides et peu accusées.

108 *(p. 267)*. *Dioscures* : voir note 10 : *Gémeaux*.

109 *(p. 267)*. *Pluranimes* : les jumeaux humains ont des âmes différentes, par opposition aux gémeaux « unanimes » qui partagent la même âme.

110 *(p. 267)*. *Météores* : « **tout phénomène qui se passe dans l'atmosphère comme le tonnerre, les éclairs, la pluie, la neige, l'arc-en-ciel, la grêle. Une dérive récente de l'usage tend à confondre météore et météorite (fragment minéral venu des espaces interplanétaires)** ».

111 *(p. 268)*. *Léda* : aimée de Zeus qui se serait métamorphosé en cygne pour lui plaire, elle mit au monde deux œufs

d'où sortirent deux couples de jumeaux : Castor et Pollux, Hélène et Clytemnestre.

112 *(p. 270). Amures* : manœuvre retenant le point inférieur d'une voile du côté où vient le vent.

113 *(p. 270). Tribord amures* : en recevant le vent par tribord, c'est-à-dire à droite.

114 *(p. 271). Aiguade* : lieu où un navire s'approvisionne en eau douce.

115 *(p. 273). Zoroastre* : réformateur religieux iranien partisan d'une épuration qui prônait la distinction entre le bien et le mal. Nietzsche s'est inspiré de cette figure dans *Ainsi parlait Zarathoustra*.

116 *(p. 278). Nolis* : terme de marine désignant le fret (coût du transport des marchandises).

117 *(p. 278). Connaissements* : reçus des marchandises expédiées par voie maritime.

118 *(p. 280). Cambuse* : magasin du bord où sont conservés et distribués les vivres, les provisions.

119 *(p. 280). Garcette* : petite tresse faite de vieux cordages avec laquelle on donnait les punitions.

120 *(p. 283). Sextant, quart de nonante, alidade, vernier* : instruments de mesure.

121 *(p. 283). Limbe* : bord gradué d'un cercle, d'un instrument circulaire.

122 *(p. 283). Penon* : petite girouette pour indiquer la direction du vent.

123 *(p. 291). Vésanie* : aliénation, folie.

DOSSIER

par Arlette Bouloumié

Ce dossier pédagogique, qui s'adresse à la classe tout entière, professeur et élèves, n'est pas un commentaire complet et dogmatique de l'œuvre. Des informations et des analyses (en caractères maigres) y alternent avec des invitations à la réflexion et des consignes (en caractères gras) pour des travaux écrits ou oraux, individuels ou collectifs. Dans les deux sections principales — « Aspects du récit » et « Thématique » — l'analyse peut laisser une place plus grande à l'initiative et à la recherche du lecteur.

Pour faciliter l'élaboration des exposés oraux ou la rédaction des travaux écrits (cf. la dernière section « Divers »), on trouvera en marge les repères suivants :

 qui renvoie aux sujets concernant le rapport à autrui ;

 qui renvoie aux sujets concernant le mythe de Robinson Crusoé.

Abréviations :
VLP : *Vendredi ou les limbes du Pacifique*, de M. Tournier, Folio, n° 959.
VP : *Le Vent Paraclet*, de M. Tournier, Folio, n° 1138.
RC : *Robinson Crusoé*, de D. Defoe, Folio Junior, n° 1.

1. CONTEXTES

Repères chronologiques ■ Genèse ■ Tournier et Defoe ■ Contexte historique.

Vendredi ou les limbes du Pacifique est le premier roman publié par Michel Tournier. Le succès fut immédiat. Le livre reçoit le Grand Prix de l'Académie française en 1968. Réécrit en 1971 sous le titre *Vendredi ou la vie sauvage*, porté au théâtre par Antoine Vitez en 1973, le roman, actuellement traduit en vingt-cinq langues, et vendu à plus de trois millions d'exemplaires (toutes collections confondues), reste le « livre fétiche » de Michel Tournier.

Repères chronologiques

1924 Naissance à Paris, le 19 décembre. L'enfant est élevé dans la double tradition de la musique et de la culture germanique. Le père Alphonse a fondé le Bureau international des éditions musico-mécaniques (BIEM), qui gère les droits d'auteur de la musique enregistrée Le grand-oncle maternel était prêtre et enseignait l'allemand au collège Saint-François de Dijon. La mère emmène chaque année ses quatre enfants passer leurs vacances à Fribourg-en-Brisgau dans un foyer d'étudiants catholiques où l'enfant est témoin de la montée du nazisme.

1941 Tournier découvre la philosophie au lycée Pasteur de Neuilly où il a pour maître Maurice de Gandillac et pour condisciple Roger Nimier. Les livres de Gaston Bachelard le décident à opter pour la licence de philosophie. La famille quitte la maison familiale de Saint-Germain-en-Laye, occupée par les Allemands. La mère loue alors un presbytère à Lusigny-sur-Ouche, près de Bligny-sur-Ouche, en Bourgogne, son village natal où Michel passait ses vacances dans la pharmacie de son grand-père.

1944   Tournier est absent lorsque les Allemands raflent les hommes du village pour les déporter à Buchenwald.

1942-1946   Licence et diplôme de philosophie, en Sorbonne, sur Platon. Influence de Sartre.

1946-1950   Étude de la philosophie allemande à Tübingen (RFA). Rencontre avec Helmut Waller, le futur traducteur du *Roi des Aulnes*.

1948-1949   Cours d'ethnologie au musée de l'Homme. Tournier subit l'influence, prépondérante pour sa carrière d'écrivain, de Claude Lévi-Strauss. Échec à l'agrégation de philosophie.

1950-1954   Tournier habite l'hôtel de la Paix, dans l'île Saint-Louis. Il fait des travaux de traduction pour les éditions Plon.

1954-1958   Il est engagé comme journaliste à Europe n° 1.

1958-1968   Il est chef des services littéraires des éditions Plon puis producteur à la télévision de l'émission « *Chambre noire* », consacrée à la photographie.

1958   Première version du *Roi des Aulnes* : « Les plaisirs et les pleurs d'Olivier Cromorne », jamais envoyée à l'éditeur.

1962   Il commence *Vendredi ou les limbes du Pacifique*.

1966   Mort de son père.

1967   Publication de *Vendredi ou les limbes du Pacifique*.

1968   Il contribue à la fondation des Rencontres internationales de photographie en Arles, avec Lucien Clergue.

1970   *Le Roi des Aulnes* (évoquant le mythe de l'ogre et l'Allemagne nazie) obtient le prix Goncourt à l'unanimité.

1971   *Vendredi ou la vie sauvage* paraît chez Flammarion.

1972   Élection à l'académie Goncourt. Voyage en Islande avec Christiane Baroche, au Canada avec Édouard Boubat.

1974   Voyage au Japon avec Boubat.

1975   Publication du troisième roman : *Les Météores* (sur la gémellité) et du *Fétichiste*. Voyage en Pologne (ex-Prusse-Orientale).

1977   *Le Vent Paraclet* (autobiographie intellectuelle).

1978   *Le Coq de bruyère* (recueil de nouvelles).

1979   *Des clés et des serrures* (textes de Tournier accompagnés de clichés des grands photographes).

1980   *Gaspard, Melchior et Balthazar.*

1981   *Le Vol du vampire* (essai). *Vues de dos* (en collaboration avec É. Boubat).

1983   *Les Rois Mages* réécriture de *Gaspard, Melchior et Balthazar*. *Gilles et Jeanne* (première partie d'une trilogie dont les titres seraient *Saint Sébastien* et *Saint Louis*).

1984   *Le Vagabond immobile* (avec dessins de Jean-Max Toubeau). *Journal de voyage au Canada.*

1985   *La Goutte d'or* (roman sur la photographie et l'immigration).

1986   *Petites proses.*

1988   *Le Tabor et le Sinaï* (essai sur l'art contemporain).

1989   *Le Médianoche amoureux* (nouvelles).

1990   Premier colloque consacré à Michel Tournier à Cerisy-la-Salle et publié sous le titre : *Images et signes de Michel Tournier.*

1992   Mort de sa mère. *Le Crépuscule des masques* (sur les grands photographes).

1994 *Le Miroir des idées* (traité) et *Le Pied de la lettre* (observations sur les mots). *La Couleuvrine* dans « Je bouquine », puis chez Gallimard Jeunesse. Tournier habite un presbytère à Choisel, dans la vallée de Chevreuse.

Genèse

Tournier a travaillé à son *Vendredi* de 1962 à 1967. C'est l'ouvrage qui lui a permis de s'affirmer écrivain. Pour cela les deux années d'études au musée de l'Homme où il fut l'élève de Lévi-Strauss ont été décisives. « Le passage de la philosophie au roman m'a été fourni par le mythe », écrit-il dans *Le Vent Paraclet*. Au moment où il faisait des études d'ethnologie, « le hasard a voulu que *Robinson Crusoé* de Daniel Defoe, qui était à l'époque devenu un livre introuvable, reparaisse en livre de poche. Je l'ai lu en gardant à l'esprit ce que j'avais appris au musée de l'Homme sur l'ethnographie, le langage, la notion de sauvage et de civilisé. Et je me suis dit : il faut faire un nouveau *Robinson Crusoé* en tenant compte des acquis de l'ethnographie. »

La critique a bien perçu tout ce que le regard de Tournier sur le mythe de Robinson devait à l'ethnographie et aussi à la psychanalyse.

● **Différents dénouements** ont été envisagés : dans une première version Robinson est un stylite (nom donné à des solitaires orientaux qui avaient placé leur cellule au sommet de colonnes isolées) abîmé dans la contemplation du soleil. Tournier lui donne finalement un compagnon : le petit mousse estonien Jaan, qu'il baptise Jeudi.

■ Quelle signification différente donne au livre cette modification du dénouement?

■ Comparer la fin de *Vendredi ou les limbes du Pacifique* avec « La fin de Robinson Crusoé » dans *Le Coq de bruyère*.

● L'édition de 1967 est enrichie en 1972, lors de la publication du livre dans la collection Folio, de **deux passages** empruntés à *Vendredi ou la vie sauvage* : p. 198 (deux pages où Vendredi nourrit le petit vautour malade) et p. 242 (quatre pages où Vendredi initie Robinson au jeu des doubles).

● *Vendredi ou la vie sauvage* représente pour Michel Tournier un livre meilleur que *Vendredi ou les limbes du Pacifique*, encore trop encombré de philosophie. Dans cette version plus courte, certains passages sont supprimés (le log-book, les réflexions philosophiques, les citations de la Bible, l'épisode des mandragores, du quillai, de la combe rose) ; beaucoup sont ajoutés : notamment les jeux et les techniques liés à l'ingéniosité de Vendredi.

■ Comparer le moment où Vendredi apparaît dans *Vendredi ou les limbes du Pacifique* et dans *Vendredi ou la vie sauvage* par rapport à l'ensemble du livre. Qu'en conclure?

■ Observer tous les passages ajoutés dans *Vendredi ou la vie sauvage* tant pour la forme que pour le contenu. Quelle évolution observe-t-on?

● **Réception** : succès auprès des philosophes, comme en témoigne l'article de G. Deleuze reproduit en postface et auprès des ethnologues. Le livre devient la bible d'un groupe de hippies canadiens en même temps qu'on l'accuse aux États-Unis de faire l'éloge du pouvoir noir.

Certains critiques saluent le retour du roman initiatique. Malgré ce succès, l'œuvre est boudée par les tenants du Nouveau Roman qui lui reprochent une écriture traditionnelle.

> *Alors que le roman traditionnel est, dans son essence, l'histoire d'un personnage, les tenants du Nouveau Roman rangent l'histoire et le personnage parmi les notions périmées. Ils rejettent simultanément l'analyse psychologique. Le roman cesse d'être l'écriture d'une aventure pour devenir l'« aventure d'une écriture », selon l'expression de Jean Ricardou. Quelques noms : Nathalie Sarraute, Claude Simon, Alain Robbe-Grillet, Michel Butor.*

Depuis, le livre a fait l'objet d'une édition pirate en irakien, à l'initiative du ministère de l'Éducation nationale de Bagdad. C'est le premier livre étranger publié en Estonie sans l'autorisation de Moscou. C'est enfin le premier livre traduit en braille par ordinateur, pour l'Institut national des jeunes aveugles.

Tournier et Defoe

Robinson Crusoé est un mythe. Son histoire implique donc, comme pour toute écriture mythique, une série de variantes.

Defoe s'inspirait d'**un événement historique**, le voyage de Selkirk, relaté par le capitaine Woodes Rogers, qui le recueillit sur son bateau, le *Duke*, le 31 janvier 1709, dans l'archipel Juan Fernández qui fait face au Chili dans l'océan Pacifique. Selkirk, de son vrai nom Selcraig, est un Écossais qui avait décidé de vivre sur l'île Mas a Tierra où il resta quatre ans et quatre mois.

■ **Lire dans Le Vent Paraclet (Folio, n° 1138, p. 213-218) les remarques de Tournier sur les modifications que Defoe fait subir à l'histoire dans sa version romancée.**

● La réécriture de Tournier suit de très près le *Robinson* de Defoe, jusqu'à l'explosion de la grotte où le texte de Tournier se sépare de son modèle.

■ **Comparer *VLP* et *RC* du point de vue de la narration. Qui raconte ? À la première ou à la troisième personne ?**

● La réécriture de Tournier obéit à quatre opérations distinctes : la **suppression**, l'**ajout**, le **déplacement**, la **substitution**.

■ **Relever dans la version de Tournier tous les épisodes supprimés et tous les épisodes ajoutés. Qu'en conclure ?**

■ **Quand se situe, dans *RC* et dans *VLP*, la construction de l'*Évasion* ? Quand Robinson décide-t-il de tenir son journal : avant ou après la décision de construire une habitation ? Effet de ces translations ?**

■ **Étudier dans les deux textes :**
   — le traitement de la poudre (*VLP*, p. 28, 90, 117, 212; *RC*, p. 102, 103, 119).
   — le rôle du chien (*VLP*, p. 37, 74, 186; *RC*, p. 109, 118).
   — la rencontre avec le bouc (*VLP*, p. 224, 225, 236, 239; *RC*, p. 257, 258).
   — le motif de la pipe (*VLP*, p. 14, 29, 210; *RC*, p. 216).
   — celui des plumes et de l'encre (*VLP*, p. 51, 247; *RC*, p. 107, 109, 113).

— la découverte d'une empreinte (*VLP*, p. 66 ; *RC*, p. 229 et 236).

— l'apparition de Vendredi (*VLP*, p. 165 ; *RC*, p. 289, 290).

■ Observer dans les deux textes :

— l'évolution religieuse de Robinson (*VLP*, p. 58-97 ; *RC*, p. 153, 199, 221).

— sa relation à l'argent (*VLP*, p. 71, 72, 172, 281 ; *RC*, p. 97, 98, 197).

— au travail (*VLP*, p. 91 ; *RC*, p. 196).

— la relation avec Vendredi (*VLP*, p. 170, 171, 172, 173, 174, 177 ; *RC*, p. 299, 300, 304, 312, 313, 314).

■ Cette critique de *Robinson Crusoé* par Suzanne dans *Suzanne et le Pacifique* de Giraudoux vous paraît-elle applicable au Robinson de Tournier : « C'était Robinson bêchant ou cousant ou préparant onze fusils dans un mur à meurtrières [...]. Toujours agité [...] et ne connaissant aucun des deux périls de la solitude, le suicide et la folie. Le seul homme peut-être, tant je le trouvais tatillon et superstitieux, que je n'aurais pas aimé rencontrer dans une île. Ne brûlant jamais sa forteresse dans un élan vers Dieu, ne songeant jamais à une femme, sans divination, sans instinct » ?

Contexte historique

Dans *Vendredi ou la vie sauvage*, Tournier écrit : « On était au milieu du XVIIIe siècle, alors que beaucoup d'Européens — principalement des Anglais — allaient s'installer en Amérique pour faire fortune. »

Le Robinson de Tournier est contemporain de Cook, qui

entreprit son voyage en 1768, et de Bougainville, qui fit son voyage autour du monde de 1766 à 1769 et en publia le récit en 1771.

Rousseau achève en 1759 la première version de l'*Émile* où il évoque le roman de Defoe : « [...] le plus heureux traité d'éducation. Ce livre sera le premier que lira mon Émile : seul, il composera durant longtemps toute sa bibliothèque ». Remarquons que dans l'*Émile* de Rousseau le bon sauvage n'est pas Vendredi mais Robinson. Émile doit même arrêter de lire quand apparaît Vendredi, car alors la société est reconstituée et le mal réapparaît.

■ Relever la date du naufrage de la *Virginie* et celle de l'arrivée du *Whitebird* dans *VLP*. Comparer à la date du naufrage dans *RC*. Comment expliquer un tel déplacement ?

■ Lire l'arrivée de Bougainville à Tahiti dans *Voyage autour du monde* de Bougainville (éd. Maspero, coll. La Découverte, p. 130-131) et comparer les réactions de Bougainville face aux indigènes à celles de Robinson face à Vendredi

2. ASPECTS DU RÉCIT

Titre ▪ Structure ▪ Temporalité ▪ Espace ▪ Narration ▪ Présentation des personnages ▪ Quelques pistes pour l'étude de l'écriture.

Titre

● Vendredi

Vendredi donne son nom au roman de Tournier, ce qui souligne son importance dans cette réécriture de *Robinson Crusoé*.

> « *Deux choses me paraissaient extrêmement choquantes dans le* Robinson *de Defoe. D'abord Vendredi est réduit à néant [...]. La vérité sort de la bouche de Robinson parce que celui-ci est blanc, occidental, anglais et chrétien. Mon propos était de faire un roman où Vendredi jouerait un rôle important et même, à la fin, primordial. Et donc ce roman s'appellerait non pas* Robinson *mais* Vendredi. *Une seconde chose m'a paru déplorable dans le roman de Defoe : tout est rétroactif. Robinson sur son île n'a qu'une idée : reconstituer l'Angleterre perdue avec les moyens du bord [...]. J'ai voulu dans mon roman que Robinson s'aperçoive de l'absurdité de son propos et que ce sentiment ronge sa construction de l'intérieur. Et qu'ensuite Vendredi surgisse pour tout anéantir. Sur la table rase, on peut inventer un nou-*

veau langage, une religion nouvelle, des arts nou-
veaux, des jeux nouveaux, un érotisme nouveau.
Voilà pourquoi, dans mon roman, Vendredi joue un
rôle essentiel : il ouvre l'avenir » (Michel Tournier,
Le Magazine littéraire, *n° 226).*

● Les limbes du Pacifique

Dans *Le Miroir des idées*, Tournier définit ainsi les
limbes : « séjour des âmes des justes morts avant la
venue de Jésus-Christ, ainsi que des enfants morts avant
le baptême. Ce mot n'existe que dans les langues d'origine latine ».

La connotation religieuse du mot s'explique par le sentiment qu'a Robinson d'être mort dans l'esprit de ceux qui
l'ont connu. Ce terme théologique qui désigne le **bord**,
bord du paradis d'abord, bord de l'enfer ensuite, souligne
que l'île, absente des cartes, comme « suspendue entre
ciel et enfers, dans les limbes », est un lieu d'attente où
Robinson recevra une révélation.

Structure

Le roman est tout en entier inscrit dans le chapitre 0, écrit
en italique pour le distinguer des autres chapitres. Cette
« préface », écrite après que le livre fut achevé, souligne
la **structure en miroir** du livre. Il s'agit d'une **mise en
abyme** terme qui désigne en héraldique l'inclusion d'un
blason dans un autre.

> *Mise en abyme : cette technique consiste à rappeler dans un détail le sujet d'ensemble de l'œuvre : ainsi, dans tel tableau de Memling, un petit miroir reflète l'intérieur de la scène peinte, ou dans* Hamlet *la scène jouée par les comédiens rappelle les circonstances de la mort du père d'Hamlet empoisonné par son successeur, ce qui entraîne tout le drame.*

■ Après avoir relu les notes 2 et 4, montrer comment chaque carte tirée par Robinson prophétise une étape importante de son destin.

■ Donner un titre à chaque chapitre du roman.

Tournier a toujours insisté sur l'aspect structuré de ses ouvrages Il déclare dans un entretien · « L'un des secrets consiste à écrire la fin du roman avant le début... Je procède ensuite à un découpage rigoureux. Le livre se compose toujours de deux versants séparés au milieu par une crise. »

On peut envisager plusieurs principes d'organisation

● **Une division binaire.**

Vendredi arrive au début du chapitre VII : « Les deux volets de Robinson sur son île, *Avant-Vendredi, Avec-Vendredi,* s'articulent parfaitement l'un sur l'autre, le drame de la solitude s'exhalant dans un appel à un compagnon », écrit Tournier dans *Le Vent Paraclet*

Mais la vie sauvage ne commence qu'après l'explosion au chapitre VIII. Cet événement concurrence l'arrivée de Vendredi comme événement capital.

■ Relever dans *Vendredi ou les limbes du Pacifique* tous les motifs symétriques qui soulignent la structure binaire du roman. (ex : deux événements dramatiques : le naufrage, l'explosion, deux arrivées : celle de Vendredi et du *White-bird*).

■ Relever les reprises en écho du prologue, quand Robinson comprend les paroles sibyllines du capitaine Van Deyssel.

● **Une division ternaire.**

▶ **L'île niée** (chap. I et II) période marquée par l'échec de l'*Évasion*, la chute dans la souille jusqu'à l'hallucination qui provoque une prise de conscience

▶ **L'île administrée** (chap. III-VIII) jusqu'à l'explosion L'arrivée de Vendredi (chap. VII) renforce d'abord Robinson dans son rôle de gouverneur.

▶ **L'île solaire**. Robinson retourne a la vie sauvage. L'arrivée du *Whitebird* au chapitre XI ne modifie pas sa décision.

Cette structure correspond à une expérience quotidienne. Tournier écrit dans *Le Vent Paraclet* : « Trois voies s'offrent dans la vie : 1) les plaisirs purement passifs et dégradants — l'alcool, la drogue ; 2) le travail et l'ambition sociale ; 3) la pure contemplation artistique et religieuse. » C'est le parcours de Robinson.

● **Une division en quatre parties.**

▶ Liée aux **quatre éléments** qui jalonnent le voyage initiatique de Robinson : l'eau (chap. I et II), la terre (chap. III-VI), l'air (chap. VII-IX), le feu (chap. X-XII).

▶ Liée à l'**alternance entre journal** (première personne et présent) **et récit** (passé simple et troisième personne) qui structure le texte (voir « Narration »).

349

Temporalité

● **Le temps historique.**

Le récit de Michel Tournier se passe au XVIIIe siècle, comme le laisse apparaître la date du naufrage (voir « Contexte historique »).

● **Le temps du journal.**

■ **Y a-t-il dans le roman des indications de date en dehors de celle du naufrage et de l'arrivée du *Whitebird*? Le journal de Robinson est-il daté? Pourquoi?**

Le log-book permet d'introduire dans une fiction du XVIIIe siècle les préoccupations de l'homme du XXe siècle

■ **Repérer certaines de ces préoccupations**

● **Le temps des mythes.**

▶ **Le retour à l'origine :** le mythe se définit par un système temporel, selon Lévi-Srauss. Il se rapporte toujours à des événements passés : « avant la création du monde », « pendant les premiers âges », « il y a long-temps ». Le contenu de *Vendredi ou les limbes du Pacifique* renvoie aux mythes d'origine.

Sur cette île déserte, Robinson se compare à « Adam prenant possession du jardin ». Lorsqu'il sort du maré-cage, « la statue de limon » évoque le premier homme sortant des mains du Créateur. L'*Évasion* est pareille à l'arche de Noé et Robinson ressemble au « premier homme sous l'Arbre de la Connaissance quand la terre était molle et humide encore après le retrait des eaux ».

■ **Montrez comment l'évolution de Robinson sur l'île résume celle de l'humanité (jusqu'à l'explosion, où certains ont vu** l'explosion atomique après laquelle l'homme devrait retourner à la vie sauvage).

▶ **Le temps réversible et le temps cyclique : la conquête de l'immortalité.** L'inversion du cours du temps est suggérée par l'arrêt de la clepsydre qui permettait à Robinson de maîtriser le temps : « La goutte suivante [...] une inversion du cours du temps » (p. 108). Le nom de Jeudi qui succède à Vendredi suggère aussi cette inversion.

■ **Montrer comment l'apparence de Robinson et ses actes suggèrent ce rajeunissement.**

Le temps devient même l'enjeu principal du récit. Robinson observe : « Ce qui a le plus changé dans ma vie, c'est l'écoulement du temps, sa vitesse et même son orientation » (p. 251).

■ **Étudier chez Robinson l'évolution de sa perception du temps (de la souille à l'île organisée et à l'île solaire).**

La ronde des heures et le retour des saisons suggèrent « cette circularité du temps » (p. 252), cet éternel retour qui serait la clé de l'immortalité.

À l'arrivée du *Whitebird*, Robinson refuse de « s'arracher à cet éternel instant, posé en équilibre à la pointe d'un paroxysme de perfection » (p. 285).

Espace

▶ Selkirk, le vrai Robinson, aborda en 1709 l'île Mas a Tierra dans l'archipel Juan Fernández, à six cents kilomètres à l'ouest du Chili. Le capitaine Woodes Rogers relate sa rencontre avec Selkirk dans le journal de bord de sa « Croisière autour du monde », publiée en 1712.

◗ Defoe transporte le récit dans les Caraïbes qui évoquaient à ses contemporains des histoires de pirates.

◗ Tournier retrouve l'endroit où s'est déroulée l'aventure de Selkirk. Au XVIIIᵉ, XIXᵉ (voir Gauguin) et XXᵉ siècle, le Pacifique est devenu le lieu mythique où l'on peut encore fuir la civilisation.

■ **Comparer le lieu où se déroule l'aventure du Robinson Crusoé de Defoe à celui du Robinson de Tournier.**

■ **Étudier les différents noms que Robinson donne successivement à son île. Quel nom lui donnait Defoe ? Que peut-on en conclure sur les différentes façons dont est perçu cet espace séparé de la civilisation ?**

■ **Faire une carte de l'île (sa forme est indiquée p. 53). Situer la grotte, la combe, le lieu du naufrage, le cèdre géant, la rizière, la souille.**

« L'île, c'est l'absolu par définition, la rupture du lien », écrit Tournier. Le milieu marin gomme les saisons, le temps est immobile, l'île baigne dans l'éternité. « Chaque matin était pour lui [...] le commencement absolu de l'histoire du monde » (p. 284). L'île est donc un **espace protégé** évoquant le monde de la Genèse, voire l'Éden.

■ **Montrer que Robinson passe d'un espace clos (il se sépare et se protège du monde extérieur) à un espace ouvert (il aime alors se fondre avec les météores).**

Robinson redécouvre à la fin une sorte de fraternité avec un **espace sensible** assimilable à un organisme vivant — attitude proche de l'animisme, qui consiste à attribuer aux choses une âme analogue à l'âme humaine.

■ **Travail en groupe. Étudier les images qui expriment cette fraternité. Comparer au *Timée* de Platon (Garnier-Flammarion, p. 412).**

Narration

Tournier rejette l'expérimentation formelle du Nouveau Roman : « Mon propos n'est pas d'innover mais de faire passer au contraire dans une forme aussi traditionnelle, préservée et rassurante que possible une matière ne possédant aucune de ces qualités » (*VP*, p. 195). Son ambition est de **s'insérer dans la grande famille des romanciers réalistes** : « J'apprenais à écrire en prenant modèle sur Jules Renard, Colette, Henri Pourrat, Chateaubriand, Giono, Maurice Genevoix, ces poètes de la prose concrète dont le patronage explique que je me sente chez moi en cette académie Goncourt si obstinément fidèle à ses origines naturalistes et terriennes » (*VP*, p. 179).

L'originalité de Tournier ne se limite cependant pas à **verser un contenu nouveau dans une forme traditionnelle**.

● **La technique de la mise en abyme**, chère au Nouveau Roman, est utilisée dans la préface. « Les aventures évoquées dans le roman ne sont rien d'autre que la dramatisation de son propre fonctionnement », écrit Jean Ricardou. Le journal de Robinson est un véritable **palimpseste** (manuscrit que les copistes du Moyen Âge ont effacé puis recouvert d'une seconde écriture). Il écrit sur un livre aux caractères effacés par la mer, comme Tournier écrit sur le texte effacé de Defoe.

● **La métaphore**, dans *Vendredi ou les limbes du Pacifique*, n'est plus seulement expressive. C'est par elle que le texte se construit, introduisant le **fantastique de l'écriture** (ex. : Speranza n'est pas seulement comparée à une femme, elle *est* femme, de même que les mandragores ne sont pas comme de petites filles mais les filles de Robinson et Speranza).

● **La tension entre deux instances narratives** concurrentes (récit à la troisième personne et au passé et discours à la première personne et au présent) qui rappelle la technique des *Faux-Monnayeurs* (Folio, n° 879), met en valeur la **division de Robinson** : le triomphe du log-book inscrit dans la forme l'accession à une unité supérieure.

■ **Étudier l'alternance entre journal et récit dans le roman (chapitres sans journal, chapitres sans récit, prédominance de l'un ou de l'autre ou équilibre) et chercher la signification d'une telle répartition.**

■ **Étudier p. 170, après l'arrivée de Vendredi, l'irruption du présent dans le récit au passé simple. Quelle signification peut-on lui donner ?**

● **La focalisation.** Soit le narrateur en sait plus que ses personnages : c'est la **focalisation zéro**. Soit il en sait moins : c'est la **focalisation externe** (évocation des attitudes, du comportement, mais pas des pensées). Soit il en sait autant : c'est la **focalisation interne**.

On pourrait penser que Robinson passe du statut d'objet regardé et jugé de l'extérieur (récit avec *il*) au statut de sujet par le regard duquel les événements sont filtrés et déformés (journal). Ce n'est pas aussi simple.

■ Dans la préface (dialogue avec Van Deyssel), comment est vu Robinson ? Définir la focalisation.

■ Définir la focalisation qui domine dans le récit. Étudier par exemple les p. 35 et 44.

Le journal nous fait généralement voir les choses du point de vue subjectif de Robinson (focalisation interne). Mais les réflexions sur les vices et les vertus (p. 58), proches des réflexions de Nietzsche, ou celles sur le rôle d'autrui (p. 112-113), proches des réflexions de Sartre, sont celles de l'auteur réfléchissant sur son récit plus que celles d'un Robinson de vingt-deux ans peu enclin à la philosophie !

■ Étudier, p. 210-211, la focalisation (à partir de « Vendredi ne se posait aucun problème »). Qui voit, qui pense ?

Présentation des personnages

● La nature.

Ce roman de la solitude pourrait être, avant l'arrivée de Vendredi, un roman sans personnages. Mais Robinson fait jouer à l'île, au végétal, à l'animal, le rôle d'un **autrui absent**.

▶ Speranza.

■ Montrer que « le héros du roman, c'est l'île autant que Robinson, autant que Vendredi », comme l'écrit G. Deleuze (p. 296).

▶ **Les arbres et les plantes.**

◼ Montrer que, comme dans les contes, le végétal est promu au rang de personnage (voir le cèdre, p. 21 ; le quillai, p. 140 ; l'araucaria, p. 234).

◼ Étudier la légende de la mandragore (voir, par exemple, P. Brunel, *Dictionnaire des mythes littéraires*, éd. du Rocher, 1988) et observer ce qu'en fait Tournier.

▶ **Les animaux.**

Tenn : sa présence s'impose par ses disparitions et ses retours.

◼ Étudier les différentes occurrences de l'animal (première apparition, retour, mort) et montrer qu'il est, paradoxalement, le dépositaire des vertus de la civilisation.

Andoar : c'est le personnage mythologique par excellence en qui se fondent les natures animale, humaine et divine.

◼ Montrer tout ce qui humanise le bouquetin dans la description qui en est faite (p. 226). Quel personnage mythologique évoque-t-il ?

◼ Étudier le symbolisme de l'animal dans le *Dictionnaire des symboles* (Chevalier et Gheerbrand, Seghers, 1974) et expliquer les comparaisons et les images (p. 225-226).

◼ Que signifie la transfiguration d'Andoar transformé en harpe éolienne et en cerf-volant ?

◼ Tout un bestiaire peuple le roman, aussi bien dans la réalité que dans les images (métaphores, comparaisons) : en faire l'inventaire.

357

Pour vérifier vos connaissances, nous vous proposons de répondre à ce questionnaire. Il s'agit de découvrir l'animal en question et de retrouver le passage du roman où il apparaît. Les réponses sont à la fin de ce dossier, p. 372.

1. Il émet un ricanement de ventriloque qui effraie Robinson.

2. Robinson le découvre dans les branches d'un arbre, s'attaquant à la base des noix de coco, pour les faire choir.

3. Son ventre sécrète un liquide rouge qui sert d'encre à Robinson.

4. Il envoie des jets d'eau au visage de Robinson avec une diabolique précision.

5. Robinson les découvre accroupis sur le garrot d'un chevreau, en train de le vider de son sang.

6. Quels sont les oiseaux nécrophages qui escortent Robinson après qu'il a tué le bouc (ces oiseaux en fait n'existent pas en Amérique du Sud où règne le condor)?

7. Il sourit et réapprend à sourire à Robinson.

8. Vendredi donne sa plume soigneusement taillée à Robinson avec un petit pot de teinture bleue.

9. Robinson confond son appel avec le gémissement d'amour esseulé de la terre.

10. Vendredi la fait crier.

● **Vendredi.**

▶ Il représente d'abord **le sauvage** par opposition au civilisé Robinson.

■ **Indiquer l'âge de Vendredi, la raison qui amène Robinson à lui donner ce nom (p. 170). Pourquoi Tournier a-t-il fait de Vendredi un Indien métissé de Noir?**

■ **Étudier sa relation avec le monde animal : Tenn, Andoar et Anda (dans *Vendredi ou la vie sauvage*), le petit vautour.**

■ En quoi l'évocation de Vendredi, couronné de fleurs, le corps nu couvert de peintures de plantes grimpantes, peut-elle évoquer Dionysos (voir Grimal, *Dictionnaire de la mythologie*, PUF) ? Étudier plus généralement sa relation avec le monde végétal, l'arbre renversé, les cactus habillés.

■ Étudier tous les objets associés à Vendredi et qui soulignent son caractère éolien.

■ Par quels traits physiques et de caractère s'oppose-t-il à Robinson ?

▶ Vendredi a un **rôle destructeur** : la rivière asséchée, les vautours apprivoisés, l'explosion qui détruit l'univers civilisé reconstitué par Robinson le montrent.

▶ Mais il a aussi un **rôle créateur** : il apprend à rire à Robinson ; il le réconcilie avec son corps, le libère de la méfiance à l'égard de la nature. Il lui apprend à jouer et à jouir de l'instant présent.

▶ Le nom de « Vendredi » retrouve pour Robinson son sens étymologique : c'est le jour de Vénus. Mais ce jour est aussi pour les chrétiens le jour de la mort du Christ (p. 263). Robinson en conclut que Vendredi va lui enseigner une **nouvelle sagesse**, bien éloignée de celle de la Bible.

● **Robinson.**

Il est l'**archétype de l'homme occidental** aux ambitions prométhéennes. Ses caractéristiques ne sont pas individuelles ni psychologiques mais renvoient aux particularités d'un groupe social et religieux, ce qui en fait un personnage mythologique.

■ Montrer comment cette phrase du capitaine Van Deyssel :

« Vous êtes pieux, avare et pur » résume les principaux caractères du premier Robinson.

■ Étudier l'évolution de son attitude à l'égard de la nature en général et de son corps en particulier.

■ Faire l'inventaire des animaux observés par Robinson au début de son séjour sur l'île et à la fin. Que peut-on en conclure sur le changement de son caractère ?

■ Étudier l'évolution religieuse de Robinson.

■ Observer l'évolution de la sexualité de Robinson.

● Le petit mousse.

■ Étudier le portrait du petit mousse par Robinson p. 280 et 282. Quel caractère physique est mis en évidence ? Pourquoi ? Que suggère la comparaison des omoplates avec les ailes d'angelot ?

Quelques pistes pour l'étude de l'écriture

Dans sa postface, G. Deleuze écrit à propos de *Vendredi ou les limbes du Pacifique* : « C'est un étonnant roman d'aventures comique, et un roman cosmique d'avatars » (p. 300).

L'humour côtoie le fantastique que Tournier n'accepte d'atteindre que par l'hyperréalisme et le jeu des images

■ Étudier la dimension parodique du roman — dans la reprise d'images popularisées par les illustrations de Defoe (p. 174), dans l'utilisation de certains passages de la Bible (p. 31), ou dans le jeu sur les coïncidences (p. 86).

■ Montrer le jeu entre le fantastique et l'ironie dans le passage où la barbe de Robinson prend racine (p. 159) et dans celui où la mandragore rayée trahit Vendredi (p. 203).

■ Étudier les jeux sur les mots *butiner-lutiner* (p. 139), *combe-lombes* (p. 147).

■ Les images. Prendre le passage « Il empoigna la branche (p. 233) jusqu'à « le vent sa respiration » (p. 235) et étudier les comparaisons successives auxquelles l'arbre donne lieu. Que suggèrent-elles sur l'évolution psychologique de Robinson ?

3. THÉMATIQUE

La réflexion philosophique ▪ Un roman initiatique ▪ Un roman alchimique ▪ Une sagesse dionysiaque.

La réflexion philosophique

Bien que Tournier ait songé à dédier son livre à « la masse énorme et silencieuse des travailleurs immigrés de France, tous ces Vendredi dépêchés vers nous par le tiers monde, ces trois millions d'Algériens, de Marocains, de Tunisiens, de Sénégalais, de Portugais sur lesquels repose notre société », **ce livre n'est pas pour autant un roman ethnographique** évoquant la confrontation de deux civilisations grâce à deux individus témoins.

L'absence d'autrui

Ce sont les effets de l'absence d'autrui sur le comportement et la perception de Robinson qui constituent le sujet philosophique du livre.

- ■ **Montrer que l'existence du moi est compromise par l'absence d'autrui (p. 101-105).**
- ■ **Montrer comment la présence d'autrui modifie la perception des choses (p. 113-115).**
- ■ **Observer les effets de la solitude sur le langage (p. 52, 62, 207).**
- ■ **Montrer comment la solitude amène Robinson à repenser la sexualité (p. 150-154).**

La critique de la civilisation

Le mythe du bon sauvage est un mythe critique de la société occidentale, qui suggère un nouvel art de vivre.

> *Le mythe du bon sauvage naît au XVIe siècle avec la découverte du Nouveau Monde. Dans le chapitre des* Essais *sur les Cannibales, Montaigne montre que les sauvages ne sont pas dépourvus de bon sens, de jugement et d'humanité et qu'ils en ont parfois plus que les Européens. Il retourne ainsi l'image redoutable du sauvage qui incarnait au Moyen Âge l'animalité face à l'humanité, l'instinct face à l'intelligence, la brutalité face à la culture, le démoniaque face au monde chrétien. Ce mythe se développe au XVIIIe siècle avec Diderot et Rousseau pour devenir un mythe critique, montrant la relativité de nos valeurs, et un mythe de bonheur exprimant la nostalgie de l'âge d'or.*

● Au début du roman, Robinson fait l'éloge de l'argent : « L'homme vénal sait faire taire ses intérêts meurtriers et asociaux » (p. 72).

■ **Observer, à la fin du livre (p. 275, 281), la critique qu'il fait de la société capitaliste et de sa recherche du profit.**

● Robinson est d'abord imbu de sa supériorité d'homme blanc.

■ **Montrer comment le narrateur dénonce avec ironie ce racisme naïf (p. 171-175) et comment Robinson lui-même prend conscience de son aberration (p. 178).**

● La relation civilisé-sauvage recouvre dans *Vendredi ou les limbes du Pacifique* la relation adulte-enfant.

■ Montrer que Tournier fait la satire d'une éducation occidentale répressive qui considère l'enfant, à l'égal du sauvage, comme un être instinctif lié à une nature déchue, en proie au mal (lire, dans *Le Vol du vampire*, « *Émile, Gavroche, Tarzan* », p. 169).

● Notre civilisation vit coupée de la nature.

■ Montrer comment Vendredi initie Robinson à un nouvel art de vivre en contact avec les éléments, les plantes, les animaux.

■ Comparer la critique de la religion et du travail dans *VLP* aux critiques formulées dans *le Supplément au Voyage de Bougainville*, de Diderot, notamment dans le discours du vieillard (p. 292-293).

Un roman initiatique

Vendredi ou les limbes du Pacifique n'est pas un roman réaliste. Les épreuves de Robinson n'ont rien à voir avec celles d'un naufragé qui assure sa survie. La métamorphose qui sépare le Robinson initial du Robinson final promis au « zénith de la perfection humaine » (p. 13) implique une véritable métamorphose.

L'initiation est l'accession à un mode d'être supérieur pour lequel le **retour à l'origine** du monde est nécessaire (voir l'étymologie latine). L'initié doit mourir pour renaître transfiguré.

Les **quatre éléments** : l'eau, la terre, l'air, le feu marquent les étapes de cette transformation.

● L'épreuve de l'eau : le naufrage établit la **rupture avec le monde** qui soumet Robinson à la solitude et à l'abstinence comme composantes d'un rite d'initiation.

Robinson échappe ensuite au désespoir qui le conduit à chercher l'oubli dans la souille. « L'enveloppement humide et chaud » de la vase est vécu comme une régression au stade embryonnaire. C'est aussi pour Robinson, enlisé dans cette substance ténébreuse, un voyage qui pourrait s'achever dans la mort.

■ Comparer ce passage, p. 44, au texte de Bachelard, « La valorisation de la boue » dans *La Terre et les rêveries de la volonté* (Corti, p. 116).

Une hallucination le fait sortir de sa prostration pour se jeter à la mer, qui le rejette une seconde fois évanoui sur la grève. Il accepte alors sa condition, se livre à l'élevage, cultive, établit des lois. Cette première initiation correspond à une initiation de puberté qui fait passer à l'âge adulte.

● La seconde initiation correspond à la **période tellurique**.

■ Comment dans la descente au fond de la grotte, l'épreuve initiatique est-elle suggérée ? Relever les images évoquant la progression dans le ventre d'un monstre engloutisseur, ou un voyage dans l'au-delà. Quelles différences peut-on observer entre la grotte et la souille ? Souligner le caractère religieux de l'épreuve (p. 121-130). Quel vocabulaire marque la naissance d'un nouveau Robinson (p. 130) ?

● La troisième initiation, qui correspond à la **période éolienne**, se fait sous la conduite de Vendredi qui libère Robinson de ses racines terriennes.

■ Relever les diverses occurrences de l'image de la chrysalide devenue papillon (ex. : p. 229, 261). Que symbolise-t-elle ?

■ Étudier l'ascension de l'araucaria par Robinson (p. 232-235). Quelles images soulignent la victoire sur le vertige ?

■ Que signifie le rêve de métamorphose en arbre (p. 233) ? Comparer au rêve de Pierre dans « La fugue du Petit Poucet » (*Le Coq de bruyère*, Folio n° 1229, p. 65).

● L'épreuve du feu parachève la **purification**.

■ Relever toutes les images évoquant une initiation par le feu, et associées à la rousseur de Robinson (p. 249, 251).

■ Que signifie l'image du supplice de saint Sébastien (martyr chrétien du III° siècle qui fut percé de flèches) appliquée à Robinson (p. 249) ?

La purification par le passage à travers les quatre éléments permet à Robinson d'atteindre la **sagesse suprême**. Malgré sa déshumanisation et son refus de retourner parmi les hommes, une présence humaine lui reste indispensable : celle du mousse du *Whitebird*. La connaissance sera transmise, loin du monde, par la chaîne des initiés.

Un roman alchimique

Dans la revue *Silex*, Tournier compare l'île déserte à un **laboratoire** expérimental où il isole Robinson dans son île pour le soumettre à l'épreuve de la solitude comme un chimiste isole un corps dans une cornue pour le soumettre à diverses épreuves.

L'alchimie est un art de la transformation des métaux sans valeur en or. L'or est un symbole de **perfection**, perfection qui est justement promise à Robinson par le capitaine Van Deyssel. L'alchimie établit une correspondance entre monde humain et monde minéral : à travers les opérations sur la matière, elle a pour fin le salut de l'âme.

Le processus de transformation alchimique comporte **trois phases** caractérisées par leur couleur : l'**œuvre au noir**, l'**œuvre au blanc** et l'**œuvre au rouge**, phases que l'on retrouve dans *Vendredi ou les limbes du Pacifique*.

La grotte joue le rôle de vase alchimique où Robinson atteint l'état d'inexistence correspondant à la dissolution de son ancien moi. « *L'obscurité changea de signe* [...]. Désormais c'était dans des ténèbres blanches qu'il flottait » (p. 124). À l'œuvre au noir succède ici l'œuvre au blanc, la phase de purification, de renaissance après la phase de dissolution.

■ **Étudier dans les dernières pages du livre la récurrence de la couleur rouge, assimilée par l'alchimie à la conquête de la perfection.**

■ **Montrer que la culmination du grand œuvre (transmutation des métaux en or, recherche de la pierre philosophale) se fait sous le signe du soleil, assimilé à l'or (p. 248 et 293-294).**

Le récipient alchimique est souvent comparé à l'utérus et le fruit du grand œuvre, la pierre philosophale, à l'embryon d'or.

■ **Montrer que l'apparition de Jeudi est décrite de façon à**

suggérer cet enfant divin, l'« enfant d'or » des alchimistes (p. 14 et 292).

Une sagesse dionysiaque

● Dans *Petites proses*, Tournier évoque l'œuvre de Nietzsche et écrit : « Écoutez-moi ! J'ai fait une découverte merveilleuse, gaie de surcroît ! Il n'y a de vérité que légère et chantante. La pesanteur est du diable. Il n'y a de dieu que dansant et riant sur la surface des grands lacs alpins. »

C'est cette même sagesse, véritable **hymne à la vie et à la joie** (contre une civilisation puritaine), que l'on retrouve à l'œuvre dans *Vendredi ou les limbes du Pacifique*, dans la phase créatrice de l'aventure de Robinson, après l'explosion.

Nietzsche se dit « le dernier disciple du philosophe Dionysos », qui représente « un oui triomphant à la vie » et que Nietzscne oppose à « la haine mortelle contre la vie », à l'« inversion de toutes les valeurs hostiles à la vie » qu'il dénonce dans le christianisme.

> *Dionysos, dieu de la végétation, de la vigne, du vin, des fruits, du renouveau saisonnier, Seigneur de l'arbre (Plutarque), est celui qui répand la joie à profusion (Hésiode). Il est le dieu de l'affranchissement des interdits et des tabous, le dieu du défoulement libérateur. Il était le patron des deux grands festivals athéniens d'art dramatique.*

● L'arrivée de Vendredi provoque le **renversement des valeurs** établies par Robinson sur l'île. Cette idée d'inversion, annoncée par l'image du pendu la tête en bas des cartes de tarot, est reprise par celle de l'arbre renversé dont les racines deviennent feuillage (p. 188), la sève inversant le sens de sa circulation, par celle du bouc, animal tellurique transformé en harpe éolienne et en cerf-volant, ce grand oiseau d'or (p. 235), et par celle de la chrysalide devenue papillon (p. 109, 229, 261). Ces motifs soulignent la conversion du bas en haut, du lourd en léger, du monde terrestre ou souterrain en monde éolien et solaire.

● L'initiation de Robinson correspond à son détachement de la Bible et des valeurs chrétiennes. C'est une **conversion à rebours**.

L'invocation de Robinson au soleil — « Délivre-moi de la gravité » — démarque le « Délivre-nous du mal » des chrétiens. Il donne au mot « gravité » le double sens de sérieux et de profondeur. À sa « face pesante et triste d'hyperboréen », Robinson oppose la « grâce » de Vendredi aux deux sens du mot : « celui qui s'applique au danseur et celui qui concerne le saint ». C'est un « pas de danse » qu'esquisse Vendredi sur la plage.

L'image dynamique de la danse et de l'envol suggère la victoire sur la pesanteur et la tristesse, ainsi que l'ascension spirituelle et le triomphe de la joie. Robinson fait d'ailleurs aussi l'**éloge du rire**, d'abord considéré par lui comme démoniaque. « Donne-moi le visage de Vendredi, épanoui par le rire. »

La solitude de Robinson l'oblige à repenser sa définition du vice et de la vertu (p. 59). À la vertu faite d'humilité, d'effacement, d'abnégation, Robinson oppose la « virtus » faite de courage, de force, d'**affirmation de lui-même**. Sur l'île, c'est l'abandon, la résignation qui deviennent des vices, comme le montre l'expérience de Robinson dans le marécage.

Tournier oppose Vénus au Christ (p. 263). Or Vendredi, comme le dieu grec Dionysos, fait éclater les valeurs mais c'est aussi un créateur.

Il fait découvrir à Robinson le jeu, le théâtre (p. 242 et 244), la musique (p. 241). L'émotion dionysiaque est particulièrement sensible dans le passage de la harpe éolienne (p. 241), où l'homme, fusionnant avec l'univers, a la sensation de toucher au divin.

4. DIVERS

Sujets de travail écrit ■ Réponses au jeu
■ Conseils de lecture.

Sujets de travail écrit

◆ Michel Tournier écrit dans *Le Vent Paraclet* : « La fonction sociale [...] des écrivains et de tous les artistes créa-
teurs [...] vise à enrichir ou au moins à modifier "ce bruissement" mythologique, ce bain d'images dans lequel
vivent leurs contemporains et qui est l'oxygène de
l'âme. » Tournier a-t-il modifié, dans notre esprit, le mythe
de Robinson ?

◆ Vous comparerez ces deux opinions de Gilles Deleuze
et de Régnier Pirard sur la valeur d'autrui dans *Vendredi
ou les limbes du Pacifique* et vous direz votre impression,
arguments à l'appui :

« Vendredi ne fonctionne pas du tout comme un autrui
retrouvé. C'est trop tard, la structure ayant disparu. Tantôt
il fonctionne comme un objet insolite, tantôt comme un
étrange complice. Robinson le traite tantôt comme un
esclave [...] tantôt comme le détenteur d'un secret nouveau [...] Tantôt en deçà d'autrui, tantôt au-delà »
(G. Deleuze).

« La structure autrui n'a nullement disparu, je dirais
même au contraire que Vendredi la révèle dans son extraordinaire pureté. Il l'incarne avant de disparaître, de s'effa-
cer en une ultime discrétion, ayant fait à Robinson le
cadeau d'une nouvelle jeunesse » (R. Pirard).

◆ Tournier écrit dans *Le Vent Paraclet* : « Robinson n'est pas seulement la victime de la solitude, il en est aussi le héros. » Cette solitude, ajoute Tournier, est la plaie du monde contemporain. Vous montrerez en Robinson cette actualité propre au personnage mythologique.

 ◆ Vous commenterez cette phrase d'un critique américain : « Le mythe de Crusoé devient une clé pour renverser les valeurs politiques, sociologiques, écologiques, religieuses sur lesquelles notre culture repose. »

Réponses au jeu

À propos des animaux mystérieux :
1. Le bouc (p. 20) ; **2**. Le crabe (p. 39) ; **3**. Le diodon (p. 51) ; **4**. Le poulpe (p. 56) ; **5**. Le vampire (p. 55) ; **6**. Le vautour (p. 56) ; **7**. Le chien (p. 105) ; **8**. L'albatros (p. 247) ; **9**. La dame blanche (p. 180) ; **10**. La tortue (p. 196).

Conseils de lecture

◆ Nous supposons dans l'étude qui précède que les élèves ont lu *Robinson Crusoé* de Defoe (Folio Junior, n° 1) et *Vendredi ou la vie sauvage* (Folio Junior, n° 30).

◆ Lire « Vendredi » dans *Le Vent Paraclet* (Folio, n° 1138) ; « La fin de Robinson Crusoé » et « La fugue du Petit Poucet », dans *Le Coq de bruyère* (Folio, n° 1229) ; et aussi, dans *Petites proses* (Folio, n° 1768), « Le froid et ses vertus » (sur Nietzsche), p 210-212.

◆ *Vendredi ou la vie sauvage* (lu par Michel Tournier,

avec une musique originale de François Rauber) existe chez Gallimard dans la collection « Folio Junior/Un livre à écouter » (un livre, deux cassettes), 1983.

Pour en savoir davantage :

◆ *Le Magazine littéraire* (n° 226) et l'étude d'Arlette Bouloumié sur *Vendredi ou les limbes du Pacifique* (Foliothèque, n° 4).

◆ « Images à Crusoé », de Saint-John Perse, dans *Éloges*, Poésie/Gallimard, 1960.

◆ *Voyage autour du monde*, de L.-A. de Bougainville, (éd. Maspero, coll. La Découverte, 1981), spécialement l'arrivée à Tahiti, p. 127-131.

◆ *Le Supplément au Voyage de Bougainville*, de Diderot, dans *Le Neveu de Rameau et autres dialogues*, Folio, n° 761.

DU MÊME AUTEUR

Pour les jeunes

VENDREDI OU LA VIE SAUVAGE. *Illustrations de Georges Lemoine* (Folio junior *n° 30*; Folio junior éd. spéciale *n° 445* et 1 000 Soleils).

VENDREDI OU LA VIE SAUVAGE. *Album illustré de photographies de Pat York/Sigma.*

PIERROT OU LES SECRETS DE LA NUIT. *Illustrations de Danièle Bour* (Enfantimages; Folio cadet rouge, *n° 205*).

BARBEDOR. *Illustrations de Georges Lemoine* (Enfantimages; Folio cadet, *n° 74* et Folio cadet rouge, *n° 172*).

L'AIRE DU MUGUET. *Illustrations de Georges Lemoine* (Folio junior, *n° 240*).

SEPT CONTES. *Illustrations de Pierre Hézard* (Folio junior éd. spéciale, *n° 497*).

LES ROIS MAGES. *Illustrations de Michel Charrier* (Folio junior, *n° 280*).

QUE MA JOIE DEMEURE. *Illustrations de Jean Clavenne* (Enfantimages).

LES CONTES DU MÉDIANOCHE. *Illustrations de Bruno Mallart* (Folio junior, *n° 553*).

LA COULEUVRINE. *Illustrations de Claude Lapointe* (Lecture junior).

Aux Éditions Belfond

LE TABOR ET LE SINAÏ. *Essais sur l'art contemporain* (Folio, *n° 2550*).

Aux Éditions Complexe

RÊVES. *Photographies d'Arthur Tress.*

DANS LA MÊME COLLECTION

Composition Euronumérique.
Impression Bussière
à Saint-Amand (Cher), le 20 septembre 2006.
Dépôt légal : septembre 2006.
1ᵉʳ dépôt légal dans la collection : mars 1996.
Numéro d'imprimeur : 063432/1.

ISBN 2-07-039396-8./Imprimé en France.

Virginie   30 sept 1759
Whitebird   19 déc. 1787   l'évasion
_____   _____

Robinson
Van Deyssel / William Hunter
Vendredi / Jeudi (Jaan)
Speranza / mandragore
île de la désolation
Andoar / Tenn